여섯 명의
거짓말쟁이
대학생

BOOK PLAZA

《ROKUNIN NO USOTSUKI NA DAIGAKUSEI》

© Akinari Asakura 2021

First published in Japan in 2021 by KADOKAWA CORPORATION, Tokyo.

Korean translation rights arranged with KADOKAWA CORPORATION, Tokyo through

JM Contents Agency Co.

여섯 명의 거짓말쟁이 대학생

아사쿠라 아키나리 **지음**

BOOK PLAZA

PROLOGUE

프롤로그

◆

　이제 아무래도 상관없는 과거가 아니냐고 한다면 정말 그럴지도 모르겠다.

　그래도 나는 다시 한번 진지하게 '그 사건'과 마주하고 싶었다. 믿을 수 없을 정도로 바보 같고, 동시에 그 어느 때보다 절실했던 2011년 취업 활동 중에 일어난 '그 사건'과.

　조사 결과는 여기 모두 모아 놓았다. 범인이 누구인지는 알고 있다. 이제 와서 범인을 추궁할 생각은 없다.

　나는 그저 그날의 진실을 알고 싶었을 뿐이다.

　다름 아닌 나 자신을 위해서.

EMPLOYMENT EXAMINATION

제 1 부 : 입사 시험

1

"최종 전형은 그룹 토론입니다."

나도 모르게 씨익 웃어 보인 건 물론 기뻐서는 아니다. 싫은 티를 내면 인사팀에 안 좋은 인상을 줄까 봐 그런 것이지 사실은 한숨을 내쉬며 하늘을 올려다보고 싶은 심정이었다.

걱정 붙들어 매. 최종까지 갔으면 이제 높으신 분들한테 인사나 하고 나오면 끝이야. 합격한 거나 마찬가지라는 거지. 하타노, 축하한다 — 동아리 선배의 무책임한 발언을 바보처럼 순진하게 다 믿었던 건 아니다. 심층 면접이 하나쯤 더, 어쩌면 두 개쯤 더 있을지도 모른다는 각오는 하고 있었다. 하지만 설마 여기까지 와서 마지막에 등장하는 것이 그룹 토론이라니. 그야말로 의표를 찌르는 한 수. 과연 스피라링크스다운 선택이다.

다른 사람들은 어떤 반응을 보이고 있을까. 궁금해 미칠 것 같았지만 지금 주위를 두리번거리는 것은 결코 현명한 판단이 아니었다. 사소한 동작 하나가 지금까지 힘들여 쌓아 올린 평가를 한순간에 무너트릴 수도 있었다. 오늘 회의실에 들어와서 지금까지 한 번도 볼을 긁적이지 않은 것은, 무릎 위에 올린 주먹을 풀어서 의자 팔걸이 위에 편하게 내려놓지 않은 것은, 결코 내가 귀하게 자랐다거나 가정교육을 잘 받았기 때문이 아니다. 단지 눈앞에 놓인 승리의 티켓을 어이 없는 이유로 놓치고 싶지 않았을 뿐이다.

코가미 인사부장님은 자유로운 회사 분위기를 상징하듯 네이비색 양복에 캐멀색 가죽 구두를 매치하고 있었다. 전형이한 단계씩 진행됨에 따라 코가미 부장님의 패션이 캐주얼하면서도 화려하게 변해 가는 것은 아마 내 기분 탓만은 아닐 것이다. 인사부가 서서히 우리에게 스피라링크스의 내부를, 실태를, 일상을 보여주기 시작한 것이다.

코가미 부장님은 반지 위치가 신경 쓰이는지 손가락을 가볍게 만지작거리더니 "다만 그룹 토론을 오늘 바로 하지는 않습니다"라고 점잖게 웃어 보이며 말했다.

"그룹 토론 날짜는 한 달 후인 4월 27일입니다. 참가자는 지금 여기 모인 여섯 명이며, 의제는 실제로 저희 회사가 안고 있는 안건과 비슷한 문제가 나갈 겁니다. 그에 대해 여러분이라면 어떻게 추진해 나갈지 논의하는 형식입니다."

회의실 벽에 등을 대고 서 있던 인사 담당자 중 한 명이 코가미 부장님의 설명에 연신 고개를 끄덕였다. 기분 탓인지 인사팀 직원들은 모두 기분이 좋아 보였다. 그들은 우리를 여기까지 이끌어준 멘토인 동시에 지금까지 거쳐온 입사 전형에서 매번 우리 앞을 가로막은 중간 보스들이기도 했다. 그런 인사팀 직원들이 나란히 서 있는 모습은 오늘까지의 길고도 험난한 여정을 압축해 보여주는 듯했다.

회의실은 사방이 유리로 되어 있어서 통유리 너머로 바쁘게 오가며 업무를 처리하는 직원들의 모습이 보였다. 마치 쇼윈도 같았다. 사람들이 일하는 모습을 보는 것만으로도 가슴이 벅차고, 나도 저 안에 들어가 함께하고 싶다는 열정이 끓어올랐다. 안쪽에는 보드게임이나 다트를 하면서 회의할 수 있는 특이한 형태의 미팅룸도 있었다. 유명 커피숍과 제휴한 카페 스페이스도, 스피라 가입자 수가 실시간으로 표시되는 전광판도, 모두 회사 소개 책자에서 본 사진과 똑같았다.

이제 남은 건 마지막 한 번뿐. 그것만 통과하면 여기에 내 자리가 생긴다. 손에 밴 땀을 정장 바지에 닦았다.

"걱정할 필요 없습니다." 코가미 부장님이 말을 이어 나갔다. "1, 2차 전형에서 진행하는 그룹 토론과는 근본적으로 성격이 다르니까요. 이미 저희는 5천 명 이상의 지원자를 탈락시키고 여러분 여섯 명을 선발했습니다. 이건 어디까지나 '최종 전형'으로서의 그룹 토론입니다. 토론 결과에 따라서는 여섯 명 전원이 합격할 가능성도 있습니다. 단지 저희가 바라는 건 서로의 성격이나 개성, 경력, 약점을 하나도 모르는 상태에서 깨지기 쉬운 유리 다루듯 조심조심 진행되는 회의가 아닙니다. 저희가 원하는 건 여러분이 상대방을 속속들이 이해한 상태에서 장점은 최대한 살리고 단점은 서로 보완하며 하나의 부서, 하나의 그룹, 하나의 팀으로서 회의를 진행하는 겁니다. 말하자면 '팀 토론'이라는 거죠."

코가미 부장님은 앞에 놓인 서류를 정리하며 이야기를 마무리했다.

"다시 한번 말씀드리겠습니다. 그룹 토론은 한 달 후 4월 27일에 진행됩니다. 그때까지 최고의 팀을 만들어 오시기 바랍니다. 토론 내용에 특별히 문제가 없다면 여섯 명 전원이 합격할 겁니다. 멋진 팀이 된 여러분과 한 달 후에 다시 만나기를, 그리고 여러분과 함께 일하게 되기를 기대하고 있겠습니다."

스피라링크스는 시부야역 바로 앞에 있는 대형 빌딩 21층에 위치하고 있다. 건물을 나서니 해방감 때문인지 매연 섞인 공기마저 신선하게 느껴졌다. 평소라면 크게 심호흡을 하면서 넥타이부터 풀고 다른 지원자들과 잡담을 나누었겠지만 오늘은 달랐다. 최종 전형까지 올라온 모두를 한자리에 모아 놓고 팀을 만들라는 지령이 내려진 참이었으니까. 이례적인 전형 방식이긴 했지만 어쨌든 지금부터가 본게임이라는 것은 분명했다.

다들 지금 시간 괜찮으세요, 괜찮습니다, 저도요, 모인 김에 잠깐 얘기 좀 하면 좋을 것 같은데요, 그래야 할 것 같네요, 어디 들어가서 얘기할까요, 저기 패밀리 레스토랑은 어떠세요, 그럼 저기로 가지요. 이런 식의 대화가 시간에 쫓기듯 숨 쉴 틈 없이 이어져서 20여 초 만에 끝났다. 벌써부터 뒤처지면 만회하기 힘들지 않을까. 그런 강박관념에 사로잡혀 패밀리 레스토랑으로 향하는데 문득 여섯 명 가운데 아는 얼굴이 눈에 들어왔다.

"시마 씨?"

맨 뒤에서 따라오던 그녀는 내가 말 걸어오기를 기다렸다는 듯 살짝 미소를 띠더니 "하타노 씨 맞죠? 회의실에서 봤을 때부터 긴가민가 싶기는 했는데 너무 뚫어지게 쳐다보는 것도 실례인 듯해서…."

"죄송해요, 혼자만의 세계에 빠져 있느라 못 알아봤네요. 아직 최종 합격한 건 아니지만 이렇게 다시 만나니 반갑네요."

"그러게요. 저도요."

시마 씨와는 2주 전에 치른 2차 면접 때 같은 그룹이었다. 당시 시마 씨를 포함해 다섯 명 정도가 면접이 끝난 후 회사 앞 스타벅스에서 한 시간가량 함께 차를 마셨다. 다들 스피라링크스에 최종 합격해서 다시 보면 좋겠다고 농담 반 진담 반인 인사를 나누며 헤어졌었는데 여기서 다시 만난 것이다.

나는 걷는 속도를 시마 씨에게 맞추고, 앞에 가는 사람들에게도 조금 천천히 걷자고 제안했다. 시마 씨는 미안해하며 내게 고맙다고 인사하고는 가방에서 작은 페트병에 든 재스민티를 꺼냈다. 한 모금 마시고 뚜껑을 닫으며 혼잣말처럼 중얼거렸다.

"여기까지 왔으니 같이 합격하면 좋겠네요."

하늘을 올려다보는 걸까 아니면 멀리 있는 건물 꼭대기를 쳐다보는 걸까. 시마 씨의 눈동자는 티 없이 맑게 빛나고 있었다.

시마 씨는 체구가 자그마하고 피부가 하얘서 외출할 때는 반드시 양산을 펼쳐 들 것만 같은 고상한 분위기의 여성이었지만, 그 안에 강한 열정과 행동력, 그리고 총명함이 숨어 있다는 사실을 나는 과거 한 시간 남짓 나눈 대화를 통해 이미 알고 있었다. 취업을 준비하는 대학생은 모두가 기계로 찍어낸 듯 똑같은 검은색 정장에 똑같은 검은색 머리를 하고 있지만 면접에 대비해 겉만 부랴부랴 꾸민 학생은 신기하게도 어떻게든 티가 난다. 남의 옷을 빌려 입은 것 같다든지 검게 염색한 머리가 영 어색하다든지 시선이 흐리멍덩하다든지 특징은 다양한데, 아무튼 한 마디로 어설픈 느낌이 난다는 거다.

하지만 시마 씨는 달랐다. 그녀는 흠잡을 데 없이 자연스럽고 완벽한 취업 준비생이었다.

말에 꾸밈이나 거짓이 없기 때문에 나도 솔직하게 진심을 드러낼 수 있었다.

"꼭 같이 합격해요, 우리."

"여기까지 올라온 것도 꿈만 같은데 그렇게 되면 정말 좋겠네요."

신호에 걸렸다. 제일 앞에서 걸어가던 키 크고 체격 좋은 남학생이 답답하다는 듯 횡단보도 건너편을 노려보았고, 다른 사람들도 신호가 바뀌기만을 기다리며 하릴없이 발만 동동거렸다. 나를 포함한 여섯 명 전원의 등이 햇빛을 아낌없이 받고 자란 대나무처럼 시원스레 쭉 뻗어 있었다.

2년 전, 2009년에 출시된 스피라라는 이름의 SNS는 순식간에 10대부터 30대까지 젊은 층의 마음을 사로잡았다. 믹시^{mixi},
2004년부터 운영 중인 일본의 인터넷 커뮤니티 사이트 – 옮긴이는 어쩐지 너무 경박해 보여서 싫고, 페이스북은 개인정보가 유출될 것 같아 걱정하던 사람들의 니즈를 정확하게 파악해 새롭게 선보인 스피라의 이용자 수는 눈 깜짝할 사이에 1500만 명을 돌파했다. SNS 업계에서는 후발 주자에 속했지만 단순히 기존 서비스를 모방하는 데에서 그치지 않고 커뮤니티 기능을 주축으로 삼아 사람들로 하여금 매일 자연스럽게 로그인하게 만드는 콘텐츠를 풍부하게 갖추고 있었다. 그리고 무엇보다 기업 로고에서부터 홈페이지 메인 화면의 디자인, 제공하는 서비스나 제휴 중인 업체에 이르기까지 모든 것이 기발하고 시크하며 시대를 앞서 나가는 느낌을 준다는 것이 스피라의 가장 큰 매력이었다.

바로 그 스피라를 운영하는 주식회사 스피라링크스가 올해 드디어 신규 채용 공고를 냈다. 스피라링크스에서 처음으로 신입 사원을 뽑는다는 것만으로도 충분히 빅뉴스인 데다가 회사 측이 제시한 초봉이 무려 50만 엔이었다. 전 직원이 200명도 안 되는 벤처 기업이다 보니 채용 인원은 '약간명'이었지만 수많은 지원자가 몰렸다. 아까 코가미 부장님이 한 말에 따르면 지원자가 5천 명이 넘었다고 하니 전형 절차가 복잡한 것도 이해가 갔다.

온라인 지원부터 시작해서 필기시험, 서류 심사, 1차 집단 면접, 2차 집단 면접, 3차 개인 면접을 거쳐 남은 사람은 —

여기 있는 여섯 명뿐.

시마 씨가 꿈만 같다고 말할 만도 했다.

스피라링크스에 입사하게 된다면 과장이 아니라 말 그대로 인생이 바뀔 테니까.

"여섯 명 자리 있나요?"

패밀리 레스토랑에 들어가 제일 먼저 자리부터 확인한 사람은 지금 당장 배우로 데뷔해도 될 만큼 잘생긴 청년이었다. 대기자 명단에 그가 '쿠가'라고 쓰는 것을 본 나는 그 지나친 완벽함에 현기증이 나려고 했다. 저 외모에 성이 쿠가라니. 그것만으로도 서른 군데 정도는 합격시켜주지 않을까.

직원의 안내를 받아 자리로 이동한 우리는 "우선 주문부터 할까요?"라는 쿠가 씨의 제안에 따라 각자 메뉴판을 열심히 들여다보았다. 메뉴 정하는 데 너무 시간을 들이면 우유부단해 보이지 않을까. 이런 자리에서 파르페를 시키는 건 좀 아닌가. 그렇다고 음료 코너만 이용하겠다고 하는 것도 비용 관리측면에서 좋은 선택은 아닌 것 같은데.

"그럼 음료 코너를 이용하실 분은 손을 들어주시기 바랍니다."

쿠가 씨가 그렇게 말한 순간 누군가가 풋, 하고 웃음을 터트렸다. 무슨 일인가 싶어 고개를 들어 보니 아까부터 눈길을 끌던 키 크고 체격 좋은 남학생이 쓴웃음을 짓고 있었다. 나는 영문을 알 수 없어 눈만 깜박였다.

"아니 우리, 패밀리 레스토랑에서 너무 굳어 있는 것 같지 않아요?"

그제서야 나는, 아니 우리 모두는 다들 면접 순서를 기다리듯 긴장한 얼굴로 등을 곧게 펴고 앉아서 메뉴판을 무슨 상장처럼 각 잡고 들고 있었다는 사실을 깨달았다. 쿠가 씨가 따라 웃었다.

"음료 코너를 이용하실 분은 손을 들어주시기 바랍니다…는 좀 심했던 것 같네요."

"많이 심했죠. 여기가 국회인가 싶었다니까요."

모두 웃었다. 한바탕 웃고 나니 그제야 정신이 들었다.

각자 좋아하는 걸 자유롭게 시키죠. 키 큰 남학생의 지당하기 그지없는 제안에 따라 다들 좋아하는 메뉴를 자유롭게 주문하기로 했다. 홀 직원이 여섯 명 전원의 주문을 확인하고 돌아가자 어느 정도 긴장감이 풀린 듯한 쿠가 씨가 순서대로 자기소개를 하면 어떻겠냐고 제안했고, 모두가 찬성했다.

"그럼 저부터 시작하겠습니다."

오른손을 가볍게 들어 보이는 단순한 동작도 쿠가 씨가 하면 마치 영화 속 한 장면 같았다. 조각상처럼 뚜렷한 이목구비에 굵은 눈썹이 당당하고 시원스러운 인상을 주었다. 그러면서도 60~70년대 영화배우 같은 촌스러움은 전혀 없고, 어디까지나 21세기형 세련미를 갖춘 미소년이라는 점이 감동적일 지경이었다. 성은 쿠가(九賀), 이름은 소타(蒼太)라고 하니 가히 완벽의 극치라고 할 만했다.

쿠가 소타. 완벽한 이름이 주어진 덕분에 번듯한 외모가 저절로 따라간 것일까 아니면 이름에 걸맞은 사람이 되기 위해 스스로를 열심히 갈고닦은 것일까.

"게이오대학 종합정책학부에 다니고 있습니다." 짜 맞춘 듯한 완벽함에 나도 모르게 박수를 칠 뻔했다. 하지만 그가 최종 전형까지 살아남은 이유가 외모나 학력 때문만이 아니라는 건 분명했다. 말투, 몸짓, 눈빛, 모든 것이 기분 좋게 사람을 끌어들이는 매력이 있었다. 입에 담는 단어 하나하나에서 뛰어난 지성이 묻어났다. 이렇게까지 완벽한 사람을 보면 스스로가 초라하게 느껴질 법도 한데 그런 부정적인 감정은 전혀 들지 않았다. 그와 더 이야기하고 싶고 그에게 인정받고 싶다는 생각이 들게 만드는, 일종의 마성을 지닌 남자였다.

시계 방향으로 돌아가자는 제안에 따라 두 번째로 자기소개를 하게 된 사람은 조금 전 경직된 분위기를 풀어주는 발언을 한 덩치 큰 남학생, 하카마다 료 씨였다.

"하카마다 씨는 정말 키가 크시네요. 몇이세요?" 내가 물었다.

"일단 187입니다."

모두가 감탄하는 가운데 하카마다 씨는 검지를 들어 보이며 이렇게 덧붙였다.

"컨디션이 좋을 때는 188이 되기도 합니다."

솔직히 울퉁불퉁한 바위 같은 겉모습에 약간 위압감을 느꼈는데 웃는 얼굴은 퍽 귀여운 구석이 있었다. 고등학교 때는 야구부 주장이었고, 지금은 자원봉사 동아리에서 회장을 맡고 있다고 했다. 넓고 탄탄한 가슴 근육은 취미인 웨이트 트레이닝 덕분인 듯했다.

"메이지대학에 다니고 있습니다. 근성과 끈기만큼은 누구에게도 지지 않을 자신이 있습니다. 이렇게 말하면 근육으로 승부하는 꼴통이라고 생각할지도 모르겠지만 머리에도 이것저것 들어 있는 편입니다. 팀의 평화를 깨트리는 사람을 정말 싫어해서 그런 상대한테는 바로 손이 나가기도 하는데 애정에서 우러나온 폭력은 너그럽게 이해해주시면 감사하겠습니다."

설마 진심인가 싶어 살짝 불안해졌다.

"다들 그렇게 진지하게 받아들이면 곤란한데." 하카마다 씨는 이내 곰 인형처럼 순하게 웃어 보이며 농담이라는 점을 강조했다. "다음 달에 그야말로 사상 최고의 그룹 토론을 해 보자고요."

박수 소리가 잦아들 때쯤 홀 직원이 생크림이 가득 들어간 롤케이크를 가져왔다. "아, 제 거예요" 하며 손을 든 사람은 마침 자기소개 차례가 돌아온 여학생이었다.

"야시로 츠바사라고 합니다."

야시로 씨는 눈앞에 놓인 롤케이크를 향해 인사하듯 고개를 숙였다가 귀 앞으로 흘러내린 머리를 오른손으로 가볍게 쓸어 올리며 다시 고개를 들었다. 방금 자기소개를 마친 하카마다 씨가 그 모습을 보고 쭈뼛거리며 한마디 했다.

"야시로 씨, 장난 아니게 아름다우시네요."

그러면서 동의를 구하듯 모두를 둘러보았다.

야시로 씨는 수줍은 미소를 지으며 오른손으로 살짝 얼굴을 가리고 조그맣게 "감사합니다"라고 대답했다.

아름답다니요, 전혀 그렇지 않아요. 농담으로라도 그런 말을 했다가는 천벌이 내릴 것만 같은 미인이었다. 쿠가 씨의 비주얼도 출중했지만 야시로 씨도 만만치 않았다. 패션 잡지 모델을 해도 될 것 같은데 현재 아르바이트로 일하는 곳은 여기와는 다른 계열의 패밀리 레스토랑이라고 했다. 취업 준비생치고는 머리색이 조금 밝았지만 원래 이런 색이라고 하면 그런가 보다 하고 넘어갈 수 있는 정도였다.

"국제 문제에 관심이 많아서 오차노미즈여자대학에서 국제 문화를 공부하고 있습니다. 해외여행도 좋아해서 작년에는 두 달 동안 유럽 여행을 다녀왔습니다. 외국어에는 자신이 있습니다."

취업을 준비하다 보면 누구든 자기소개에 익숙해지는 법이지만 야시로 씨는 그중에서도 단연 돋보였다. 물 흐르듯 말을 이어 나가며 그 자리에 있는 다섯 명 전원을 골고루 쳐다보았는데, 내 쪽으로 시선을 주었을 때는 하마터면 얼굴이 빨개질 뻔했다. 빈틈이라고는 눈 씻고 찾아봐도 없었다. 이런 사람과 한 팀이 되어 그룹 토론은 할 수 있어도 친구가 되기는 어려울 것 같았다. 내 멋대로 그렇게 거리를 재고 있으려니 야시로 씨가 갑자기 활짝 웃었다.

"역시 이건 좀 너무 딱딱하죠? 다시 할게요."

친한 친구에게나 보여줄 법한 무방비한 표정이었다. 그러고는 옆에 앉은 시마 씨의 어깨를 가볍게 두드리며 부끄럽다는 듯 고개를 숙였다. 힘 빼는 부분까지 처음부터 계산한 것이라면 그야말로 희대의 책략가라고 해야겠지만 그렇지는 않은 듯했다. 공적인 모습일 때 느껴지는 벽이 높은 만큼 사적인 모습에서 느껴지는 빈틈이 더 인간미 있게 다가왔다.

야시로 씨에게 박수를 친 다음 시마 씨가 자기소개를 시작했다. 자기소개 내용은 예전에 카페에서 들었던 이야기와 거의 동일했다. 시마 이오리, 와세다대학 사회학 전공입니다. 야간에는 바도 겸하는 카페에서 아르바이트를 하고 있습니다. 새로운 정보는 거의 없었기 때문에 나는 남는 시간에 시마 씨의 옆모습을 물끄러미 바라보았다. 이런 말을 하면 줏대 없는 사람 같아 보이겠지만 시마 씨도 역시 미인이었다. 야시로 씨가 늘씬하고 세련된 모델 느낌의 미인인 데 반해 시마 씨는 어딘지 모르게 풋풋함이 느껴지는 청순파 여배우 계열의 미인이었다. 두 사람은 나이 차가 좀 나는 자매 같아 보이기도 했다.

시마 씨 다음은 내 차례였다. 하타노 쇼고, 릿쿄대학, 경제학 전공, 때때로 동네를 슬렁슬렁 돌아다니는 산책 동아리 소속이라는 이야기를 약간씩 살을 붙여 가며 소개했다. 이렇다 할 취미나 경험은 없지만 새로운 것에 도전하는 것을 좋아하고 탐구심이 강한 편이며, 모토는 '적당히 좋은 사람'입니다. 지금까지 면접에서 반응이 좋았던 말들을 모자이크처럼 이어 붙이며 매끄럽게 자기소개를 마쳤다.

마지막은 모리쿠보 키미히코라는 남학생이었다. 차갑고 지적인 느낌이 나는 무테 안경과 날카로운 눈빛을 보고 멋대로 도쿄대 학생임이 틀림없다고 생각했는데 히토츠바시대학이라고 했다. 어느 쪽이든 굉장한 수재임은 분명했다. 모리쿠보 씨는 우리 여섯 명 중 가장 말수가 적은 편이었는데 자기소개도 제일 간결했다. 대학, 학부, 이름을 말한 후 '잘 부탁드립니다'로 끝맺었다. 더 이상 할 말이 없다는 듯 의자 등받이에 기대는 것을 보고 아무도 추가 질문은 하지 않았다. 분위기가 나빠지지 않도록 덩치 큰 하카마다 씨와 예쁜 야시로 씨가 웃으면서 약간 과하다 싶을 정도로 박수를 쳤다.

여담이지만 취업 활동 중에 도쿄대생을 만나는 경우가 종종 있다. 집단 면접에서 도쿄대학 누구누구라는 자기소개를 들으면 왠지 모르게 다들 긴장한다. 하지만 도쿄대생이라고 해서 모두가 엄청난 천재인 것은 아니며, 막상 말하는 내용을 들어 보면, 당연한 이야기지만 저들도 우리와 같은 사람이구나 싶어

그제야 마음이 놓이곤 한다.

왜 이런 생각을 했느냐 하면 5천 명 중에서 뽑힌 우리 여섯 명 가운데 도쿄대생이 한 명도 없었기 때문이다. 학력은 결국 학력일 뿐이다. 스피라링크스는 정말로 우리의 내면을 보고 판단한 것이라고 생각하니 가슴이 벅차올랐다.

다들 얼마 전 지진 때는 괜찮으셨나요, 그렇게 피해가 컸는데 의외로 면접 일정에는 별 영향이 없었네요, 그러고 보니 어디어디 회사 인사팀 엄청 욕먹었다던데요. 이런 식의 무난한 이야기를 적당히 주고받은 다음 우리는 겨우 본론으로 들어갔다.

"우선 스피라링크스가 현재 처리 중인 안건을 미리 어느 정도 파악해둬야 할 것 같은데요." 쿠가 씨가 가지런한 눈썹을 살짝 치켜올리며 말했다. "토론 당일에 어떤 과제가 주어지더라도 대응할 수 있도록 토론의 방향성은 정해두는 게 좋지 않을까요? 조사하는 게 쉽지는 않겠지만 역시 정보가 없는 상태에서는 대책을 세울 수가 없으니까요."

"듣고 보니 그렇네요. 그 부분을 각자 알아본 후에 다시 모이는 게 좋겠는데요." 하카마다 씨가 굵은 팔뚝으로 팔짱을 끼며 말했다.

"그렇게 하죠." 야시로 씨가 고개를 끄덕였다. "아예 정기적으로 모이는 날을 정하는 것도 나쁘지 않을 것 같아요. 예를 들어 매주 일요일 오후 5시에 모인다든지 하는 식으로요."

"그거 좋네요." 나머지 세 명도 동의해서 모두가 전화번호를 교환하고 SNS 스피라에 단체 대화방을 만들었다. 그리고 한두 명 빠질 수도 있다는 전제하에 주 2회, 화요일과 토요일 오후 5시에 그룹 토론 대책 모임을 갖기로 했다.

딱히 걸리거나 막히는 부분 없이 정해야 하는 사항들이 바로바로 정해졌다. 평소에는 좀처럼 경험할 수 없는 신속한 전개에 나는 역시 다들 최종 전형에 남을 만한 사람들이라고 내심 감탄했다.

"다 함께 꼭 합격합시다. 충분히 가능할 것 같아요." 나도 모르게 이런 말이 흘러나왔다.

"그럼요." 쿠가 씨가 역시나 한숨이 나올 만큼 멋지게 고개를 끄덕여 보였다. "최종 전형을 그룹 토론으로 진행한다는 건 들어 본 적이 없어서 처음엔 당황스럽기도 했고, 지원자들에게 따로 시간을 내서 준비하게 시킨다는 건 좀 문제가 있지 않나 싶었지만 잘 생각해 보면 입사지원서 쓰는 데 들이는 시간도 마찬가지니까요. 오히려 사전에 그룹 토론 팀원을 알려준다는 건 굉장히 '페어'한 방식이라는 생각이 들더라고요. 최고의 팀을 구성해서 모두 함께 입사 동기가 됩시다."

첫 번째 회의 때 누구보다 많은 자료를 준비해 온 사람은, 말수가 가장 적고 그래서 어쩌면 그다지 합격할 마음이 없는 게 아닐까 싶었던 모리쿠보 씨였다.

"기본적으로 스파라링크스의 수익 대부분은 유료 회원인 '스피라 프리미엄'이 내는 회비입니다. 그다음으로 많은 것이 광고 수익이고요. 배너 광고부터 커뮤니티 기능을 활용한 고객유치형 광고까지 종류는 다양합니다. 조사 가능한 범위 내에서 알아낸 정보들을 프린트해 왔습니다."

모리쿠보 씨는 시간이 없어서 표로 정리하지는 못했다고 덧붙였지만 단기간에 이렇게나 많은 정보를 모았다는 것만으로도 가히 표창감이라 할 만했다. A4 다섯 장 분량의 정보밖에 찾지 못한 나는 모리쿠보 씨가 준비한 두께 3센티미터에 달하는 종이 더미를 보고 그저 감탄할 따름이었다.

우에노에 시간당 500엔에 빌릴 수 있는 임대 회의실이 있다는 정보를 알아 온 사람은 쿠가 씨였다. 조명과 콘센트가 갖추어진 다섯 평 남짓한 공간에 대형 화이트보드와 책상, 의자가 놓여 있을 뿐이었지만 우리에게는 그 정도면 충분했다.

"저는 회사 관련 정보는 그다지 찾지 못했지만 대신…." 그렇게 말하며 야시로 씨도 가방에서 자료 뭉치를 꺼내 들었다. "외국의 SNS 현황을 정리해 봤어요. 실제로 현지에 살고 있는 지인들에게 확인한 정보도 포함해서요. 도움이 될지는 모르겠지만 일단 일본어로 번역해 왔으니 읽기는 편할 거예요."

"대단하네요." 하카마다 씨가 존경스럽다는 듯 쳐다보자 야시로 씨가 웃으며 대답했다.

"이래 봬도 성실한 편이거든요."

"그냥 봐도 성실해 보이는데요, 사실은 안 성실한가 보네요."
내가 장난스럽게 끼어들었다.

"아차, 실수."

다들 한바탕 웃었지만 이내 회의실에는 긴장감이 감돌기 시작했다. 친목 도모를 위해 모인 게 아니라는 사실은 모두 잘 알고 있었다. 쿠가 씨는 책상 위에 놓인 여섯 명의 자료를 바라보며 잠시 고민하듯 턱을 만지작거렸다.

"가져온 자료들을 정리부터 해야겠네요. 야시로 씨가 준비한 외국 자료는 마지막에 플러스 알파로 활용할 수 있을 것 같긴 한데 우선은 스피라링크스가 수주한 안건을 중점적으로 살펴보는 게 좋을 것 같고요. 그러려면…."

"일단 한 시간 정도 자료를 읽어 볼까요?" 내가 제안했다. "각자 나눠서 읽은 다음 요점을 정리해서 화이트보드에 항목별로 적어 나가는 거죠. 모든 안건을 다 적어 놓으면 어느 정도 경향을 파악할 수 있을 테니 그러고 나서 카테고리별로 나눠 각각에 적합한 대책을 세우는 식으로 진행하면 어떨까 싶은데요."

쿠가 씨가 내 말에 전적으로 동의한다는 듯 고개를 끄덕이며 반대 의견이 없는지 확인했다. 우리는 출발 신호가 울리기라도 한 듯 신속하게 작업에 착수했다. 우선 각자 자신이 준비한 자료의 요점을 간추려서 화이트보드에 적고, 이어서 모리쿠보 씨가 가져온 자료를 여섯 명이 나눠서 정독하기 시작했다. 내 몫으로 주어진 자료를 몇 장 읽다가 나도 모르게 무릎을 쳤다. 주주총회 자료, 사보에 실린 짧은 글, 창업자와 친분이 두터운 인물의 저서, 언뜻 보기에는 아무 관련 없어 보이는 취미 잡지의 기사 등 정보의 출처는 실로 다양했다. 뭐라 말하기 어려운 패배감이 들었지만 그보다도 모리쿠보 씨의 일처리 솜씨와 스피라링크스를 향한 소리 없는 열정에 감동했다. 며칠만에 모을 수 있는 분량이 아니었다. 꽤 오래전부터 조금씩 수집해 온 것이리라.

질 수 없다는 생각에 다시 기합을 넣고 자료를 들여다보려는데 옆에서 시마 씨가 말을 걸어왔다.

"하타노 씨, 제가 좀 가져갈까요?"

놀랐다. 아직 시작한 지 20분도 지나지 않았는데 시마 씨는 벌써 자신이 맡은 분량을 모두 마친 상태였다. 서두른 나머지 대충 본 게 아닌가 하는 의심은 끼어들 여지조차 없었다. 화이트보드에는 알아보기 쉽게 정리한 제목들이 가지런히 적혀 있었고, 제목 아래에는 자세한 설명까지 곁들여져 있었다.

"와, 엄청 빠르시네요. 속독이 가능하신가 봐요."

"아니에요, 그렇지는 않은데 이런 일은 비교적 잘하는 편이거든요. 정보를 선별하거나 알맹이를 추려 내는 작업 같은 거요. 통찰력이 뛰어나달까요. 이렇게 말하면 좀 재수 없게 들리겠지만요."

제안을 감사히 받아들여 나는 가지고 있던 자료의 일부를 시마 씨에게 건네주었다. 시마 씨는 결국 다른 네 명에게서도 조금씩 자료를 넘겨받아 한 시간쯤 걸릴 것으로 예상했던 작업 시간을 40분으로 단축시켰다. 게다가 화이트보드에 무질서하게 적힌 정보들 사이에 보조선을 긋는 등 시마 씨가 아주 살짝 손을 보태기만 했을 뿐인데 현재 스피라링크스가 수주 중인 안건이 '상품판촉형', '대규모 이벤트형', '정보수집형', '단순배너형' 총 네 종류로 깔끔하게 분류되었다.

마치 마법처럼 착착 정리되는 것을 보며 분명 어딘가 보완의 여지가 남아 있을 거라고 팔짱을 낀 채 열심히 머리를 굴려 보았지만 "'대규모 이벤트형'은 좀 더 세분화할 수 있을 것 같은데요"라는 제안이 내가 할 수 있는 최선이었다.

"확실히 분량을 생각했을 때 그 부분은 더 나누는 게 좋을 것 같네요." 쿠가 씨가 내 의견에 동의했다.

"이렇게 놓고 보니 그룹 토론 주제로 나올 가능성이 낮은 '단순배너형'은 다소 가볍게 넘어가도 될 것 같고, 대신 다른 항목을 보충하는 편이 낫겠네요."

"저도 그렇게 생각합니다." 모리쿠보 씨가 말을 받았다. "부족한 항목은 제가 다시 한번 알아보겠습니다. 특히 '상품판촉형'은 눈에 띄게 내용이 빈약해 보이니까요."

"'대규모 이벤트형'은 제가 알아볼 수 있을 것 같아요." 야시로 씨가 커다란 눈을 반짝이며 미소 띤 얼굴로 말했다. "이벤트 관련 일을 하는 지인이 몇 명 있거든요. 최대한 빨리 연락을 취해서 지금까지 SNS와 제휴해서 이벤트를 진행한 적이 있는지 물어볼게요."

다들 고개를 끄덕이며 결정된 사항을 각자의 수첩에 열심히 적었다. 화이트보드에는 새로운 내용이 계속 더해졌고, 누군가의 제안이 또 다른 누군가의 획기적인 아이디어로 이어졌다. 하나둘씩 해야 할 일들이 정해져 가는 가운데 눈 깜짝할 사이에 퇴실 시간이 되었다.

"곤란한데."

자료에서 눈을 떼 고개를 들자 하카마다 씨가 넓은 가슴 앞에 팔짱을 끼고 있었다. 시선이 시계를 향하고 있길래 퇴실 시간을 말하는 줄 알았는데 갑자기 장난스럽게 얼굴을 팍 구기더니 이렇게 말했다.

"오늘 전 아무런 활약도 못 했다고요."

위로보다는 웃어주기를 바라는 표정이었기에 모두가 사양하지 않고 한바탕 크게 웃었다.

첫 번째 회의 때 하카마다 씨의 활약이 다른 팀원들에 비해 적었던 것은 사실이다. 대신 하카마다 씨는 세 번째 회의에서 진가를 발휘했다.

싸움이라고 할 정도로 큰일은 아니었다. 단지 그룹 토론 주제로 나올 가능성이 높은 '상품판촉형'과 '대규모 이벤트형' 두 개 항목으로 범위를 좁혀서 내책을 준비하자는 모리쿠보 씨의 의견과, 그 외 항목에 대해서도 충분히 대비해야 한다는 야시로 씨의 의견이 살짝 충돌한 것이었다. 그 자리에서 바로 드잡이가 시작되거나 하지는 않았지만 두 사람은 서로 한발도 양보하지 않고 날카로운 말을 주고받으며 치열한 신경전을 벌였고, 이대로 가다가는 모든 것이 무너져 내릴 것만 같은 불길한 예감이 들기 시작했다. 누군가가 멈춰야만 했다. 하지만 쿠가 씨가 아무리 진정하라고 해도 두 사람의 논쟁은 그칠 기미를 보이지 않았다. 상황을 지켜보던 내가 이마에 난 식은땀을 닦았을 때였다.

"결론이 나지 않는다면 힘으로 해결하는 수밖에."

더 이상 못 참겠다는 듯 하카마다 씨가 목을 우두둑 꺾으며 자리에서 일어섰다. 덩치 큰 남자가 갑자기 자리에서 일어나면 그것만으로도 보는 사람은 엄청난 위압감을 느끼게 된다. 불꽃 튀는 논쟁을 벌이던 두 사람도 순간적으로 입을 다물었다. 싸움은 쌍방과실이라며 주먹으로 내리치기라도 하려는 게 아닐까. 하카마다 씨에게는 미안하지만 그런 상상을 한 사람이 비단 나뿐만은 아니었을 것이다.

하카마다 씨는 회의실 구석에 놓아두었던 자기 가방을 뒤적였다. 가방에서 꺼낸 것은 손가락에 끼우는 금속제 너클이 아니라 귀여운 포장지로 싼 선물 같아 보이는 기다란 물체였다. 전부 해서 하나, 둘… 총 다섯 개였다.

"갑작스럽지만 지금부터 하카마다상을 발표하도록 하겠습니다."

"하카마다상?"

내 물음에 하카마다 씨는 고개를 끄덕여 보이고는 상에 대한 별다른 설명 없이 이야기를 이어 나갔다.

"제일 먼저 쿠가 씨."

하카마다 씨는 들고 있던 정체불명의 물건을 쿠가 씨에게 내밀었다.

"하카마다상 '리더 부문' 수상을 축하드립니다. 이 상은 뛰어난 리더십을 발휘해 팀을 잘 이끌어 나가는 사람에게 주는 상입니다. 다시 한번 축하드립니다."

쿠가 씨는 영문을 모르겠다는 얼굴로 꾸벅 하고 상품을 받아 들었다.

"이어서 하타노 씨. 하카마다상 '참모 부문' 수상을 축하드립니다. 이 상은 항상 전체를 조감하며 팀이 나아갈 방향을 정확하게 짚어 내는 사람에게 주는 상입니다. 축하드립니다."

상품은 생각보다 훨씬 가벼웠다. 하카마다 씨는 계속해서 '최우수 선수 부문'의 시마 씨, '데이터 수집 부문'의 모리쿠보 씨, '글로벌 부문 & 인맥 부문'의 야시로 씨에게 각각 정중하게 상품을 수여했다.

"원래는 오늘 끝나기 전에 발표하려고 했는데 조금 앞당겨서 진행했습니다. 상품은 여러분 한 사람 한 사람의 이미지에 맞춰서 니혼바시에 있는 타카시마야 백화점에서 구입한 것입니다. 그리 고가의 상품은 아니지만 편하게들 열어 보세요."

모두 영문을 몰라 어리둥절한 표정이었지만 개봉한 포장지 안에서 나온 막대 과자를 보고 다 함께 웃음을 터트렸다. 저마다 다 다른 맛으로 준비한 하카마다 씨의 과도한 세심함에 모두가 칭찬인지 야유인지 모를 감탄사를 연발하는 가운데 조금 전까지 회의실을 채우고 있던 긴장된 분위기는 어느샌가 흔적도 없이 사라졌다.

　　"뭡니까, 이게." 내가 웃으며 물었다.

　　"그냥 같이 먹으려고 사온 건데 갑자기 기분이 업돼서 시상식처럼 진행해 봤습니다."

　　"포장은 왜 했는데요?"

　　"재밌으라고요."

　　내가 풋, 하고 웃자 하카마다 씨도 씩 웃어 보이고는 이내 진지한 목소리로 말을 이어 나갔다.

　　"솔직히 나도 항목을 줄이자는 모리쿠보 씨, 아니 모리쿠보와 같은 생각이야. 하지만 야시로가 말하는 것처럼 다른 항목들에 대한 대책도 세울 필요는 있다고 봐. 그러니 처음부터 아예 어떤 문제가 나오더라도 대응할 수 있는 전천후 대책을 만들어 놓는 편이 좋을 것 같은데 다들 어떻게 생각해?"

　　절묘한 타이밍에 제시된 하카마다 씨의 아이디어에 모두가 순순히 고개를 끄덕였다.

　　"'페어'한 절충안이라고 생각해."

　　쿠가 씨가, 아니 쿠가가 오케이한 이때를 기점으로 우리는 서로 존댓말 대신 반말을 쓰기 시작했다. 어쩌면 우리 중 전체적인 분위기를 가장 잘 파악하고 있는 사람은 하카마다일지도 모른다. 오랜만에 먹는 막대 과자의 맛을 음미하며 나는 그런 생각을 했다.

잠깐 쉬기로 하고 화장실에 가서 소변기 앞에 서자 비슷한 타이밍에 들어온 모리쿠보가 내 옆에 나란히 섰다.

"하카마다 덕분에 살았네."

모리쿠보가 벽을 보고 중얼거렸다. 나는 놀라서 옆을 돌아보았다. 모리쿠보는 굳이 말하자면 말이 별로 없고 표정 변화도 적은 편이었다. 무뚝뚝하다기보다는 진지한 성격인 것 같다고 느꼈는데 그런 모리쿠보가 처음으로 다른 사람을 칭찬하는 것을 보고 나도 모르게 미소가 지어졌다.

"상부상조하는 거지 뭐."

"그룹 토론은," 모리쿠보가 벽에 시선을 고정한 채 어딘가 먼 곳을 바라보는 듯한 눈을 하고 말했다.

"지금까지 몇 번인가 경험한 적이 있는데 대부분 폭탄이 끼어들기 마련이거든."

"폭탄?"

"실력도 없는 주제에 그룹 토론 공략법 같은 것만 달달 외워 와서 어설프게 토론을 주도해 나가려고 하거나 의미도 없이 '정리하자면'을 연발하면서 다른 참가자 의견을 똑같이 복창하는 데 시간을 다 써버리는 인간들. 그 자리에 있다는 사실만으로도 분위기를 망가트리고 결국 같은 조 전원을 불합격으로 이끄는 폭탄 같은 존재."

"흠, 그렇구나. 듣고 보니 그런 사람들이 있었던 것도 같네."

"이렇게 세련된 조는 본 적이 없어. 다른 사람이 걸리적거린 다는 생각이 들지 않는 건 이번이 처음이야."

아마도 이것이 모리쿠보가 할 수 있는 최고의 칭찬이었을 것이다. 모리쿠보는 더 구체적인 이야기는 하지 않고 그것을 가볍게 터는 동작을 스마트하게 마친 다음 이렇게 말했다.

"여럿이서 시끌벅적 떠드는 건 좋아하지 않는 성격이다 보니 내가 좀 비호감이었지? 지금까지 미안했어. 나는 죽어도 스피라링크스에 입사하고 싶어. 다 함께 꼭 합격하자."

멋있게 화장실을 나가는 모리쿠보의 뒷모습을 바라보면서 나도 같은 마음이라는 사실을 새삼 실감했다. 모두와 함께 스피라링크스에 입사하고 싶다. 아니, 나는 거의 확신하고 있었다.

어떤 과제가 나오더라도, 다소 예상치 못한 사태가 발생하더라도, 아무 문제 없을 것이다. 우리는 최고의 팀을 완성해 가고 있었다. 이대로 가면 아마도, 아니 틀림없이 전원 합격할 터였다.

네 번째 회의가 열린 4월 12일 화요일.

야시로는 전에 말한 이벤트 관련 일을 하는 지인을 인터뷰

하러 가고, 모리쿠보는 빠질 수 없는 아르바이트가 있다며 불참했기 때문에 우리는 네 명이서 회의를 하게 되었다. 정해야 할 사항들을 대충 다 정한 후 하카마다와 쿠가가 돌아가고, 정신을 차려 보니 회의실에는 나와 시마 둘만 남아 있었다. 나는 퇴실 시간까지 아직 많이 남았으니 다른 기업 입사지원서도 여기서 써버리자는 생각에 '보충 학습'이라기보다는 '야근'에 가까운 기분으로 펜을 끄적이고 있었다.

오탈자가 없는지 세 번쯤 확인하고 고개를 들자 시마가 책상에 엎드려 새근새근 숨소리를 내며 잠들어 있었다. 체력이 한계치에 다다를 때까지 작업에 몰두한 모양이었다. 잠결에 팔로 건드리기라도 했는지 다 마신 재스민티 페트병이 책상 위에 쓰러져 있고, 바로 옆에는 스피라링크스 신규 채용 안내 책자가 놓여 있었다. '스피라링크스가 제공하는 필드에서 당신은 성장 Grow up하고 초월Transcend할 것입니다.' 내용은 하도 많이 읽어서 눈 감고도 외울 정도였다. 시마도 방금 전까지 이걸 읽고 있었던 걸까.

갑자기 걷잡을 수 없이 뜨거운 무언가가 치밀어 올라 나도 모르게 눈시울이 젖어 들었다. 뚜렷한 이유도 없이 불안하게 흔들리는 정서가 스스로 생각하기에도 우스웠다. 나는 감상에 젖는 대신 쓸쓸하게 웃으며 바닥에 떨어진 시마의 담요를 집어 들었다. 시간은 저녁 7시가 넘었고, 건물 3층에 위치한 회의실 창문 너머로 휘영청 밝게 빛나는 반달이 보였다. 회의실 이용 시간은 8시까지니 그때까지 자게 놔두자고 생각하며 담요의 먼지를 가볍게 털어서 시마의 어깨에 덮어주었다.

내 딴에는 최대한 조심히 움직였던지라 그 타이밍에 시마가 눈을 뜬 것은 전혀 예상 밖의 일이었다. 필요 이상으로 놀란 나는 벽까지 뒷걸음질치며 황급히 변명했다.

"미안, 담요를 덮어주려던 것뿐이었어."

살짝 고개를 들었던 시마는 방금 잠에서 깬 얼굴을 감추듯 다시 고개를 숙이며 졸린 목소리로 중얼거렸다.

"오빠인 줄 알았어."

"아하하…."

치한이라고 오해받은 게 아니라 다행이었다.

"미안 미안."

"아니야, 내가 깜박 잠이 들어서… 지금 몇 시야?"

"7시… 20분."

"아, 너무 많이 자버렸네."

시마는 다시 고개를 들고 진척 상황을 확인하듯 앞에 놓인 종이들을 내려다보았다. 다른 기업에 낼 이력서와 입사지원서를 쓰고 있었던 모양이었다. 몇 장을 집어 들어 뒷면을 확인하고, 다시 다른 종이를 집어 들어 확인하더니 이윽고 전부 모아 책상 끝에 밀어 놓았다.

"다른 회사에 낼 거?"

"응, 자기소개란을 좀 채워두려고."

"통찰력이 뛰어납니다'?"

"놀리지 마." 시마는 창피한 듯 웃었다. "자기 분석은 내 특기니까 쓸 내용이 부족하진 않아. 스스로가 어떤 상황에서 어떻게 움직이는지, 어떤 상황에서 어떤 걸 못 하는지 머리로는 다 알고 있는데 막상 글로 쓰려니까 어렵네."

시마는 아직 남은 잠기운을 떨쳐버리듯 힘껏 기지개를 켜더니 창밖으로 시선을 돌렸다.

"달이 참 예쁘다."

소설가 나츠메 소세키의 일화에 빗댄 사랑 고백인가 하고 잠깐이라도 허황된 착각을 하지 않을 수 있었던 것은 실제로 달이 매우 아름다웠기 때문이다.

"예쁜 노란색이네." 나도 창밖을 내다보며 대답했다. "진짜 샛노란 노란색."

"이유는 모르겠는데 난 옛날부터 달이 참 좋더라."

"흠, 뭔가 끌리는 부분이 있긴 하지."

"표면밖에 안 보여주잖아."

"뭐?"

"달 말이야. 지구에서는 절대로 달의 뒷면은 보이지가 않는대. 그 이야기를 듣고부터 괜히 자꾸 생각하게 되더라고. 달의 뒷면은 어떤 모습일까 하고."

"듣고 보니 궁금하네. 정말 어떤 느낌일까?"

"그러니까 말이야. 달에 가서 살지 않는 이상 알 수 없을지도."

시마는 그렇게 말하고는 마치 눈이 녹아내리듯 조금씩 천천히 미소를 거두었다. 창을 통해 들어오는 달빛에 시마의 얼굴이 노르스름하게 빛났다.

아무 말 없이 달을 올려다보는 시마의 얼굴이 고향을 그리워하는 카구야 공주처럼 진한 향수에 젖어 있는 듯해서 달에서 오셨냐고 별로 재미있지도 않은 농담을 던지려던 차에 시마가 갑자기 눈물을 흘렸다. 눈물은 좀처럼 그치지 않고 계속해서 흘러내렸다.

"미안, 내가 왜 이러지… 오해하지 마. 네 잘못이 아니라 그냥 갑자기 혼자 울컥해서."

얼굴을 가린 시마에게 손수건을 건네고, 떨리는 그녀의 어깨를 잠자코 바라보았다.

물론 눈물의 이유는 알 길이 없었다. 갑자기 벌어진 사태에 조금도 동요하지 않았다고 하면 거짓말이겠지만 그래도 지나치게 당황하거나 어쩔 줄 몰라 하지 않고 침착하게 넘어갈 수 있었던 것은 당시 나 역시 정신적으로 불안정한 상태여서 때때로 갑자기 울고 싶어지곤 했기 때문이다.

대학교 3학년 2학기부터 취업 준비가 시작된다. 취업은 당연히 해야 한다. 그러니 취업 활동을 열심히 해야 한다. 하지만 무엇을 해야 하는지가 너무나도 애매했다. 무엇을 하면 합격인지, 무엇을 하면 불합격인지 전혀 알 수가 없었다.

동시에 그런 애매함이 다행이라고 생각되는 부분도 있기는
했다. 어릴 때부터 뭔가 특출나게 잘하는 것 없이 공부도 운동
도 중간 정도에 적당히 성격 좋고 적당히 분위기도 읽을 줄 아
는 사람. 성적표상으로는 딱히 눈길을 끄는 항목이 없었던 나
에 대한 주위의 평가가 처음으로 채점 대상이 되는 순간이었
다. 취업 활동은 힘들었지만 그리 뒤처지는 편도 아니었다. 과
에서, 아르바이트하는 편의점에서, 산책 동아리에서 이야기를
들어 보면 나는 남들에 비해 꽤 잘하고 있는 편인 듯했다. 하
지만 딱 거기까지였다. 내가 취업 활동을 그럭저럭 해 나가고
있는 것은 어디까지나 투명한 총으로 투명한 적들을 마구잡이
로 쏘다 보니 생각보다 괜찮은 점수가 나왔더라 하는 느낌에
가까웠고, 솔직히 기쁘기는 했지만 그 점수에 구체적인 근거나
확신은 존재하지 않았다. 그리고 많은 경우 이유를 알 수 없는
승리의 기쁨보다는 무자비하게 선고되는 패배의 아픔이 더 깊
고 더 오래 남는 법이다.

누구든 백전백승은 불가능한 것이 취업 활동이다. 스피라링
크스의 최종 전형까지 살아남긴 했지만 동시에 나는 수많은
기업에서 불합격 통지를 받은 상태였다. 아마 시마도 비슷할 터
였다.

이 회의실 안에서 여섯 명이 함께 이야기하고 있는 동안은
근거 없는 자신감이 세포막처럼 부드럽게 내 마음을 보호해주
지만 일단 한번 불합격 통지, 이른바 '건승을 기원합니다 메일'

을 받으면 나라는 인간을 송두리째 부정당한 듯한 기분이 든다.

근거 없는 자신감, 근거 없는 안도감, 그리고 근거 없는 불안감.

분명한 것은 하나도 없이 뜬구름 잡는 듯한 정신 상태로 아마도 향후 수십 년을 좌우할 인생 최대의 고비에 직면해 있는 우리. 감정의 기복이 심한 게 당연하다.

"불안하지, 이래저래."

내 말에 얼굴을 숙인 채 몇 번이고 고개를 끄덕이는 시마의 어깨를 부드럽게 안아줄 수 있다면. 이것이 약해진 여자를 보고 충동적으로 드는 감정이 아니라는 사실을 깨달았을 때 나는 내가 그녀에게 강하게 끌리고 있음을 자각했다.

시마를 다른 팀원들과 마찬가지로 훌륭한 인재라고 생각했다. 그녀가 노력하는 모습에 감동했고, 아마도 그녀가 안고 있을 고민에 멋대로 공감하기도 했다. 많은 부분에서 그녀를 존경했다. 하지만 그뿐만이 아니었다. 다른 네 명을 대할 때와는 다른 그 이상의 감정을, 나는 시마에게 느끼고 있었다.

나는 울고 있는 그녀에게 잠시 양해를 구하고 회의실을 나와 건물 복도에 있는 자판기로 향했다. 무엇을 살지 잠시 고민했지만 재스민티를 발견한 덕분에 더 이상 망설일 필요가 없었다. 늘 마시고 있으니 분명 좋아하는 것이겠지. 내가 마실 따뜻한 캔커피도 함께 사서 회의실로 돌아가자 시마는 새빨개진 눈으로 씩씩하게 웃어 보였다.

"좀 전엔 미안. 이 일은 비밀로 해주면 좋겠는데⋯."

나는 알겠다고 하고 재스민티를 내밀었다.

비밀로 해주는 대신 다음에 둘이서 놀러가지 않을래? 그런 가벼운 대사는 아마도 그녀가 동아리 친구였다면 했을지도 모르겠다. 불행인지 다행인지 본격적인 취업 준비가 시작된 작년 10월쯤 나는 여자친구와의 1년 3개월에 걸친 교제에 종지부를 찍었다(아니, 찍혔다). 시마에게 데이트를 신청하는 것은 전혀 문제 될 것이 없었다. 하지만 그렇게 하지 않은 것은 그녀가 내 안에서 이미 비즈니스 파트너 같은 위치에 있었기 때문이다.

이런 게 어른이 된다는 의미인지도 모르겠다. 그런 심오한지 엉뚱한지 알 수 없는 생각을 하며 나는 무설탕 캔커피를 입으로 가져갔다.

처음으로 커피가 달다고 느꼈다.

"여러분, 스피라링크스 최종 전형을 준비하느라 다들 수고가 많으십니다. 오늘은 가볍게 밥이나 한번 먹자고 마련한 자리라고 말씀드렸습니다만, 사실 그건 거짓말이었습니다. 오늘 메뉴는 음료 무제한 코스입니다. 술을 마시지 않는 사람에게는 무시무시한 벌칙이 기다리고 있으니 다들 열심히 마셔주시기 바랍니다. 그럼 건배!"

다른 회사 면접 때문에 늦는다고 한 쿠가를 제외하고 가게에 모인 전원이 사복 차림이었다.

검은색 정장을 벗으면 취업 준비생은 평범한 대학생일 뿐이며, 대학생들이 술집에 모인 이상 왁자지껄한 술자리가 벌어지는 건 당연한 일이다. 개회사를 읊은 하카마다가 운동부 출신답게 눈 깜짝할 사이에 맥주잔을 비우자 야시로도 잔에 든 화이트 와인을 물처럼 들이마셨다. 모리쿠보는 취하면 비굴해지는 성격인 듯 누구에게랄 것도 없이 미안하다는 말을 중얼중얼 늘어놓았다. 살짝 취한 나는 그런 모리쿠보를 보며 웃었다. 하카마다도 웃었다. 이윽고 스스로 생각하기에도 이상했는지 모리쿠보도 웃기 시작했다.

회의만 계속하면 지치니까 언제 자리 한번 만들자. 쿠가가 제안했을 때 좋은 장소를 알고 있다며 손을 든 사람은 야시로였다. "피자랑 수제 맥주가 맛있기로 유명한 집인데 어때? 거기라면 신발을 벗지 않아도 되는 테이블식이고, 무엇보다 음식이 정말로 맛있거든." 하지만 야시로가 강력추천한 피자를 비롯한 음식들은 테이블 위에서 천천히 식어가고 있었다. 결코 맛이 없는 것은 아니었다. 모두 술을 마시느라 정신이 없었기 때문이다.

술이 약해서 평소에는 한 방울도 마시지 않는다는 시마 앞에는 잠시 후 커다란 디캔터가 놓였다. 마치 생일 케이크라도 등장한 듯 쏟아지는 박수 속에 "술 못 마신다며. 무리하면 안 돼. 나 때문이니까, 나 때문에 무리하지 마"하고 모리쿠보가 진지한 얼굴로 말해서 한 번 더 떠들썩한 웃음이 일었다. 아무래도 상관없는 이야기긴 한데 내 술버릇은 웃는 것이다. 술이 들어가면 평소에는 눈썹 하나 까딱하지 않을 이야기에도 폭소를 터트리곤 한다.

"오늘만큼은 시마도 주당이야"라고 하며 야시로가 자신만만한 표정으로 시마를 쳐다보았다. "재스민티만 마셔서는 기운이 없어서 그룹 면접을 버텨낼 수 없다고. 오늘은 내가 책임지고 시마를 마시게 하겠어! 이 디캔터는 지금부터 시마 전용이니까 술자리가 끝날 때까지 다 마셔야 해!"

시마는 와인잔에 따른 첫 잔을 힘겹게 다 마시고는 헤실헤실 웃으며 브이 사인을 해 보였다.

그 모습을 보고 질 수 없다고 생각했는지 하카마다도 맥주를 벌컥벌컥 들이켜고는 입가에 묻은 거품을 거칠게 닦았다.

"하카마다, 내일 면접 있다고 하지 않았어? 그렇게 마셔도 괜찮아?"

걱정스럽게 물어보는 모리쿠보의 어깨를 힘껏 끌어안으며 하카마다는 호탕하게 외쳤다.

"괜찮고말고! 어차피 여기 있는 모두랑 스피라링크스에 들어갈 거니까 다른 회사 면접은 아무래도 상관없어! 이렇게 즐거운 날 술을 마시지 않는 녀석은 사형이야, 사형!"

"멋지다!" 야시로가 기세 좋게 맞장구를 치며 물수건을 건넸다.

덜 닦인 맥주 거품을 물수건으로 닦아낸 하카마다는 흥에
겨워 큰 소리로 노래를 부르기 시작했다. 그 노래가 몇 달 전
마약을 한 혐의로 체포된 사가라 하루키라는 가수의 곡이어
서 술기운에 웃음의 고삐가 풀린 나는 반사적으로 자지러지게
웃어 댔다.

"하필 그 노래라니, 제발 부탁이니 그만해." 웃으며 제지하고
나선 모리쿠보의 심정도 이해가 가는 것이, 사가라 하루키는
현재 전 국민의 미움을 사고 있다고 해도 과언이 아니었기 때
문이다. 몇 년 전에 운전 중 부주의로 교통사고를 냈다는 뉴스
가 보도되었을 때부터 아슬아슬한 감이 있었는데 이번 약물
사건으로 완전히 끝장이 난 셈이었다. 발라드를 능숙하게 소화
하는 실력파 가수라는 건 사실이었지만 잘생긴 외모를 전면에
내세워 아이돌 같은 이미지를 강조해 왔던 터라 이미지 손상
에 따른 세간의 실망은 컸다.

해 본 적은 없지만 아마도 구글 검색창에 사가라 하루키라
고 치고 스페이스바를 누르면 연관 검색어로 부정적인 단어만
주르륵 뜰 것이 분명했다.

하카마다가 부르는 사가라 하루키의 노래가 후렴 부분에 들
어갔을 때 시마가 두 번째 잔을 벌컥벌컥 단숨에 들이켰다. 시
마의 위용에 환호하는 우리의 박수갈채가 끝나기도 전에 다시
원샷. 네 번째 원샷을 외치려는데 정장 차림의 쿠가가 점원의
안내를 받으며 나타났다.

생각했던 것보다 우리가 훨씬 더 자유분방한 분위기에서 시끄럽게 떠들고 있는 모습에 놀란 모양이었다. 쿠가는 재킷을 벗는 것도 잊은 채 잠시 멍하니 서 있다가 이윽고 분위기에 동화되듯 미소 띤 얼굴로 시마 앞에 놓인 디캔터를 내려다보며 입을 열었다.

"…시마는 술 못 마시지 않아? 괜찮아?"

네 번째 잔이 목에 걸려 콜록거리는 시마 대신 야시로가 고개를 끄덕이며 대답했다.

"오늘은 시마도 마셔야만 하는 날이니까 괜찮아. 쿠가도 어서 앉아서 열심히 마셔."

쿠가는 시마에게 절대 무리는 하지 말라고 한 다음 자리에 앉아 야시로가 건네는 메뉴판을 받아 들었다. 메뉴도 제대로 보지 않고 콜라를 달라고 하는 쿠가를 보고 하카마다가 불만을 표했지만 쿠가는 미안하다는 듯 웃으며 양해를 구했다.

"집에 가서 과제도 해야 하니 오늘은 용서해줘. 그건 그렇고 모리쿠보, 전에 빌려준 책 잘 보고 있어."

"책?" 알딸딸하게 취한 모리쿠보가 반쯤 감긴 눈을 하고 되물었다. "무슨 책?"

"맥킨지 책 말이야. 빌려달라는 사람이 줄을 섰다며. 거의 다 읽어서 20일쯤에는 돌려줄 수 있을 것 같은데 그날 시간 괜찮아?"

"음…." 모리쿠보는 기울어진 안경을 고쳐 쓰며 수첩을 꺼내 확인했다. "그날은 3시부터 가나가와현에서 면접이 있으니까 5시 이후라면 괜찮을 것 같아."

"그럼 그때 보는 걸로 하자."

어차피 두 사람이 만날 거라면 회의 날짜도 20일로 조정하면 어떻겠냐고 내가 제안했다. 나는 20일에 하루 종일 아무 예정도 없으니 다들 괜찮다면 그렇게 하는 편이 훨씬 효율적이라고 생각했기 때문이다. 하지만 수첩을 뒤적이던 하카마다가 20일은 어려울 것 같다고 했고, 나머지도 대부분 다른 일이 있어서 회의 날짜는 원래대로 가기로 했다.

쿠가가 주문한 콜라가 나왔다. 새로 건배하자며 다들 수첩을 덮는 가운데 하카마다 혼자 자못 감개무량하다는 얼굴로 자기 수첩을 들여다보며 코를 훌쩍였다. 술기운에 얼굴이 빨개진 것을 내가 착각했나 싶었는데 아무래도 정말로 무언가가 하카마다의 눈물샘을 자극한 모양이었다.

"와, 새까맣네, 수첩이."

하카마다는 수첩을 덮고 표지를 두어 번 가볍게 토닥이며 중얼거렸다.

"우리 꽤 좋은 팀인 것 같지?"

갑자기 진지한 목소리로 바뀐 게 조금 안 어울리긴 했지만 아무리 내 술버릇이 잘 웃는 거라고 해도 이 타이밍에 하카마다를 놀리며 웃을 정도로 무신경한 바보는 아니었다. 모두가 멋쩍게 웃으며 고개를 끄덕였고, 각자 마음속으로 오늘까지의 여정을 돌이켜 보았다.

"합격할 거야, 모두 다 같이."

그런 말이 제일 안 어울리는 모리쿠보가 그 말을 했다는 사실이 묘하게 감동적이었다. 아까까지 웃는 쪽으로만 작동하던 취기가 갑자기 눈으로 몰렸는지 눈시울이 뜨거워졌다. 아직 그룹 토론까지는 일주일 이상 남았지만 뭔가 총결산 같은 분위기가 감돌아서 나도 모르게 한마디 거들었다.

시마는 근면성실하고, 하카마다는 늘 밝고 쾌활하고, 야시로는 누구보다도 넓은 시야를 가졌고, 모리쿠보는 정말 똑똑하고, 쿠가의 리더십은 쉽게 찾아볼 수 없는 것이다. 반드시 다 함께 입사해서 동기가 되자. 아니, 될 거다. 다소 흥분된 어조로 일장 연설을 늘어놓으며 스스로도 약간 부끄럽다는 생각은 했지만 끝까지 아무도 내 말을 비웃지 않았다. 모두가 고개를 끄덕이는 것을 보며 하카마다가 말했다.

"그럼 전원 합격을 기원하며 건배하자."

쿠가가 콜라잔을 들어 보였고, 우리는 다시 아까까지의 즐거운 술자리 분위기로 돌아갔다. 술에 취한 하카마다는 방금 전의 나처럼 모두를 칭찬하고 칭찬하고 그래도 아직 부족하다는 듯 계속해서 칭찬했다. 과분한 칭찬을 받은 우리는 더 이상 겸손해하는 것이 불가능해지자 이번에는 반대로 하카마다를 칭찬했다. 쑥스러움을 감추기 위해서인지 하카마다는 칭찬을 받은 만큼 주위에 열심히 술을 권했다.

시마가 꿀꺽, 하고 몇 잔째인지 모를 붉은 액체를 목구멍으로 넘겼을 때 환호와 박수 속에서 쿠가가 내 어깨를 툭 쳤다.

"하타노, 잠깐만."

뭔가 중요한 할 말이 있는 모양이었다. 조용히 화장실 쪽을 가리키길래 쿠가를 따라 나도 자리에서 일어나려는데 그걸 본 하카마다가 우리 둘을 가리키며 말했다.

"저것 좀 봐." 모두의 시선이 이쪽으로 쏠렸다. "화장실도 같이 가주는 마음 씀씀이, 이게 바로 진정한 우정이지."

별로 재미있지도 않은데 키득키득 웃은 건 역시 내 술버릇 때문이었을 거다.

밤바람을 맞으며 몇 분 걸으니 조금 정신이 들었다.

같은 지하철을 타는 시마, 야시로와 함께 개찰구를 통과해 다음 열차가 언제 오는지 확인하려고 열차 안내 전광판을 올려다보았다. 막차까지 아직 여유가 있어서인지 역 구내는 비교적 한산한 편이었다. 화장실에 다녀오겠다는 시마의 뒷모습을 바라보며 야시로가 입을 열었다.

"하타노, 너 시마 좋아하지."

쿠가와 화장실에서 나눈 잡담과 조금 전까지 마신 술이 어중간하게 남아 있는 상태라 다행이었다. 적당히 마비된 머리로 야시로의 말을 천천히 곱씹어 보니 그제야 의미가 파악되었다. 이해할 때까지 시간이 걸린 덕분에 동요를 겉으로 드러내지 않을 수 있었다.

"그렇게 티가 많이 나?"

"계속 시마 얘기만 하니까. 항상 눈으로 좇고 있고. 시마 본인도 느꼈는지는 모르겠지만 말이야. 다른 사람들은 아직 눈치 채지 못한 것 같더라."

"내가 그랬나?"

"난 좋다고 봐. 입사 전부터 사내 연애. 두 사람, 잘 맞을 것 같기도 하고."

오늘 술을 가장 많이 마신 사람은 하카마다였고, 그다음으로 많이 마신 사람이 야시로였다. 하카마다는 막판에는 거의 술이 술을 먹는 상태였지만, 야시로는 10분 뒤에 면접이 시작된다고 해도 아무 문제 없을 정도로 멀쩡했다. 얼굴색도 전혀 변하지 않았다. 술자리에서도 모두의 잔이 채워져 있는지 계속 살피며 적절한 타이밍에 추가 주문을 넣었다. 술을 따르는 모습에서도 관록이 묻어나는 것이 마치 역전의 용사 같았다. 나도 술자리에서 야시로처럼 스마트하게 움직일 수 있으면 좋겠다는 생각을 하고 있는데 시마가 화장실에서 돌아왔다.

지하철 안이 혼잡하지는 않았지만 빈 자리는 노약자석뿐이었다. 하는 수 없이 선 채로 지하철 손잡이를 잡으려는데 야시로가 비어 있던 노약자석 세 자리 중 가운데 자리에 앉았다.

"두 사람도 어서 앉아. 어차피 비어 있는 자리니까 괜찮아."

야시로의 당당한 태도에 다소 당황해하며 어떻게 하면 좋을지 의논하듯 시마와 둘이서 애매한 웃음을 주고받았다. 다른 사람에게 자리를 뺏길지도 모른다고 생각했는지 야시로는 길게 뻗은 다리를 우아하게 꼬더니 비어 있는 옆자리에 자기 가방을 내려놓았다. 연갈색을 띤 가죽 가방. 나는 명품 브랜드도 백도 잘 모르지만 Hermès를 '헤르메스'가 아니라 '에르메스'라고 읽는다는 것 정도는 알고 있었다. 실물을 보는 건 처음이었다.

"하타노, 그거 무겁지 않아? 앉지는 않더라도 가방만이라도 내려놓는 게 어때?"

야시로가 가리킨 것은 내가 들고 있는 커다란 서류 가방이었다. 사실 가방이 무겁기는 했다. 가방 안에는 우리가 지금까지 살펴본 자료들이 전부 다 들어 있었기 때문이다.

모은 자료를 앞으로 어디에 보관할지 첫 회의에서 이야기가 나왔을 때, 나는 솔선해서 내가 맡겠다고 나섰다. 취업 활동에 대비해서 작은 창고를 빌렸으니 괜찮다면 내가 가져가서 보관할게. 그렇게 말한 순간 모두가 나를 보고 돈이 많다느니 대단하다느니 떠들어댔지만 정말로 부자라서 그런 건 아니었다. 아마도 다들 마구간 정도 되는 규모의 창고를 상상했겠지만 실제로는 지하철역에 있는 물품보관함보다 약간 더 큰 정도에 불과했다. 대여료는 한 달에 단돈 2천 엔. 가족과 함께 살고 있기는 하지만 방이 너무 좁아서 편하게 물건을 놓아둘 장소가 필요했다. 생활에 여유가 있어서 빌린 것이 아니라 공간에 여유가 없어서 빌릴 수밖에 없었을 뿐이다.

아마 진짜로 돈이 많은 사람은 내가 아니라…. 열차가 덜컹거리자 노약자석에 놓인 에르메스 백이 따라서 흔들렸다.

서류 가방이 무거운 건 사실이었지만 그렇다고 노약자석에 올려두는 것도 내키지 않았다. 그리 무겁지 않으니 괜찮다고 버티는데 세 사람의 핸드폰이 동시에 울렸다. 수신음이 동시에 울린 걸 보니 팀원 중 누군가가 단체 대화방에 글을 올린 것 같았다. 하지만 그 예상은 멋지게 빗나갔다.

단체 메일을 보낸 사람은 주식회사 스피라링크스였고, 메일 내용을 확인한 우리는 그 상태 그대로 할 말을 잃었다.

〔4월 27일 최종 전형 관련 변경사항 안내〕

주식회사 스피라링크스에서 채용을 담당하고 있는 코가미입니다.

4월 27일(수)에 열릴 예정인 그룹 토론(최종 전형) 관련 변경사항을 알려드립니다.

지난달 11일에 발생한 동일본 대지진으로 인한 피해와 당사의 운영 상황을 점검해 본 결과, 아쉽지만 금년도 채용 인원은 '1명'으로 축소하게 되었습니다. 이에 따라 당일 그룹 토론 주제는 '여섯 명 가운데 누가 합격해야 한다고 생각하는가'로 변경되었음을 알려드립니다. 토론에서 선출된 사람을 당사에서 정식으로 채용할 예정입니다.

**이렇게 토론 직전에 연락을 드리게 되어 대단히 죄송합니다.
아무쪼록 지원자 여러분의 이해와 협조를 부탁드립니다.**

하고 싶은 말은 많았다. 스피라링크스에서 우리 여섯 명이
힘을 합쳐 멋진 그룹 토론을 해주기를 바란다고 한 것은 이미
지진이 발생한 지 보름 가까이 지났을 때였다. 그렇다면 그 시
점에서 적어도 전형 방식이 바뀔 수도 있다는 점은 알려줬어야
하지 않나. 또 설사 채용 인원이 한 명으로 줄었다고 하더라도
굳이 우리에게 그 한 명을 정하라고 할 필요는 없지 않나. 그룹
토론 대신 일반 면접으로 바꾸면 해결될 일이었다. 이렇게 말
도 안 되는 전형 방식은 들어 본 적이 없었다. 이 무슨 성의 없
는 태도란 말인가.

납득이 가지 않는 일투성이였지만 그럼에도 불구하고 끝까
지 물고 늘어질 기분이 들지 않는 것은 우리가 사회의 본질적
인 부분을 무엇 하나 이해하고 있지 않은 일개 취업 준비생이
고, 상대는 일본에서 가장 기발하고 독창적이기로 유명한 스피
라링크스라는 회사였기 때문이다. 내가 이상하다고 느끼는 많
은 일들이 어른들의 세계에서는, 또는 일본을 선도하는 IT 기
업에서는 상식으로 여겨지는 것인지도 몰랐다.

핸드폰 화면에서 눈을 떼 고개를 들자 야시로는 어느샌가
노약자석에서 일어나 있었다. 마치 아까부터 계속 이 상태였다
는 듯 태연한 얼굴로 에르메스 백을 어깨에 메고 서서 손잡이

를 잡고 있었다. 나와 시마는 잠시 서로 마주 보며 지금 눈앞에 서 있는 사람이 이제는 동료나 아군이 아닌 적임을 인식했고, 그 사실을 받아들이기 어렵다는 듯 쓴웃음을 지었다.

"이럴 수가." 내가 한숨을 쉬었다.

"그러게." 시마도 고개를 끄덕였다.

"나 이번에 내려, 안녕." 야시로는 그렇게 짧게 내뱉고는 바로 열차에서 내렸고, 우리는 그런 그녀의 뒷모습을 멍하니 바라볼 수밖에 없었다.

멍한 상태는 그 후로도 나흘 정도 계속되었다. 낙담했다거나 화가 나는 것과는 분명 뭔가 다른 듯했지만 뭐라고 정확히 표현할 수 없었던 것은 아무튼 그것이 나로서는 처음 경험하는 감정이었기 때문이다. 억지로 코드를 잡아 빼듯 모든 것이 갑자기 끝났고, 내 손에는 갈 곳을 잃은 열기만이 허무하게 남아 있었다. 지금까지 보내 온 날들은, 우리가 쌓아 온 것들은 대체 무엇이었을까.

옆에서 보기에도 퍽 한심해 보였을 것이다. 어머니와 여동생에게 각기 다른 타이밍에 '취업 준비는 끝난 거냐'는 말을 들었다. 아니라고, 아직 많이 남았다고, 그렇게 대답은 했지만 가슴에 구멍이 뻥 뚫린 듯한 상실감은 감출 수가 없었다.

멍한 상태가 뜻밖의 종언을 맞이한 것은 4월 21일 목요일의 일이었다.

크지는 않지만 건실하고 좋은 회사야. 아버지가 그렇게 평한

화학섬유 업계의 중견 기업에서 합격했다는 연락이 왔다. '최종 합격하셨으니 회사를 방문하시어 입사승낙서에 사인해주시기 바랍니다.' 덕분에 오랜만에 정장을 입고 지하철을 탔다.

가미샤쿠지이역에서 내려 신축은 아니지만 관리가 잘되고 있다는 느낌을 주는 깔끔한 3층짜리 사옥에 들어섰다. 사람 좋아 보이는 50대 인사 담당자가 웃는 얼굴로 나를 맞아 중학교 다목적실 같은 분위기의 회의실로 안내했고, 그곳에서 입사승낙서와 마주하게 되었다.

"아마 저희 말고도 여러 회사에 지원했겠지만 저희로서는 하타노 씨가 꼭 저희 회사에 와주었으면 하기 때문에 여기 있는 입사승낙서에 사인한 후 다른 회사 면접은 중단해주셨으면 합니다."

입사승낙서에 사인한 후 입사를 취소해도 되는가. 이것은 취업 준비생 사이에서 끊임없이 논의되는 주제 중 하나였다. 결론부터 말하자면 법적으로는 아무 문제 없다는 것이 다수 의견이었고, 나 역시 일단은 사인하고 보자는 입장이었다. 성실한 회사원인 아버지도 인정한 기업이니 차선책으로는 나쁘지 않았다.

하지만 펜을 손에 든 순간 이 회사에 입사해서 매일 이곳을 드나드는 내 모습이 눈앞에 그려졌다. 동시에 온갖 생각이 머릿속을 어지럽게 오갔다.

정말로 가고 싶은 회사는 어디인가. 물론 여기는 아니다. 그건 바로 스피라링크스였다. 스피라링크스의 입사 전형은 현재 어떤 상태인가. 아직 떨어지지는 않았다. 여섯 명이 다 함께 입사하지 못한다면 의미가 없다고, 그런 바보 같은 생각에 집착하게 된 것은 언제부터였나. 아직 아무것도 끝나지 않지 않았는가. 그리고 가고 싶은 회사가 따로 있다면, 그래서 나를 합격시켜준 이 회사에 입사를 취소하겠다는 말을 하게 될 가능성이 조금이라도 있다면, 아무리 그것이 법적으로 문제가 없다 하더라도 도의적으로 올바른 선택을 우선해야 하지 않을까.

결국 나는 펜을 책상에 내려놓으며 말했다.

"죄송합니다."

그렇게 나는 다시 취업 준비생이 되었고, 이튿날 다른 회사에도 연락해서 합격을 취소해달라고 부탁했다.

스피라링크스 최종 전형인 그룹 토론 전날, 하카마다가 단체 대화방에 글을 올렸다.

"오랜만이야. (아닌가?) 괜찮다면 내일 시부야역에 모여서 같이 가지 않을래?"

거절할 이유가 없었다.

타마가와 개찰구 쪽으로 나가자 넷이 먼저 와서 기다리고 있었다. 모리쿠보는 다른 회사 면접을 마치고 먼저 가 있겠다고 했으니 내가 제일 늦게 온 셈이었다.

"설마 이렇게 될 줄이야." 내가 이제 와서 하나 마나 한 소리를 하자 하카마다도 웃으며 동의했다.

"내 말이. 그래도 뭐 열심히 해 보자고. 입사를 양보할 생각은 전혀 없지만 말이야."

"다들 정정당당하게 최선을 다하자." 쿠가가 변함없이 잘생긴 얼굴로 말했다. "'페어'하게 겨뤄서 누가 이기더라도 원망하기 없기. 나도 입사를 양보할 생각은 없지만."

나는 힘껏 고개를 끄덕여 보이고는 쿡쿡 웃었다.

"전부터 말하려던 건데, 쿠가는 '페어'라는 말을 정말 좋아하는구나."

"그런가? 내가 그렇게 자주 써?"

시마와 하카마다가 "완전"이라고 대답하며 웃었다.

"나도 좋은 말이라고 생각해. 상황이 이렇게 되긴 했지만 '페어'하게 가자."

내 말에 모두가 고개를 끄덕였다. 야시로 혼자 모두에게서 한 발짝 떨어진 곳에 서서 굳은 표정으로 핸드폰을 만지작거리고 있었다. 야시로의 그런 모습을 보는 것은 처음이었지만 한편으로는 이해가 갔다. 이례적인 상황이다 보니 아직 마음의 정리가 되지 않은 거겠지.

다섯이서 엘리베이터를 타고 올라가 안내 데스크에서 방문자 카드를 받았다. 우리를 맞이한 인사팀 코가미 부장님은 전형 내용이 갑자기 변경된 점에 대해 다시 한번 사과한 다음, 한 사람 한 사람의 눈을 똑바로 들여다보며 잘 부탁한다고 말했다. 코가미 부장님의 진솔한 태도와 세련된 오피스 풍경에 나는 무슨 일이 있어도 이 회사에 입사하고 싶다는 강한 의지를 다시금 재확인했다.

"이것이 마지막 만남이 되지 않도록 최선을 다해 열심히 하겠습니다." 시마의 말을 듣고 나도 코가미 부장님께 뭐든 한마디 해야 하지 않을까 조바심이 났다. 잠시 고개를 숙이고 생각을 정리해 보았지만 이내 지금 코가미 부장님께 무슨 말을 하더라도 결과에는 영향을 주지 않을 것이라는 사실을 깨달았다. 잠시 망설인 끝에 내가 고른 말은 지극히 단순하면서도 솔직한 진심이었다.

"이기고 싶습니다. 하지만 누가 뽑히더라도 그것이 정답이라고 생각합니다."

■ 첫 번째 인터뷰

(주)스피라링크스 전 인사부장, 코가미 타츠아키(56세)

2019년 5월 12일(일) 14시 06분~

나카노역 근처 카페에서 ①

　최종 전형이 있었던 날 회사 입구에서 자네가 한 말은 지금도 기억하고 있네. 왜냐고? 글쎄, 왜일까. 단순히 좋은 말이라 감동했던 것 같기도 하고, 어쩌면 앞으로 뭔가 좋지 않은 일이 일어날지도 모르겠다는 일종의 예감이 들었던 건지도…. 이건 나중에 갖다 붙인 이유겠지만 말이야. 설마 그런 짓을 하는 학생이 있을 거라고는 상상도 하지 못했으니까. 정말 놀랐다고.

　그게 몇 년 전이었더라… 8년? 벌써 그렇게 됐나? 내가 스피라링크스를 그만두고 지금 회사를 설립한 게 2015년이니까… 그러게, 그쯤 되겠네. 8년 전. 지진이 발생했던 해였지? 시간이 정말 빠르군.

　사업은 다행히도 순조로운 편이야. 채용을 중심으로 한 컨설팅을 하고 있는데 기업들도 다 구인난이다 보니 말이야. 처음에는 중소기업 위주였지만 지금은 조금씩 상장 기업에서도 의뢰가 들어오고 있지. 그러고 보면 꽤 잘 풀린 케이스라고 할 수 있겠네. 스피라링크스에서 쌓은 경험이 지금의 내 토대가 된 셈이지.

　하지만 잘 풀렸다는 말은 나보다 자네한테 더 잘 어울리는 것 같군. 이벤트 사업 부문에서 종횡무진 활약하고 있다는 소문을… 아아, 뭐 그런 거지, 풍문으로 들었달까. 하하하. 퇴사했다고 해서 모든 인간관계가 칼같이 끊어지는 것도 아니고 소문은 여기저기서 들려오니까 말이야. 발 없는 말이 천 리를 간다고 하지 않던가. 자네는 이제 명실상부한 스피라링크스의 에이스라고 할 수 있지. 나도 자네가 자랑스럽네. 그럼, 물론이고말고.

아무래도 채용 과정에서 자기가 담당했던 직원에게는 어느 정도 '내 아이'처럼 마음이 가는 법이거든. 일을 잘 못하면 실망스럽고, 일을 잘하면 내 일처럼 기쁘지. 이러니저러니 해도 결국 자기 손으로 직접 뽑았으니 말이야.

그런 의미에서 그해의 최종 합격자가 자네여서 정말 다행이었다고 생각하네.

오랜 기간 채용 업무를 담당하다 보면 '사건'이라고 할 만한 일을 몇 번은 겪게 되지. 예를 들어 면접 대상이 아닌 학생이 면접 당일에 무단으로 쳐들어와서 면접을 보겠다고 소란을 피우기도 하고, 불합격한 학생이 채용 과정에 비리가 있었다고 난리를 쳐서 그 일로 경찰서까지 가기도 하고. 하지만 '그런' 종류의 사건은 그때가 처음이었어. 이제 와서 하는 얘기지만 당시 옆 회의실에서 지켜보고 있던 우리도 패닉 상태였거든. 당장 들어가서 토론을 중단시켜야 하는 거 아니냐고 주장하는 사원도 있었고. 뭐 결국은 지원자들과의 약속을 우선해서 토론을 끝까지 지켜보는 쪽으로 결론이 났지만 말이야.

부끄러운 이야기지만 나름대로 확신이 있기도 했고. 이 일이 결코 밖으로 새어 나가지 않을 거라는 확신. 말하자면 회사 입장에서도 지원자 입장에서도 똑같이 서로의 치부를 쥐고 있는 구도였으니까. 그런 사건을 입 밖으로 꺼내 떠들고 다닐 사람은 없지 않겠나? 토론 후 몇 주 동안은 인터넷 취업 관련 게시판에 사실을 폭로하는 글이 올라오지는 않을까 조금 긴장하기도 했지만 솔직히 크게 걱정하지는 않았던 게 사실이야. 그 일이 외부로 새어 나가서 좋을 게 없었으니까. 모두가 피해자였기 때문에 최종적으로는 모두가 공범이 된 셈이지.

…아아, 그래. 자네 말대로 정말로 인상적인 사건이었지. 물론 스피라링크스에 꼭 들어가고 싶다고 생각하는 지원자가 있다는 건 회사 입장에서는 감사한 일이지. 하지만 그렇다고 해서 설마 그런 식으로 나올 줄이야…. 덕분에 두 번 다시 채용 전형에서 그런 방법은 사용하지 말라고 윗선에 된통 깨졌었지. 뭐 그 또한 추억이랄까. 임원 중에 쿠스미 씨라고 있지 않나, 그래, 그 사람. 이제는 그런 일도 있었지 하고 웃어넘길 수 있게 되었지만. 쿠스미 씨는 아직 스피라링크스에 계시나? 음, 그렇군.

영상? 아, 그룹 토론 때 영상 말이군. 그거라면 인사팀에서 보관하고 있을걸? 아마도 대외비겠지만 자네가 개인적으로 보는 건 상관없을 테니 요청하면 바로 찾아줄 거야. 세 시간 반

정도 되려나, 카메라 세 대로 촬영한 영상이 그대로 남아 있을 거야. 중간부터는 두 대가 되겠지만.

그건 그렇고 왜 이제 와서 그 사건에 다시 관심을 갖게 된 건가? 이미 8년도 더 지난 일, 그야말로 '먼 옛날' 일 아닌가.

뭐, 죽었다고? 그때 그 '범인'이? 거 참, 뭐라고 말하면 좋을 지 모르겠군. 자네와 같은 학년이었으니 아직 서른 전후지 않 나? 사인은? 흠… 무슨 병으로? 으음, 정말이지 뭐라 할 말이 없군그래.

어떻게 들릴지 모르겠지만 난 그래도 그날 토론 마지막에 '범인'이 밝혀진 건 불행 중 다행이었다고 생각하네. 마지막까 지 '범인'이 누군지 모르는 상태로 끝났다면 그야말로 큰일이 었으니까. 그런 사람을 최종 전형까지 남겨둔 건 말 그대로 회 사 측의 실수였다고 할 수밖에 없겠지. 당시에는 꽤 우수한 학 생 같아 보였는데 말이야.

응? 그거 참 재미있는 질문이군. 대답은 단순하네. 단순하고 말고. 대답하기 전에 단 걸 좀 시켜도 될까? 내가 생크림을 아 주 좋아하거든. 의외라고? 뭐 사람이란 게 다 그렇지.

'범인'의 정체도 그야말로 의외였지 않나.

2

우리가 안내 받은 곳은 한 달 전에 만났던 통유리로 된 회의실이 아니라 흰 벽으로 둘러싸인 소규모 회의실이었다. 창문은 하나도 없고, 방음 시설이 갖추어진 듯했다. 아마도 통유리 회의실과는 용도 자체가 다른 거겠지. 둥글고 커다란 흰색 테이블 주위로 흰색 의자 여섯 개가 놓여 있었고, 문에서 제일 가까운 자리에 모리쿠보가 앉아 있었다. 짧게 인사를 나누고 각자 자리에 가서 앉았다. 어쩌면 어느 자리를 고르는지도 승패를 가르는 중요한 요소 중 하나가 아닐까. 그런 생각이 순간적으로 머리를 스치고 지나갔지만 곧 그럴 리가 없다고 스스로를 다독였다.

자리에 앉아 심호흡을 하고 주위를 한번 둘러보았다.

병실처럼 무미건조한 공간에 색채를 더하듯 벽 쪽으로 관엽식물이 몇 개 놓여 있었고, 울창한 잎으로 가려지는 위치에 삼각대에 고정한 카메라가 네 대 설치되어 있었다. 그룹 토론을 녹화하기 위한 용도인 듯했다. 화이트보드에 마커가 몇 자루 놓여 있는 것 외에 딱히 설비라고 할 만한 것은 없었다.

"오늘 그룹 토론 진행 방식은 일전에 단체 메일로 설명드린 바와 같습니다만, 다시 한번 간단히 말씀드리겠습니다." 코가미 부장님은 기본적인 인사를 마친 후 전형 방식에 대해 다시 설명해주었다. "토론 시간은 2시간 30분. 제가 이 방을 나가면 타이머가 작동하기 시작합니다. 기본적으로 저를 비롯한 인사팀 직원들은 여러분이 토론하는 모습을 옆 회의실에서 모니터링하고 있겠지만 강한 여진이나 화재 등 비상사태가 발생하지 않는 한 일체 개입은 하지 않을 겁니다. 그리고 여러분이 이 회의실에서 나가는 것도 불가능합니다. 건강상 이유로 부득이하게 퇴실을 희망하는 경우에는 저기 있는 인터폰으로 내선번호 041을 눌러주십시오. 인사팀 직원이 바로 올 겁니다. 다만 기본적으로 제한 시간 내 중도 퇴실은 곧바로 불합격 처리된다는 점은 감안해주시기 바랍니다.

2시간 30분 후에 제가 이 방에 다시 들어왔을 때 여러분이 선출한 합격자 이름을 알려주시면 됩니다. 2시간 30분이 지났는데도 의견이 모아지지 않은 경우, 즉 각자가 말하는 이름이 다른 경우에는 전원 불합격입니다. 의견이 모아져서 합격자가 선출된 경우에는 당연한 이야기입니다만 합격자에게는 정식으로 합격 통지를 할 것이고, 선출되지 않은 분들께는 약소하지만 교통비 5만 엔을 일률적으로 지급할 예정입니다. 오늘까지 모든 전형을 함께해주신 데 대한 감사의 표시라고 생각해주시기 바랍니다. 합격자가 뽑히지 않은 경우에는 교통비도 지급되지 않습니다.

선출 방식은 자유입니다. 여러분이 생각하는 가장 좋은 방법을 통해 함께 의논해서 결정하면 됩니다. 이 회의실에서 나가지만 않으면 현재 가지고 있는 핸드폰이나 스마트폰으로 외부와 연락을 취해도 상관없고, 인터넷 검색을 해도 괜찮습니다. 모든 규칙은 여러분이 합의해서 자유롭게 정하시기 바랍니다. 단, 사다리 타기나 가위바위보처럼 운에 맡기는 방식은 삼가주시기 바랍니다. 저희는 제대로 된 논의를 통해 최종적으로 선출된 분과 함께 일하고 싶기 때문입니다.

카메라는 총 네 대 설치되어 있으며, 그중 세 대는 녹화용으로 이미 돌아가고 있습니다. 조금 높은 위치에 설치된 저 카메라 한 대만 옆 방에서 모니터링을 하기 위한 감시용 카메라입니다. 일단 녹화는 하지만 어디까지나 자료로 삼기 위해, 또 만에 하나 불법행위 등이 발생한 경우에 대비한 증거 영상 차원에서 촬영하는 것이기 때문에 나중에 인사팀에서 영상에 찍힌 내용을 이유로 합격을 취소하거나 하는 일은 절대로 없을 겁니다. 부디 안심하시기 바랍니다."

아마도 버릇이겠지. 언젠가 보았던 것처럼 코가미 부장님은 왼손 약지에 낀 반지가 신경 쓰이는지 손을 살짝 만지작거리더니 혹시 잊어버리고 빠트린 말이 없는지 확인하듯 고개를 크게 한 번 끄덕여 보였다.

"그럼 5분 후에 제가 이 방에서 나가는 것과 동시에 그룹 토론을 시작하겠습니다. 화장실에 다녀오실 분은 지금 다녀오시기 바랍니다."

2시간 반 동안 갇혀 있을 것을 생각하면 화장실은 갔다오는 편이 좋을 듯싶었다. 전원이 자리에서 일어나 줄줄이 화장실로 향했다. 그때 내 앞에 있던 야시로가 문 앞에서 갑자기 걸음을 멈추었다. 그러고는 무언가를 확인하듯 바닥을 쳐다보았다.

"뭐 떨어트렸어?"

"아니, 아무것도 아니야."

야시로는 나와는 눈을 마주치지 않고 화장실 쪽으로 사라졌다. 신경이 퍽 예민해져 있는 모양이었다. 지금까지 보아온 야시로와는 완전히 다른 사람처럼 느껴졌다.

야시로의 변화가 신경 쓰이지 않는 것은 아니었지만 지금은 무엇보다 나 자신이 최우선이었다. 야시로도 라이벌 중 한 사람일 뿐이다. 합격한 회사를 모두 걷어차고 오늘 전형에 임하는 나로서는 조금도 방심할 수 없었다. 당연한 이야기지만 나도 긴장은 되었다. 하지만 다행히도 눈에 들어오는 모든 것이 흐릿해 보일 정도로 과도하게 긴장하거나 패닉에 빠질 정도는 아니었다.

모두가 화장실에서 돌아오자 코가미 부장님은 마지막으로 질문이 없는지 확인했다. 그러고는 아무도 손을 들지 않는 것을 보고 습관처럼 반지를 만지작거리며 이렇게 말했다.

"그럼 2시간 30분 후에 다시 만나도록 하지요. 행운을 빕니다."

처음 들어왔을 때부터 계속 열려 있던 문이 탕, 하고 닫히자 회의실 안은 순식간에 정적에 휩싸였다. 외부 세계와 완전히 차단되어 우리 여섯 명만 이 세계에 남겨진 듯한 기분이 들었다.

서둘러 이야기를 시작하기에는 2시간 30분이라는 시간은 너무 길게 느껴졌고, 무엇보다 우리는 1분 1초를 아껴가며 이야기를 나누어야 할 정도로 서로에 대해 모르지 않았다. 그리고 자신이 얼마나 합격하고 싶은지, 자기가 얼마나 합격해 마땅한 사람인지를 구구절절 늘어놓는 것이 주위의 평가를 떨어트리는 악수라는 사실도 어렵지 않게 짐작이 갔다. 우리는 정말로 문이 잠겼는지 확인하듯 서로 의미 없는 쓴웃음을 지어 보이고는 심호흡을 한 후 천천히, 마치 일요일 아침 식사를 준비하는 듯한 속도로 그룹 토론을 시작했다.

"이제 어떻게 할까?"

제일 먼저 입을 연 것은 물론 쿠가였다.

"마지막에 다수결로 결정하는 게 가장 일반적인 방식이라고 생각하는데 혹시 다른 아이디어 있어?"

"하나 제안하고 싶은 게 있는데."

나는 생각했던 아이디어를 풀어놓았다.

"어차피 시간도 많으니 30분마다 한 번씩 투표를 하는 건 어떨까? 지금 바로 투표를 한 번 하고 30분 지날 때마다 다시 투표를 하는 거야. 그러면 총 여섯 번 투표를 하게 될 텐데 다 합쳐서 마지막에 가장 많은 표를 얻은 사람이 합격하는 걸로 하는 거지."

"왜 굳이?" 하카마다가 물었다.

"자기PR을 한다고 하더라도 여섯 명이 동시에 말을 할 수는 없으니 순서대로 하게 될 텐데 그러면 아무래도 마지막에 열변을 토하는 사람이 유리할 것 같거든. 처음 2시간은 이 사람한테 투표할 생각이었는데 마지막 30분 동안 펼쳐진 눈물 공세 때문에 일시적인 감정에 휩쓸려 다른 사람에게 투표하는 사태는 피해야 하지 않을까? 내 생각에는 투표 횟수를 늘려서 보다 정밀도가 높은 다수결 시스템을 구축하는 게 좋을 것 같아. 아마도 그게 가장…."

"'페어'한 방법이니까." 하카마다가 장난스러운 말투로 끼어들었다.

내가 웃으며 고개를 끄덕이자 쿠가도 따라 웃었다.

"확실히 '페어'한 방법이네." 쿠가는 내 제안에 동의를 표한 다음 이대로 하는 게 어떻겠냐고 모두에게 물었다.

시마는 미소 띤 얼굴로 정말 좋은 생각 같다며 내게 힘을 실어주었다. 모리쿠보와 야시로도 두 손 들고 환영할 정도는 아니었지만 이견은 없는 듯했다.

나는 고개를 한 번 끄덕였다.

여러 번 투표하는 방식을 제안한 이유는 이 방법이 가장 페어하다고 생각하기 때문만은 아니었다. 사실은 토론 과정에서 조금이라도 내 존재를 어필하고 싶었다는 게 가장 컸다. 아마도 회의를 이끌어 나가는 역할은 쿠가가 담당하게 될 터였다.

그렇게 되더라도 하카마다가 말했던 '참모'로서의 포지션을 확보해서 조금이라도 토론의 주도권을 잡아 점수를 쌓아가지 않으면 내가 합격할 가능성은 없었다.

쿠가는 스마트폰으로 30분마다 알람이 울리도록 설정한 다음 곧바로 첫 번째 투표로 옮겨갔다(마지막 투표가 회의 종료 시간과 너무 딱 겹치지 않도록 약간 앞당겨서 조정했다).

각자가 현시점에서 자신을 제외하고 가장 합격해 마땅하다고 생각하는 사람에게 손을 들어 투표한 후, 그 결과를 화이트보드 가장 가까이에 앉은 시마가 대표로 기록했다.

— 누가 뽑히더라도 그것이 정답이라고 생각합니다.

코가미 부장님에게 한 말은 입에 발린 소리가 아니라 내 진심이었다. 그리고 투표 결과는 그런 내 마음을 반영하듯 적당히 고르게 나타났다.

■ 제1회 투표 결과
| 쿠가 2표 | 하카마다 2표 | 하타노 1표 | 시마 1표
| 모리쿠보 0표 | 야시로 0표

수첩에 투표 결과를 옮겨 적었다.

가장 많은 두 표를 얻은 사람은 쿠가와 하카마다였다. 쿠가에게 투표한 사람은 하카마다와 시마였고, 하카마다는 쿠가가 지닌 발군의 리더십을 높이 평가했다.

"역시 사람을 휘어잡는 카리스마가 있단 말이지. 쿠가한테는 정말 못 당하겠어. 쿠가가 하는 말은 나도 모르게 따르게 된다니까. 아마도 인간성이 뛰어나서 그런 거겠지만 아무튼 대단하다고 생각해." 시마도 하카마다와 비슷한 의견이었다.

하카마다에게 투표한 사람은 모리쿠보와 야시로였다. 모리쿠보는 많이 긴장되는지 손수건으로 연신 땀을 닦아내며 말했다. "여섯 명 모두 훌륭한 인재인 건 맞아. 하지만 솔직히 말해서 쿠가가 빠지더라도 그 자리는 하타노가 메울 수 있을 것 같고, 야시로의 역할은 내가 커버할 수도 있겠지. 시마나 하타노 역시 다른 누군가가 그 역할을 대신하는 게 가능하다고 봐. 하지만 하카마다는 아무도 대신할 수 없어. 모두가 앞다투어 자신을 내세우려고만 하는 가운데 늘 조용히 전체를 관망하며 균형을 잡아주었잖아. 그러니까 나는 하카마다를 추천해."

"이거 참 몸 둘 바를 모르겠네." 하카마다가 머리를 긁적이며 말하자 모두가 웃음을 터트렸다.

시부야역에서부터 시종일관 굳은 표정이었던 야시로도 어느 정도 부드러워진 목소리로 하카마다에게 투표한 이유를 밝혔다. "제일 의지가 되는 사람은 역시 하카마다였던 것 같아."

놀랍게도 내게 투표해준 사람은 쿠가였다. "아까 모리쿠보가 말한 내용이랑 비슷한데 내 안에서는 하타노가 그야말로 필수불가결한 요소 같은 느낌이야. 누구나 좋은 부분과 안 좋은 부분을 가지고 있지만 하타노는 종합 점수가 가장 높을 뿐만 아니라 약점이 제일 적은 것 같아."

녹음해서 평생 소중히 간직하고 싶을 정도로 감동적인 말이었지만 나는 고맙다고 하면서 옅게 웃어 보이는 데 그쳤다. 중요한 국면이니까 침착하고 냉정하게. 그렇게 스스로를 타이르며 합격자로 선정되기 위해 가장 좋은 방법이 무엇일지 계속해서 생각했다.

시마에게 투표한 나는 투표 이유로 시마의 근면성실함과 뛰어난 실무 능력을 꼽았다. 시마는 기뻐하는 듯했지만 역시나 과하게 좋아하는 티는 내지 않고 살짝 고개를 숙이며 고맙다고만 했다.

내 표를 모아야 했다. 하지만 스스로 잘났다고 시끄럽게 떠들어 봤자 효과가 있을 리 만무했고, 그렇다고 해서 다른 누군가를 깎아내리는 발언을 하는 것도 위험했다. 생각했던 것보다 훨씬 더 어려운 그룹 토론이었다. 정장 재킷 아래 와이셔츠가 땀으로 축축해진 것이 느껴졌다.

모두가 이다음에 어떻게 해야 할지를 고민하고 있었다. 바로 그때였다.

"그런데 저건 누가 두고 간 걸까?"

"아, 나도 아까부터 신경 쓰이더라. 누구 거야?"

시마의 질문에 하카마다가 대답했다. 모두의 시선이 일제히 문 쪽으로 쏠렸다.

내 맞은편에는 모리쿠보가 앉아 있었다. 내 자리에서는 모리쿠보에게 가려서 잘 보이지 않았는데 자리에서 일어나 고개를 빼고 보니 문 옆에 무언가가 놓여 있는 것이 보였다. 자세히 보지 않아도 그것이 무엇인지는 한눈에 알 수 있었다. 흰색 봉투였다. A4 사이즈의 종이가 접지 않아도 들어가는, 말하자면 이력서나 입사지원서를 보낼 때 가장 적합한 사이즈라고 할 수 있는 비교적 커다란 서류 봉투였다. '떨어트린 것'이 아니라 '두고 간 것'이라고 표현한 것은 그 봉투가 바닥 위에 놓인 것이 아니라 마치 사다리처럼 벽에 살짝 기대어 세워져 있었기 때문이다.

"누구 거야?" 쿠가의 물음에 모두가 자기 것은 아니라고 대답했다.

쿠가는 토론 중이긴 하지만 스피라링크스의 사내 자료라면 인사팀에 알려야 할 것 같다며 자리에서 일어나 조심스레 봉투를 집어 들었다. 봉투는 봉해지지 않은 상태였다. 손에 들자 자연스럽게 봉투 입구가 벌어져서 쿠가가 안을 들여다보았다. 그러고는 이상하다는 듯 미간을 살짝 찡그리더니 봉투 안에 손을 쑥 집어 넣었다.

우리 여섯 명의 것이 아니라면 함부로 안에 든 것을 꺼내 보면 안 될 것 같은데. 내가 쿠가에게 주의를 주려다 멈칫한 것은 쿠가가 봉투에서 꺼낸 약간 작은 사이즈의 편지 봉투 겉면에 'To. 하타노 쇼고'라는 글씨가 인쇄되어 있었기 때문이다.

나는 눈을 깜빡거렸다. 잘못 봤나 싶었는데 아니었다. 그것은 틀림없이 나를 위해 준비된 봉투였다. 어리둥절해하며 머뭇거리고 있는데 쿠가가 이어서 봉투 하나를 더 꺼냈다. 'To. 하카마다 료'라고 적혀 있었다.

"여섯 명 전원 것이 다 들어 있는데? 일단 나눠줄까?"

상황을 제대로 파악한 사람은 아무도 없었지만 봉투에 각자의 이름이 기재되어 있으니 그룹 토론에서 사용하는 물건이라고 봐도 무방할 것 같았다. 스피라링크스 측에서 준비한 물건인데 테이블 위에 올려두는 것을 깜박했거나 실수로 설명하지 않고 넘어간 건지도 몰랐다.

'To. 하타노 쇼고'라고 적힌 봉투는 색깔은 흰색, 크기는 A4 용지를 가로로 두 번 접으면 들어가는, 비교적 작은 봉투였다. 만져 보니 안에 무언가가 들어 있는 듯했다. 형광등에 비춰 보아도 무엇인지는 알 수 없었지만 접힌 종이 같다는 예감이 들었다. 희미하게 그림자가 졌다.

각자 자기 앞에 놓인 봉투를 당혹스러운 표정으로 내려다보았다.

"토론을 유리하게 진행할 수 있는 마법의 도구일지도."

하카마다가 그런 농담을 하자 쿠가가 미소를 지으며 종이 사이로 손가락을 집어넣어 봉투를 뜯었다. 경솔하다면 경솔한 행동이었다. 아무리 자기 이름이 기재되어 있다고 하더라도 안에 무엇이 들었는지도 모르면서 열어서는 안 되었다. 하지만 지금은 특수한 상황이고, 게다가 앞으로 토론을 어떻게 진행해 나가면 좋을지 고민하고 있는 상태였다. 쿠가가 의문의 봉투를 개봉한 것을 비난할 마음은 들지 않았다. 다들 비슷한 생각이 있었는지 쿠가에 이어 하카마다도 봉투 입구에 손가락을 끼워 넣었다. 쿠가가 입을 여는 것이 조금만 더 늦었더라면 나 역시 봉투를 개봉했을지도 모른다.

"어?"

쿠가는 봉투에 든 종이를 꺼내 읽더니 그대로 움직임을 멈췄다. 안색이 눈에 띄게 파리해져갔다. 왜 그러냐고 우리가 거듭해서 묻자 그제야 정신이 들었는지 잠시 눈동자를 이리저리 굴리더니 이윽고 머뭇거리며 종이를 테이블 위에 조심스레 내려놓았다. 손이 부들부들 떨렸다.

3등분으로 접었다 편 A4 복사지.

종이에는 두 장의 사진이 실려 있었고 사진 아래로는 타자로 친, 아무런 특징도 개성도 없는 짧고 무미건조한 메시지가 명조체로 찍혀 있었다.

말이 나오지 않았다.

지구의 자전으로부터 강제로 분리된 듯 회의실 안 공기만이 완전히 정지했다.

종이 위쪽에 인쇄된 사진은 어느 고등학교 야구부 단체 사진이었다. 남자 부원 서른 명 정도가 학교 운동장 같아 보이는 장소에 세 줄로 정렬해 있었다. 맨 앞줄은 아마도 등번호를 부여받은 주력 선수인 듯했다. 모두 정규 유니폼 차림이었다. 기분 탓인지 체격도 다른 부원들보다 더 커 보였다. 한편, 맨 뒷줄에 선 부원들은 흰색 체육복에 마커로 이름을 적은 연습복을 입고 있었다. 햇볕에 검게 탄 학생들의 유니폼에 새겨진 학교 이름은 한 번도 들어본 적이 없었다. 모르는 학교의, 모르는 야구부의, 무엇을 기념해 찍었는지 모를 단체 사진. 그 사진에는 얼굴 부분에 빨간색 동그라미가 그려진 사람이 두 명 있었다. 한 명은 맨 뒷줄에 있는 체구가 작은 소년이었다. 기운 없이 웃고 있는 소년의 가슴팍에 '사토'라고 적혀 있는 것을 보니 아마도 이름이 사토인 듯했다. 그 외에는 아무것도 알 수 없었다.

하지만 빨간색 동그라미로 표시된 다른 한 명은 익숙한 얼굴이었다. 맨 앞줄 정중앙에 앉아 있는, 어깨가 떡 벌어진 건장한 체격의 소년은 다름 아닌 하카마다였다. 고등학생 때라는 건 최소 3년 전 사진이라는 말인데 지금과 크게 다르지 않았다. 사진만 보면 딱히 특별할 것 없는, 하카마다의 고등학교 시절을 장식하는 추억의 한 페이지라고 할 수 있었다.

하지만 그 사진 아래에는 스크랩한 신문기사가 인쇄되어 있었다. 자극적인 기사 제목이 눈에 들어온 순간, 심장에 식은땀이 흘렀다.

〔현립고등학교 야구부에서 부원 자살, 학교 폭력이 원인인가〕

원래 기사를 확대복사했는지 내 자리에서도 전체 기사 내용
이 쉽게 눈에 들어왔다.

[지난 달 24일, 미야기현립 미도리초 고등학교 야구부 소속 사
토 유야 군(16세)이 이시노마키시에 있는 자택에서 목을 맨 상
태로 숨진 채 발견되었다. 죽기 전 유서를 준비했다는 점에서 경
찰은 이 사건을 자살로 보고 수사를 진행 중이다. 유서에는 고인
이 생전 야구부 내에서 학교 폭력을 당했다는 내용이 적혀 있는
것으로 확인되었으며, 이에 따라 학교와 미야기현 교육위원회는
즉시 실태 조사에 나서겠다고 밝혔다.]

기사 아래에는 아마도 이 봉투를 준비한 사람이 적은 것으
로 보이는 메시지가 덧붙여져 있었다.

하카마다 료는 살인자. 고등학교 시절 같은 야구부 부원이었던
'사토 유야'를 자살로 몰고 갔다. (※쿠가 소타의 사진은 모리쿠
보 키미히코의 봉투 안에 들어 있음.)

이대로 계속 고발문을 노려보는 것도, 고발을 당한 하카마
다 쪽을 쳐다보는 것도 똑같이 두려웠다. 그래도 나는 용기를
내서 천천히 종이에서 얼굴을 들었다. 하카마다가 언제나처럼
온화한 미소를 띤 얼굴로 뭐야 이거, 잘 만들었네, 진짜 신문 같

잖아 등의 말을 해준다면 우리는 어떻게든 원래 분위기로 돌아갈 수 있을 것 같았다. 하지만 하카마다는 명백하게 동요하고 있었다. 걷잡을 수 없는 감정의 소용돌이가 휘몰아치듯 의자에서 벌떡 일어나 어깨를 크게 들썩였다. 땀이 턱을 타고 흘러내렸다. 원래부터 큰 체격이 두세 배는 더 커진 듯했고, 얼굴이 붉으락푸르락 달아올랐다. 하카마다는 이성을 잃은 듯했다.

"…뭐야 이거."

우리는 아무 대답도 하지 못했다. 뭐야 이거. 우리야말로 하카마다에게 묻고 싶었다. 뭐야 이거? 하카마다는 떨리는 눈동자로 우리 다섯 명의 얼굴을 하나하나 시간을 들여 관찰하더니 얼굴에 난 땀을 손바닥으로 거칠게 닦아냈다.

"누구야… 누가 이런 걸 준비한 거야, 응?"

"사실이야?"

잔뜩 흥분한 소의 고삐를 확 틀어쥐는 듯한 질문을 한 사람은 야시로였다.

"뭐?"

"이 종이에 쓰여 있는 내용이 사실이냐고."

야시로도 하카마다가 두렵지 않은 건 아닌 듯했다. 방어하듯 팔짱을 낀 두 팔에 잔뜩 힘이 들어가 있었다. 긴장하고 두려워하는 기색이 역력했다. 하지만 눈빛은 강하고 날카로웠다. 한 발도 물러서지 않겠다는 결의가 느껴졌다.

하카마다는 야시로를 사납게 쏘아보며 먹잇감을 노리는 사자처럼 몸을 천천히 틀었다. 주먹 쥔 오른손이 바위처럼 단단해 보였다.

"야시로 네가 준비한 거냐, 이 봉투."

"지금 그 얘길 하고 있는 게 아니잖아. 내가 묻고 싶은 건 이게 사실이냐는 거야."

"그런 건 아무래도 상관없잖아."

"상관없지 않아. 만약 이게 사실이라면 솔직히 말해서 같은 공간에서 숨 쉬고 있다는 것조차 끔찍한걸. 최악이야. 합격이니 불합격이니 하기 이전의 문제라고."

"…당연히 헛소리지." 하카마다가 위협하듯 말했다. "난 모르는 얘기야."

"모른다고? 모른다는 건 말이 안 되지 않아? 사진에 같이 찍혀 있잖아."

"아니 그건… 당연히 알고는 있지."

"이 사토라는 학생이 자살한 건 사실이야?"

"그래, 맞아! 하지만 그런 인간쓰레기 같은 자식은…!"

하카마다는 거기서 갑자기 말을 끊었다. 입에 올린 순간 자신이 실수했다는 사실을 깨달았겠지만 그 말은 우리의 귀에 또렷하게 와닿았고, 슬플 정도로 선명하게 우리 마음속으로 파고들었다. 당황한 하카마다는 의심에 찬 눈으로 바라보는 우리에게 무언가 변명을 하려 했지만 다른 목소리가 그 앞을 가로막았다.

"…지금, 뭐라고 했어?"

야시로였다.

"자살한 사람한테 '인간쓰레기'라고 한 거 맞지?"

야시로는 아무 말도 하지 못하는 하카마다를 공격하듯 계속해서 말을 이어 나갔다.

"자살로 몰고 간 걸로도 부족해서 인간쓰레기라고? 믿을 수가 없네. 주장이었다고 하지 않았어? 주장으로서 부원들을 선동해서 한 사람을 괴롭혔다는 거야? 아니면 다른 부원들이 괴롭히는 걸 알면서 묵인한 건가? 어느 쪽이든 저질스럽기…."

짝이 없다고 야시로가 말을 마친 그 순간. 하카마다가 단단한 주먹으로 테이블을 힘껏 내리쳤다. 과장이 아니라 정말로 회의실 전체가 폭격을 당한 것 같았다. 우리는 반사적으로 몸을 움츠렸다. 그 상태로 충격이 가라앉기를 충분히 기다렸다가 조심스럽게 하카마다 쪽을 돌아보았다.

"미안…, 흥분해서 그만. 정말 미안해."

하카마다의 사과를 액면 그대로 받아들이는 사람은 아마 한 명도 없었을 것이다. 오히려 욱해서 테이블을 쾅 내리친 행위야말로 고발문이 진실이라고 증명하는 움직일 수 없는 증거라는 생각이 들었다. 저 주먹이 '사토 유야'를 냅다 후려갈기는 장면이 너무나도 자연스럽게 상상이 되었다.

— 팀의 평화를 깨트리는 사람을 정말 싫어해서 그런 상대한테는 바로 손이 나가기도 하는데….

처음 만난 날 패밀리 레스토랑에서 하카마다가 한 말이 절묘한 타이밍에 머릿속을 스치고 지나갔다.

"모함이야."

흐트러진 분위기를 수습하기 위해 나선 쿠가가 침착한 목소리로 단언했다.

"모함인 거지, 하카마다?"

쿠가가 동의를 구하는 듯한 말투로 하카마다에게 물었다. 하카마다는 입술을 깨문 채 신중히 말을 고르며 부자연스러울 정도로 길게 뜸을 들이더니 이윽고 천천히 입을 열었다.

"…맞아, 모함이야."

쿠가는 스스로를 납득시키듯 잠자코 고개를 끄덕였다. "안에 뭐가 들었는지도 모르는 봉투를 함부로 열어버린 건 명백히 내 실수야. 정말 미안해. 지금 본 건 다들 잊기로 하자. 본인이 모함이라고 하니까 이건 모함인 거야. 탓하려면 나를 탓해. 그리고 이 봉투는…."

"이 봉투를…." 쿠가의 말이 채 끝나기도 전에 시마가 입을 열었다. 붉게 충혈된 눈으로 어떻게든 불안함을 달래보려는 듯 입가를 만지작거리며 조심스럽게 말했다. "이 봉투를 스피라링크스에서 준비한 건… 아니겠지?"

일부러 생각하지 않으려 했지만 그렇게 생각할 만도 했다.

하지만 스피라링크스가 아무리 벤처 성향이 강한 참신하고 독특한 기업이라고 해도 이렇게 윤리에 반하는 일을 할 리는 없었다. 만약 코가미 부장님을 비롯한 인사팀이 사전에 이 사실을 알았다면 그냥 하카마다를 불합격 처리하면 끝날 일이었다. 일부러 하카마다를 최종 전형까지 남겨둘 필요도, 회의실에 이런 봉투를 놓아두고 의제로 삼게 할 이유도 없었다.

나는 눈앞에 놓인 'To. 하타노 쇼고'라고 적힌 봉투를 내려다보았다.

안에는 무엇이 들어 있을까. 전혀 짐작이 가지 않는 것은 아니었다. 'To. 쿠가 소타'라고 적힌 봉투에서는 하카마다를 고발하는 내용이 담긴 종이가 나왔다. 그렇다면 나에게 주어진 봉투에도 여기 있는 다섯 명 중 누군가에 대한 고발문이 들어있을 터였다. 그리고 아마도 이 중 누군가가 가진 봉투 안에 나를 고발하는 종이가 들어 있을 것이 분명했다.

숨이 막힐 듯한 기분으로 고개를 들자 다섯 명 전원과 눈이 마주쳤다. 서로가 서로를 의심에 찬 눈으로 쳐다보고 있었다. 동시에 무서울 정도로, 이대로 자리를 박차고 뛰어나가고 싶을 정도로 다들 하나같이 겁에 질린 표정이었다. 다섯 명 모두 진심으로 불안해하고 있었다. 그리고 오직 단 한 사람, 거짓으로 표정을 꾸미고 있는 사람이 있었다.

피해자인 척하며 이 회의에 폭탄을 투척한 배신자가.

범인이 이 안에 있다.

그룹 토론 참가자, 하카마다 료(30세)
2019년 5월 18일(토) 12시 08분~
가나가와현 아츠기시 모 공원에서

우와, 진짜 왔네. 반갑다. 그때랑 별로 달라진 게 없네. 응? 그
야 당연히 기억하고 있지. 면접 한 번 같이 봤던 사람들은 물
론 거의 다 잊었지만 그 다섯 명은 특별했으니까. 잊을 리가 없
지. 마지막이 좀 그렇긴 했지만 그런 부분까지 전부 다 포함해
서 잊을 수 없는 팀원들이라고 생각해. 진짜 추억이다. 나는 좀
많이 쪘지? 괜찮아, 솔직히 말해도. 입사 때 사진이랑 비교하면
내가 봐도 다른 사람 같으니까. 원래부터 살찌기 쉬운 체질이
다 보니 조금만 방심해도 금방 이렇게 되더라. 눈 깜짝할 사이
에 두둥, 하고 말이야.

아, 저쪽 벤치에 앉자. 이 공원에서 내 전용석이라고 할 수
있지. 처음엔 어떤 아저씨랑 쟁탈전을 벌이곤 했는데 내가 하
루도 빠짐없이 매일 똑같은 자리에 앉으니까 결국 포기하더라
고. 대승리를 거뒀달까, 하하하. 매일 여기서 캔커피에 주먹밥
먹는 게 내 점심이야. 그런 의미에서 미안하지만 밥 좀 먹을게.

작업복 차림이라 좀 미안하네. 총무나 경리도 포함해서 창고
에 근무하는 사람들은 모두 이걸 입어야 하거든. 실제로 관리
직이라 하더라도 현장을 방문하는 일이 많으니 이해는 가지만

말이야. 응? 맞아, 토요일도 근무해. 정확히 말하자면 야근 포함 나흘 근무 이틀 휴무제. 나흘 근무하고 이틀 쉬는 걸 계속 반복한다는 거지. 주말이나 공휴일 상관없이. 처음엔 불편했는데 익숙해지니까 할 만하더라고. 오히려 이젠 주말에 외출하는게 더 귀찮아. 사람이 너무 많아서. 애들도 시끄럽고. 봐, 저기보이는 쟤들처럼. 저쪽에 아파트 단지가 있어서 가끔 어린애들도 이 공원에 오거든. 매번 꼬마들이 여기 잔뜩 모여 있는 걸보고 그제야 깨닫는 거지, '아, 오늘 토요일이구나' 하고 말이야. 뭐 아무래도 상관없는 얘기지만.

오늘은 여기까지 지하철 타고 온 거야? 아니면 차로? 뭐, 택시? 도쿄에서 여기까지 택시라니 대단한데? 역시 부자는 다르네. 스피라링크스의 정규직은 수입도 차원이 다르구나. 하하하, 농담이야, 농담. 비꼬는 게 아니라 진심으로 대단하다고 생각해. 역시 네가 합격하는 게 정답이었다고 봐. 다른 녀석들은 뭐이래저래 **문제**가 있었으니까.

나? 나는 대학 졸업하고부터 계속 이 회사에 다니고 있어. 처음에는 영업직으로 들어왔어. 도쿄 신바시에 있는 본사에서 시작해서 몇 년 지나 타츠미 사무소로 옮겼고, 여기 온 지는 1, 2… 4년쯤 됐으려나? 지금은 창고 총무를 담당하고 있어. 총무 쪽으로 옮기고 싶다고 한 내 요청이 받아들여진 결과지. 영업직일 때는 업무 강도가 장난이 아니어서 꽤나 고생했지만 지금은 많이 나아졌어. 정신적으로도.

돌이켜 생각해 보면 취업 활동 때문인 것 같기도 해. 뭔가 스스로도 이해하기 힘든 출세욕이 싹튼달까, 가치관이 이상한 방향으로 상향 조정된달까. 좋게 표현하면 '지나치게 성장'한다고도 할 수 있겠다. 취업 활동을 하는 과정에서 말이야. 어떤 어른이 되고 싶습니까, 어떤 사회인이 되고자 합니까. 아무것도 모르는 애들을 앉혀 놓고 답을 강요하는 느낌이랄까. 나도 명색이 야구부 출신이다 보니 '그렇다면 제대로 한번 보여주겠어!' 이렇게 된 거지. 그래서 일부러 일이 바쁜 대신 보람도 크다는 점을 강조하는 대기업이나 유명한 곳 위주로 지원했던 것 같아. 업종이나 이런 건 전혀 신경 쓰지 않고. 당시 집에도 좀 일이 있어서 더 취업에 매달린 면도 있었고. 뭐 덕분에 나름대로 큰 회사에 들어왔으니 다행이라고는 생각하지만. 그래도 사실은 정시퇴근하면서 적당한 수준의 연봉을 받을 수 있다면 그걸로 충분히 만족했을 것 같단 말이지. 그 당시엔 스피라링크스에도 엄청 들어가고 싶다고 생각했는데 막상 입사해서 야근을 한 달에 막 100시간씩 해 가면서 이게 보람찬 삶이라고 아무리 떠들어 봤자 속은 천천히 썩어 들어가지 않았을까 싶기도 해. 그때는 그저 일에 치이는 삶이 멋지다고 착각했던 거지.

이 회사에 들어오고 나서도 '남자라면 영업이지' 같은 이상한 자존심이 있었던 것 같아. 스스로도 잘 이해가 안 가지만. 그냥 남들처럼 와이프와 함께 보내는 시간을 소중히 하며 아이도 낳고 그렇게 여유롭게 살고 싶다고 생각하게 된 건 솔직히 최근 들어서야. 응? 결혼한 지는 5년쯤 됐어. 맞아, 평범하게 사내 연애로 만나서. 담배 좀 피워도 될까? 밥 먹고 한 대 피우는 게 습관이 돼서. 미안.

응? 그 당시엔 내가 안 피웠었나? 아니야, 모두 앞에서 안 피우는 척했을 뿐이야. 담배는 열여섯 살 때부터 피우고 있는걸. 하하, 지금 한 말은 못 들은 걸로 해줘. 정말이지 그땐 거짓말을 밥 먹듯이 했는데.

솔직히 누가 더 거짓말을 잘하는지 겨루는 느낌이었던 것 같아. 술집에서 아르바이트 리더로 일하고 있습니다, 자원봉사 동아리의 회장을 맡고 있습니다, 면접에서 제일 자주 썼던 거짓말이 이 두 개였다는 건 지금도 기억해. 맞아, 전부 거짓말이야. 술집에서 일한 건 사실이지만 딱히 리더는 아니었거든. 하하. 그리고 대학교 2학년 땐가? 한번은 친구 다섯 명이랑 기후 쪽으로 여행을 갔다가 같은 숙소에 묵었던 사람들과 함께 그 동네 쓰레기 줍는 걸 도운 적이 있어. 이력서 쓰던 중에 문득 그때 생각이 나서 '그건 순전히 자원봉사였다고 할 수 있지'라고 자기 합리화한 결과, 자원봉사 동아리 회장이라는 에피소드가 탄생한 거야. 대단하지? 다들 비슷하지 않나? 그렇다니까.

여기서 재밌는 게 어디 회사 면접에서 자원봉사 동아리 회원은 총 몇 명인가요? 같은 질문을 받아서 적당히 '서른일곱 명입니다'라고 둘러대잖아? 그러고 나면 그건 절대로 안 잊어버려. 내 안에서 '내가 회장을 맡고 있는 자원봉사 동아리의 전체 회원 수는 서른일곱 명'이라는 데이터가 확실하게 저장이 되는 거지. 그런 식으로 면접을 거듭하다 보면 점점 더 설정이 추가돼서 급기야는 자기가 거짓말을 하고 있다는 자각조차 없이 디테일한 부분까지 술술 대답할 수 있게 돼. 그건 스스로 느끼기에도 좀 놀랍더라. 취업 준비생이란 아무렇지도 않은 얼굴로 거짓말하는 데는 선수라고 할 수 있지. 아닌가? 나만 그랬던 건지도 모르겠다. 하하. 그건 그렇고… 아.

뭐야, 저 녀석들, 야구하려는 건가? 설마. 성가시게시리. 시끄러운 건 참는다 해도… 짜증나네.

아, 미안 미안. 그건 그렇고… 뭐라고 했더라? 네가 궁금하다던 게… 아, 맞다, 봉투에 들어 있던 내용물.

맞아, 사실이야. 처음부터 끝까지 전부 다. 학교 폭력이 존재했고, 자살자가 나왔지. 솔직히 말해서 그 정도로 근성 없는 녀석인 줄은 몰랐어. 응? 누구냐니, 사토 말이야, 사토 유야. "이 지옥 같은 펑고^{fungo 야구에서 수비 연습을 위해 배트로 공을 쳐주는 것 - 옮긴이}를 매일매일 빠짐없이 맛보게 해줄 테니까 각오 단단히 해. 아무리 멍이 들어도 봐주지 않을 거니까." 내가 그렇게 말한 바로 그다음 날 꼴까닥 가버리더라고. 내가 얼마나 실망했는데. 근성이라고는 눈 씻고 찾아봐도 찾을 수 없는 인간쓰레기 같은 자식. 아, 지금 한 말은 좀 심했나? 역시 그렇지? 하하, 못 들은 걸로 해줘. 미안.

당연히 야구부는 활동 정지. 유서도 있으니 자살은 전부 우리 책임, 아니 유서에서 딱 꼬집어 얘기하고 있는 내 책임이라고 보는 분위기였거든. 어차피 전국 대회에 나갈 정도로 강한 팀도 아니긴 했지만 그래도 역시 마지막 대회를 못 나가게 된 건 아쉽더라. 아직도 소화가 덜 돼서 가슴 속 어딘가에 걸려 있는 느낌이야. 청춘의 마지막 페이지를 강제로 찢긴 셈이라고, 그 이기적인 새끼의 자살 때문에. 안 되겠다. 입을 열면 욕밖에 안 나오네. 하하. 이제 그만해도 될까? 그 자식 얘기는.

어? 아, 응. 그건 나도 궁금해서 그룹 토론 끝나고 직접 알아봤어. 딱히 찌른 녀석을 찾아서 어떻게 하겠다고 생각한 건 아니었지만 대체 어떤 경로로 사토에 관한 이야기가 새어 나갔는지 신경이 쓰이잖아? 무섭기도 하고. 그래서 알아본 결과 솔직히 말해서 나도 꽤 쫄았어.

아무래도 '범인'은 SNS, 당시엔 믹시였지 아마? 그걸 통해서 내 친구의 친구쯤 되는 사람들한테 마구잡이로 메시지를 보낸 것 같더라고. 친구 리스트를 타고 들어가서 말이야. 친구 리스트라니 진짜 추억이네…. 뭐 그건 그렇고. 메시지는 대충 '하카마다 료라는 녀석의 안 좋은 소문을 알려주면 5만 엔을 주겠다'라는 내용이었던 것 같고, 메시지를 받은 사람 중에서 나를 알고는 있지만 나와 친구를 맺을 정도는 아닌, 좀 거리가 있는 누군가가 '범인'에게 사토 얘기를 했나 보더라고.

제일 중요한 5만 엔은 어떻게 전달했을 것 같아? 지금이라면 가상 화폐로 바꿔서 간편송금하면 되지만 당시엔 그런 게 없었잖아.

지하철역 물품보관함을 이용했대. 뭔가 프로 같지 않아? 사토 얘기를 찌른 녀석이 먼저 정보를, 그러니까 야구부 단체사진이랑 지역 신문 기사 같은 걸 물품보관함에 넣고 돌아가면 '범인'이 물품보관함에서 그걸 꺼내고 대신 사례금 5만 엔을 넣어두는 거지. 조폭들이나 쓸 법한 수단 아닌가? 얼마나 합격하고 싶었으면 그렇게까지 했을까 싶더라.

마지막에 밝혀진 '범인'이 설마 그런 짓을 할 사람이라고는 생각도 못했는데 말이지. 나쁜 녀석도 아니었고. 솔직히 난 좋은 녀석이라고 생각했거든. 뭐? 죽었다고? 병으로? 아… 음…. 마지막이 그렇게 끝나긴 했지만 역시 죽었다는 말을 들으니 기분이 좀 그렇네.

아무튼… 으악! 젠장, 작작 좀 해라. 이 녀석들, 거기 딱 서! 도망치지 말고! 어이, 만에 하나 누가 공에 맞았으면 어쩔 셈이야? 응? 뭐라고 대답 좀 해 봐! 누가 다쳤으면 어쩔 건데, 응? 사람 뼈라는 게 얼마나 쉽게 부러지는지 알아? 모르겠으면 한 번 시험 삼아 부러트려줄까? 응? 울지 말고 잘 들으라고. 거기 너, 방금 도망친 녀석들 당장 가서 데려와. 혹시라도 그대로 도망칠 생각은 하지도 말고. 네가 도망치면 여기 남은 녀석들 전부 지옥을 맛보게 해줄 테니까 단단히 각오해. 알아들었으면 어서 가! 빨리 가서 다 데려오라고!

3

"아무튼, 이 봉투에는 우리에 관한 악질적인 **루머**가 들어 있다는 거네."

쿠가는 하카마다를 고발하는 내용이 담긴 종이를 주먹으로 두드리며 말했다.

"그렇다면 더 이상 봉투를 열어 볼 필요는 없겠다. 원래 있던 큰 봉투에 다시 넣어서 버리기로 하자."

쿠가의 말에는, 우리의 리더가 하는 말에는, 힘이 있었다. 모두가 울타리 없는 벼랑 끝에 서 있는 듯한 불안과 공포에 떨고 있는 가운데 쿠가가 제시한 길은 실로 분명하고 정확했다.

누가 이런 봉투를 준비했는지는 알 수 없었다. 누가 이런 짓을 했을지 상상하는 것만으로도 온몸의 수분이 다 빠져나가는 듯한 실망과 공포가 엄습했다. 하지만 범인이 누구든 이런 짓을 한 목적은 명백했다.

합격.

그것 말고는 생각할 수 없었다. 봉투에 각자의 오점을 적은 종이를 넣어두고 그것을 서로 열게 함으로써 모두의 평판을 싸잡아 떨어뜨리는 것. 봉투의 내용물을 하나밖에 확인하지 않은 현재로서는 구체적인 방법이나 전체적인 계획까지는 파악하기 어려웠지만 어찌 됐든 범인이 봉투를 이용해 합격하려

한다는 점은 분명했다. 그러기 위해서 범인은 토론을 자기 페이스대로 끌고 나가려고 하고 있었다.

범인의 목적을 파악했으니 이에 대처할 방법은 하나밖에 없었다. 봉투를 모두 버리는 것이다. 안에 들어 있는 내용은 루머에 불과하니까 모두가 억지로라도 그렇게 여기기로 한다면 더 이상 우리가 신경 쓸 필요는 없었다. 서로의 피해를 최소한으로 줄이면서 범인의 계획을 무력화시키는 쿠가의 제안은 지극히 합리적인 선택이었다. 이론적으로는.

"잠깐만." 조금 진정된 듯했던 하카마다가 다시금 흥분한 어조로 쿠가에게 말했다. "그럼 '범인'은 어떻게 할 건데?"

"어떻게라니?"

"범인을 잡아야 할 거 아냐."

"잡아서 어쩌려고?"

"범인이 누군지 모르는 상태로는 더 이상 아무것도 할 수 없어. 이대로는 범인이 합격할지도 모른다고. 이런 비겁한 수단을 쓰는 버러지 같은 녀석이 합격하도록 내버려둘 수는 없잖아. 그런 일은 결코 있어서는 안 된다고 봐."

쿠가가 언뜻 망설이는 기색을 내비쳤다. 하카마다가 말을 이어 나갔다.

"우선은 범인부터 잡자. 그러고 나서 범인은 확실하게…."

"괴롭혀서 자살로 몰고 가려고?"

펑, 하고 풍선이 터지는 듯한 환청이 들리더니 끈적끈적하고 어두운 그림자가 회의실에 내려앉았다. 나도 모르게 숨을 죽였다. 야시로의 말을 들은 하카마다가 테이블 위로 몸을 내밀었다.

"봉투를 준비한 건 역시 너였냐, 야시로?"

"아까부터 무슨 소릴 하는 거야. 증거 있어?"

"지금 생각해 보면 너 아침부터 어딘지 좀 이상했어. 수상할 정도로. 너희 생각은 어때? 나는 야시로가 봉투를 준비한 범인이라고 생각해. 맞지?"

"나라면 어쩔 건데?"

"부정하지 않네? 부정하지 않는다는 건…."

탕, 하고 테이블을 내리친 사람은 쿠가였다. 소리에 놀란 하카마다와 야시로가 순간적으로 입을 다물자 쿠가는 강한 어조로 두 사람을 타일렀다. 그러고는 손수건으로 땀을 닦더니 페트병에 든 물을 한 모금 마시고 크게 한숨을 내쉬었다.

"여기서 우리끼리 이러고 있어 봤자 시간만 허비할 뿐이야. 봉투의 내용물은 모두 헛소문이니 믿고 말고 할 것도 없어. 나머지 봉투는 더 열지 말고 이대로 폐기하자. 범인도 찾지 말고. 그리고 원래 하던 토론으로 돌아가는 거야. 그것 말고는 방법이 없어. 그거야말로 범인에게 가장 큰 타격이 될 테니까. 지금처럼 봉투를 가운데 놓고 토론을 진행하는 한 우리는 범인 손바닥에서 놀아나고 있는 거야. 그렇게 생각하지 않아?"

10초 정도 모두가 침묵했다. 다들 잘 돌아가지 않는 머리를 필사적으로 굴려 가며 어떻게 하는 것이 최선일지 생각했다.

혼란스럽기는 했지만 나는 어떻게든 침착해지려고 애썼고, 최종적으로는 쿠가의 의견에 동의한다는 의미로 고개를 끄덕였다. 시마도 작게 두 번 고개를 끄덕거렸다. 쿠가는 우리 둘의 반응이 여섯 명 전원의 의견을 대표한다고 보았는지 묵묵히 고개를 끄덕여 보였다.

산소 농도가 급격히 낮아지기라도 한 것처럼 회의실은 언제부터인가 답답하고 숨 막히는 공간으로 변했다. 환기에는 문제가 없었다. 실내 온도는 쾌적하게 유지되고 있음에도 불구하고 모두가 식은땀을 흘리며 긴장과 공포로 점철된 중압감과 싸우고 있었다. 가능하다면 잠시라도 회의실에서 벗어나고 싶었다. 하지만 그럴 수는 없었다. 퇴실은 곧 불합격을 의미했으니까.

"그럼 모두 자기가 가진 봉투를 이 큰 봉투 안에 다시 넣…"

쿠가가 처음에 발견한 큰 봉투를 테이블 중앙으로 내민 순간 전자음이 울렸다. 쿠가의 스마트폰에서 나는 소리였다. 거의 존재를 잊어버리고 있었지만 그것은 투표 시간을 알리는 알람이었다. 30분마다 한 번씩 투표를 하자. 다름 아닌 내가 제안한 규칙이었다.

벌써 30분이나 지났느냐고 생각하는 사람은 아무도 없었을 것이다. 아직 30분밖에 지나지 않았다니. 우리는 앞으로 남은 2시간 동안 이 공간에서 계속해서 싸워야만 했다.

쿠가는 봉투 회수 작업을 일단 멈추고 두 번째 투표를 진행하기로 했다. 아까와 마찬가지로 각자가 합격해 마땅하다고 생각하는 사람에게 손을 들어 투표하고, 화이트보드 앞에 선 시마가 결과를 기록했다. 투표를 시작한 지 얼마 지나지 않아 숫자가 지닌 무정함에 나도 모르게 한숨이 나올 뻔했다. 투표 결과를 수첩에 옮겨 적는 손이 떨렸다. 겨우 30분밖에 지나지 않았는데. 봉투의 등장으로 인해 판이 뒤집혔다.

■ **제2회 투표 결과**
| **쿠가 3표** | **하타노 1표** | **야시로 1표** | **시마 1표** |
| **하카마다 0표** | **모리쿠보 0표** |
■ **현재까지의 총 득표수**
| **쿠가 5표** | **하타노 2표** | **하카마다 2표** | **시마 2표** |
| **야시로 1표** | **모리쿠보 0표** |

하카마다의 표가 뚝 끊겼다.
"…웃기지 마."
하카마다가 무서운 눈초리로 노려본 상대는 첫 번째 투표에서 하카마다에게 투표했던 야시로와 모리쿠보였다. 두 사람에게 화가 나는 하카마다의 마음은 충분히 이해가 갔다. 야시로와 모리쿠보가 생각을 바꾼 이유는 단순했다. 외부에서 유입된, 근거를 알 수 없는 '언페어'한 고발문 탓이었다.
동시에 생각을 바꾼 야시로와 모리쿠보의 마음도, 하카마다의 마음보다 훨씬 더 이해가 되었다. 아무리 모함이라고 해도, 헛소문이라고 생각하려고 해도 역시 완전히 무시하는 것은 불가능했다. 오히려 하카마다의 돌변한 모습을 목격한 현재로서는 하카마다 본인의 말보다 익명의 고발이 더 믿음이 갔다.

"자, 다들 봉투를 여기 넣어줘."

쿠가가 다시 한번 큰 봉투를 내밀자 하카마다가 낮은 목소리로 으르렁거렸다.

"그 전에 범인부터 잡아야지. 이대로 넘어갈 수는 없어."

"어떻게 잡겠다는 건데."

쿠가는 바로 답을 하지 못하는 하카마다에게 최후의 일격을 가하듯 덧붙였다.

"잊자. 모두 잊고 이것도 다 버리는 거야. 방법은 그것밖에 없어. 일단 봉투부터 회수하자."

회의실은 교착 상태에 빠졌다.

"어서."

재촉하는 쿠가에게 선뜻 봉투를 돌려주지 않은 것은 물론 버리기가 아까워서는 아니었다. 어떤 이유에서든 지금 여기서 적극적으로 행동에 나서면 하카마다의 신경을 건드릴 것 같았기 때문이다.

쿠가는 아무도 봉투를 반납하지 않는 것이 답답했는지 다시 한번 어서 넣어달라고 하며 오른쪽 옆에 앉아 있던 모리쿠보를 향해 큰 봉투의 입구를 벌렸다. 바로 반납할 줄 알았는데 모리쿠보는 부자연스러울 정도로 꼼짝도 하지 않았다.

혹시 못 들었나 싶어 쿠가가 한 번 더 재촉했다.

"모리쿠보 네 것부터 여기 넣어줘."

그러자 모리쿠보가 기어 들어가는 목소리로 조그맣게 대답했다.

"생각할 시간을 좀 줘."

"생각하다니 뭘?"

"뻔하잖아."

"뭐?"

"정말로 이 봉투를 **버려도 될 것인지**에 대해서 말이야."

나는 귀를 의심했다. 모리쿠보는 한숨을 내쉬더니 안경을 벗어 손수건으로 천천히 닦기 시작했다. 지금껏 종종 보아 왔던, 모리쿠보가 깊은 생각에 잠겼을 때 보이는 습관적인 행동이었다. 고통을 참는 듯 눈을 꾹 감았다가 문득 생각났다는 듯 다시 눈을 뜨고 자기 이름이 적힌 봉투를 내려다보았다. 손수건으로는 계속해서 안경알을 닦았다.

자기가 잘못 들은 것이기를 바라며 봉투를 계속 들고 있던 쿠가는 모리쿠보가 정말로 고발문의 유용성에 대해 진지하게 고민하고 있다는 사실을 깨닫고 실망한 듯 빈 봉투를 테이블 위에 내려놓았다. 그러고는 무기력한 눈동자로 모리쿠보를 멍하니 쳐다보았다.

"이해해줘. 지금 난 0표라고. 하지만 스피라링크스에는 꼭 들어가고 싶어."

모리쿠보는 안경을 내려다보며 변명하듯 중얼거렸다.

"처음부터 이렇게 되지 않을까 싶기는 했어. 내 딴에는 마음을 열고 다가가려고 노력했지만 애초에 난 다른 팀원들에 비해 사교적인 성격이 아니니까. 함께 있어서 즐거운 타입이 아니라는 건 나도 알아. 우리끼리 합격자를 뽑으라고 하면 고전할 수밖에 없는 캐릭터지. 예상은 했어."

"그렇다고 해서 이런 비열한 수단에 묻어가겠다고?" 참지 못한 내가 따졌다.

"아니야, 하타노. 그 반대야. 봉투 덕분에 정말로 저열한 인간이 누군지 알게 되었잖아, 안 그래?"

나는 반론을 삼켰다. 하카마다는 여전히 분노에 찬 눈빛으로 모리쿠보를 노려보고 있었지만 모리쿠보는 눈을 마주치려 하지 않았다.

"이대로 가면 합격자는 쿠가가 될 게 뻔해." 모리쿠보가 말했다. "두 번의 투표에서 이미 다섯 표나 얻었으니 이대로라면 압도적인 표 차로 쿠가가 이기겠지. 그런데 누가 준비했는지는 모르겠지만 이 상황을 뒤집을 수 있을지도 모르는 카드가 바로 여기 나타난 거야. 고상한 척하고 있을 때가 아니라고. 이 봉투에는 '쿠가의 사진'이 들어있다잖아. 그렇다면 나에게도, 다른 네 명에게도 이 봉투를 여는 게 플러스가 될 가능성이 높다는 거지. 쓸 수 있는 패라면 어떻게 쓸 것인지를 고민해야 하지 않겠어? 여기서 좋은 사람인 척하다가 떨어질 바에는 좀 치사하고 더럽다는 소리를 듣더라도 스피라링크스에 합격할 가능성에 걸겠어."

"그렇다면 오히려 역효과야."

당장이라도 울음을 터트릴 듯한 표정으로 입을 연 사람은 시마였다. 시마는 하카마다를 고발하는 내용이 담긴 종이를 집어 들어 아래쪽에 적힌 메시지를 가느다란 손가락으로 가리켰다.

"여기 적힌 '※쿠가 소타의 사진은 모리쿠보 키미히코의 봉투 안에 들어 있음.'이라는 말, 왜 이런 문장을 적어놓은 것 같아?"

모리쿠보가 안경을 닦던 손을 멈추자 시마가 말을 이었다.

"아마도 이건 쿠가가 봉투를 열었으니 쿠가의 사진이 어디 있는지를 밝혀 놓은 걸 거야. 남 잡이가 제 잡이. 봉투를 열면 상대방에게 데미지를 입히는 것만으로는 끝나지 않는다는 거지. 이 메시지가 거짓이 아니라면 모리쿠보가 가진 봉투에는 분명 쿠가와 관련된 사진이 들어 있을 거야. 아마도 그건 쿠가를 헐뜯는 '모함'일 테고 결과적으로 쿠가의 이미지를 크게 실추시키겠지. 나는 어떤 사진이 나오더라도 헛소문이라고 생각할 거지만 어쩌면 그것 때문에 쿠가의 득표수는 줄어들지도 몰라. 하지만 그게 끝이 아니야. 쿠가를 고발하는 내용 아래에는 십중팔구 '※모리쿠보 키미히코의 사진은 누구누구의 봉투 안에 들어 있음.'이라는 말이 적혀 있을 테니 그로 인해 모리쿠보도 위기에 처하게 될 거야. 결국 봉투를 연 모리쿠보 너 자신의 평판도 떨어트리게 된다는 거지. 아무한테도 득 될 게 없어."

"…그 정도는 나도 알아."

모리쿠보는 천천히 안경을 다시 쓰더니 날카로운 눈빛으로 시마를 정면에서 마주 보았다.

"그러니까 더더욱 거리낄 게 없다는 거야."

"그게 무슨 소리야?"

"이 봉투를 열면 나는 내 '사진'이 공개될 위험을 감수해야겠지. 시마 말대로 나한테도 좋을 게 없어. 그걸 알면서도 전부 다 각오하고 이 봉투를 연다는 건 결국 '나에게는 숨기고 싶은 어두운 과거 따윈 없다'고 선언하는 간접적인 어필이 되지 않겠어? 일단 열어서 쿠가의 '사진'을 확인한 다음, 그래도 여전히 쿠가가 훌륭한 사람이라고 믿는다면 그 사람은 계속해서 쿠가한테 투표하면 되잖아. 나는 스스로 위험을 감수하고 합격자 선발에 필요한 정보를 더 추가하겠다는 것뿐이야. 뭐 문제 있어?"

문제는 없다. 순간적으로 그런 생각이 들었지만 나는 이내 잡념을 떨쳐 내듯 가볍게 머리를 흔들었다. 무엇이 올바른 전략이고, 무엇이 인간으로서 올바른 행위인지 머리를 식히고 이성적으로 생각할 수 있는 환경이 필요했지만 그런 장소는 존재하지 않았다. 그래도 나는 역시 악의에 기초한 범인의 전략을 용인할 수는 없다고 믿었다.

"문제 있어."

그렇게 말하자 모리쿠보가 무표정한 얼굴로 나를 쳐다보았다.

"봉투는 입사 전형과 무관하게 외부에서 유입된 물건이야. 어떤 형태로든 합격자 선발에 이걸 활용하는 건 옳지 않아."

"그럼 하타노 너, 나한테 합격을 양보해줄래?" 내가 선뜻 대답하지 못하자 모리쿠보는 곧바로 모두를 향해 선언했다. "이 봉투를 열지 않는 대신 나를 합격하게 해준다면 안 열게. 하지만 그게 아니라면 다른 제안은 받아들일 수 없어. 나는 봉투를 열 거야."

결국 아무도 모리쿠보를 막지 못했다. 모리쿠보가 종이 사이로 손가락을 넣어 봉투를 개봉하기 시작했다. 종이가 뜯기는 소리를 들으며 나는 천장을 올려다보았다. 어째서 이렇게 되었을까. 물론 이 모든 상황은 눈에 보이지 않는 범인 탓이었지만 누가 범인인지 도무지 감이 잡히지 않았다.

각자의 인적사항은 서로 어느 정도 파악하고 있었다. 쉽지는 않겠지만 상대방의 과거를 조사하는 일은 마음만 먹으면 누구에게나 가능했다. 조사한 내용을 봉투에 넣어 회의실에 놓아두기만 하면 되니 범인 후보를 추리는 작업은 쉬운 일이 아니었다.

모리쿠보는 평소와 다름없이 이지적이고 냉정한 표정을 하고 있었다. 하지만 결코 정상은 아니었다. 사무적으로 무덤덤하게 봉투를 여는 것 같아 보였지만 일종의 광기가 눈동자 안에서 파도처럼 일렁였다. 쿠가는 그런 모리쿠보를 진한 실망이 담긴 눈으로 쳐다보았지만 동시에 봉투의 내용물에 대한 두려움도 감추지 못했다. 호흡이 약간 불안정했다. 시마는 머리를 손으로 감싼 채 고개를 숙였고, 하카마다는 자신의 분노를 가라앉히려고 애쓰면서 모리쿠보의 손에 들린 봉투를 주시하고 있었다. 그런 가운데… 나는 내 눈을 의심했다.

야시로가 웃고 있었다.

야시로는 내 오른쪽 옆에 앉아 있었기 때문에 나는 다른 누구보다도 야시로의 표정을 자세히 관찰할 수 있었다. 잘못 본 거겠지. 3초 정도 찬찬히 야시로의 옆모습을 살폈다. 하지만 내가 잘못 본 것도 아니었고, 표정이 바뀌는 찰나의 움직임이 언뜻 미소처럼 보인 것도 아니었다. 야시로는 틀림없이 웃고 있었다. 마치 사태가 악화되는 것을 환영하기라도 하듯, 아니면 열에 들뜬 모리쿠보가 보이는 추태를 즐기기라도 하듯 엷고 가늘고 아름답게 웃고 있었다.

나는 그룹 토론이 시작되기 직전의 일을 떠올렸다. 야시로는 시작 전에 회의실 문 앞에서 이상한 움직임을 보였고, 봉투가 발견된 것은 바로 그 근처였지 않은가. 그때는 뭔가 찾고 있는 거라고만 생각했는데 설마…. 내 추론이 채 마무리되기도 전에 모리쿠보가 봉투에서 종이를 꺼냈다.

모리쿠보는 읽지도 않고 바로 종이를 테이블 위에 내려놓았다. 우리 여섯 명은 동시에 종이에 적힌 내용을 읽고, 그리고 동시에 침묵했다.

이번 종이에는 세 장의 사진이 인쇄되어 있었다.

제일 위는 쿠가가 비슷한 또래로 보이는 여자와 함께 바닷가에서 브이 사인을 하고 있는 사진이었다. 두 사람 사이의 거리로 미루어 보아 아마도 여자는 쿠가의 여자친구인 것 같았다. 갈색으로 염색한 쇼트커트, 티셔츠에 반바지, 비치 샌들. 수영복 차림은 아니었지만 바다에 들어가 놀았다는 사실을 한눈에 알 수 있었다. 여자는 쿠가 옆에 서기에 부족함이 없는 외모를 갖추고 있었다. 그야말로 모두가 부러워할 만한 선남선녀 커플이었다.

쿠가의 웃는 얼굴도 지금까지 우리에게 보여준 것과는 다른, 훨씬 더 자연스럽고 편한 느낌이었다. 사진에는 빨간색으로 'SOUTA & MIU'라는 글씨와 날짜가 적혀 있었다. 같은 색으로 그린 귀여운 하트 마크도 곁들여져 있었다.

하카마다의 야구부 단체사진과 마찬가지로 여기까지는 아무 문제가 없었다.

하지만 두 번째 사진은 분위기가 확연히 달랐다. 대학교 강의실에서의 수업 풍경을 몰래 찍은 것 같았다. 500명은 들어갈 듯한 대형 강의실이었다. 기다란 나무 책상과 의자로 구성

된 전형적인 스타일의 강의실이었지만 디자인은 비교적 현대적이었고 만들어진 지 얼마 되지 않은 것 같다는 인상을 받았다. 사진을 찍은 사람은 강의실 가운데쯤에서 셔터를 누른 듯했다. 학생 몇 명이 화이트보드 쪽을 쳐다보고 앉아 수업을 듣는 모습이 찍혀 있었는데, 이 사진에서도 두 명의 얼굴에 빨간색 동그라미가 표시되어 있었다. 한 명은 대여섯 명과 무리 지어 앉아 강의를 듣고 있는 쿠가였고, 다른 한 명은 그 무리와는 아무런 관계도 없다고 여겨질 정도로 멀리 떨어져 혼자 앉은 여학생이었다. 바닷가 사진에서 본 그 여자였다.

세 번째 사진은 어떤 서류를 복사한 것이었다. 거기 적힌 내용을 자세히 들여다봐야겠다는 생각은 들지 않았다. 그럴 필요도 없었다. '인공임신중절 동의서'라는 커다란 제목이 제일먼저 시야에 들어왔다. '본인'란에 '하라다 미우'라는 이름이, '배우자 또는 파트너'란에 '쿠가 소타'라는 이름이 적혀 있는것을 보면 더 이상의 설명은 불필요했다.

쿠가 소타는 짐승만도 못한 놈. 자기 아이를 임신한 여자친구 하라다 미우에게 낙태를 강요하고 일방적으로 헤어졌다.(※모리쿠보 키미히코의 사진은 시마 이오리의 봉투 안에 들어 있음.)

어째서일까. 나는 하카마다 때보다 훨씬 더 큰 충격을 받았다. 아마도 그만큼 내가 쿠가를 높이 평가하고 동경했으며, 마치 스포츠 선수를 응원하는 것처럼 순수한 마음으로 그를 좋아했기 때문일 것이다.

불길한 예감이 들기는 했다. 그래도 역시 쿠가를 믿고 싶었다.

종이에서 얼굴을 들면 거기에는 아무렇지도 않은 얼굴로 이건 말도 안 되는 헛소리라고 확실한 논거를 들어 반박한 다음 이제 토론으로 돌아가자며 여유로운 미소를 지어 보이는 우리의 리더가 기다리고 있기를 진심으로 바랐다. 하지만 내가 기대한 것은 무엇 하나 찾아볼 수 없었다.

쿠가가 거칠게 머리카락을 쓸어 올리는 바람에 왁스의 힘을 빌려 완벽하게 세팅된 상태였던 머리는 뻗치고 헝클어져 마치 자다 일어난 사람처럼 한심한 모양새가 되었다. 훤칠하다는 말이 누구보다 잘 어울리는 단정한 외모가 실은 본인의 치밀한 통제하에서만 유지되는 일시적인 기적이었다는 사실을 깨달았다. 쿠가는 지금까지 우리가 한 번도 보지 못했던 험악한 표정으로 쯧, 하고 혀를 차더니 기대에 어긋난 경주마를 욕하는 듯한 어조로 짧게 내뱉었다.

"젠장."

나는 방금 전까지 쿠가가 앉아 있던 자리에 앉아 있는 낯선 남자를 멍하니 바라보았다.

■ 세 번째 인터뷰

그룹 토론 참가자, 쿠가 소타(29세)

2019년 5월 19일(일) 14시 35분~

도쿄 스이텐구역 근처 모 호텔 라운지에서

그때 나를 계속 쳐다봤었지?

언제냐니 그때 말이야, 그때. 내 '사진'이 공개되었을 때.

물론 알고 있었어. 모멸과 실망과 의심과… 또 뭐였더라, 그런 것들이 잔뜩 뒤섞인 시선으로 너는 나를 쳐다봤어. 느껴진다니까, 그런 게.

뭐 마실래? 점심 아직 안 먹었으면 간단한 식사도 가능해. 샌드위치도 있을걸? 아, 거긴 음료 메뉴니까 저쪽을 봐야 할 거야. 응, 그거. 클럽하우스 샌드위치. 꽤 맛있어. 바삭바삭하고.

응? 아니, 여기 숙박한 건 아니야. 그냥 오랜만에 만나서 얘기하기에는 이런 데가 좋을 것 같아서. 회사는 롯폰기야. 본사에 딱 달라붙어서 하는 일은 아니라서 자주 갈 일은 없지만. 절반 정도는 노마드한 생활을 하고 있지.

지금 회사는 IT. 아니, 대졸 신입으로 들어간 곳은 핸드폰 통신사였어. 한 3년 다녔나? 법인을 대상으로 하는 솔루션 영업 부문 소속이었지. 간단히 말해 거래처에 가서 IT 쪽으로 어떤 문제가 있는지를 살펴보고 거기에 맞는 우리 회사 서비스를 추천해 서서히 지반을 다져 나가는 일이었달까. 뭔가 이렇게 말하니까 약간 사기꾼 같네, 하하. 나쁜 짓을 한 건 아니야. 고맙다는 인사도 많이 받았는걸. 일은 보람 있는 편이었어. 재미있기도 했고.

친구가 창업을 했거든. 그게 지금 다니는 회사야. 대학 동기인데 머리도 진짜 좋고 제너럴리스트인 동시에 스페셜리스트이기도 해서 뭘 해도 최고의 결과물을 내는 녀석이지. 능수능란하달까. 말도 잘하고 운동도 잘하고 아이디어도 독창적이고 리더십도 뛰어나고. 뭐? 나? 나랑 비교하는 건 그 녀석에게 실례야. 겸손한 척하는 게 아니라 진짜로. 그 녀석이 자기가 재미있는 앱을 하나 생각해 냈는데 그걸로 제대로 한번 해 볼까 한다면서 나를 꼬신 게 4년 전 일이었지. 작년에 누적 다운로드 수 3천만 건을 돌파했는데 혹시 알려나? 이거야, 이 파란색 아이콘. 안다고? 이거 정말 기쁜데? 천하의 스피라링크스에서도 우리 앱을 알고 있다니.

스피라링크스는 더 커졌더라. SNS 스피라의 인기는 몇 년 만에 사그라들었지만 링크스와 스피라페이가 시장 점유율을 높여 나가면서 지금은 명실상부 일본을 대표하는 IT 기업이 되었잖아. 거기에는 너도 적지 않게 공헌한 것 같던데. 하하, 겸손해할 필요는 없어. 넌 정말로 우수한 인재니까.

스피라링크스, 진짜 가고 싶었는데. 지금은 지금대로 재미있긴 하지만 역시 한 번쯤은 그 오피스에서 일해 보고 싶었어. 그때 친한 친구랑 같이 지원했었는데 그 녀석은 2차에서 바로 떨어졌거든. 친구의 한을 풀어주겠다는 생각으로 이를 악물고 열심히 했지만 역시 스피라링크스의 벽은 높더라. 이제는 본사가 시부야가 아니던가? 신주쿠? 그렇구나. 사람도 더 늘었을 테니까. 진짜 시대가 바뀌었네.

취업 활동이라니, 추억이다 진짜. 바로 어제 있었던 일 같기도 하고 엄청 옛날 일 같기도 하고. 그 하루, 아니 그 2시간 30분이 우리의 운명을 완전히 갈라놓았지. 아, 미안. 합격한 너 들으라고 한 소리는 아니야. 그냥 지금 생각해도 역시 취업 활동이라는 건 인생의 중대사였구나 싶어서.

아, 샌드위치는 이쪽에 놓아주세요. 어때, 맛있지? 정말? 그럼 사양하지 않고 나도 한쪽 먹을게. 고마워. 사실 배가 좀 고팠거든.

취업 준비 기간은 인생에서 가장 혼란스러운 시기가 아닌가 싶어. 내가 어떤 사람인지 파악하기 위해 서점으로 달려가 자기를 분석하는 법이나 자기소개서 쓰는 법 같은 걸 다룬 책을 사들이잖아. 그걸 읽고 아, 나는 이런 사람이구나 깨닫기도 하고. 이제 와서 생각하면 뭐 하는 짓이었나 싶은데 당시에는 엄청 진지했지.

노크는 두 번이 아니라 세 번 할 것. 이력서를 우편으로 보낼 때는 반드시 흰 봉투에 넣을 것. 코트는 건물에 들어가기 전에 벗을 것. 평범한 회사 설명회에서도 사실은 안 보이는 곳에 카메라를 설치해 참석자들의 행동을 관찰하고 있습니다. 진짜 별별 얘기가 다 있었잖아. 그때는 진심으로 합격은 예상치 못한 순간에 터져 나오는 필살기 같은 게 아닐까 싶었는데. 왜 만화책에도 자주 나오잖아. 시험이나 면접 보는 장면. 우주비행사가 되기 위한 시험이라든지 닌자가 되기 위한 시험 같은 거. 하하, 자주 봐. 의외라고? 나 만화 완전 좋아해.

아무튼 만화에 나오는 시험에서는 질문 자체는 별로 중요하지 않고 사실은 다른 평가 기준이 존재하는 경우가 많거든. 내 생각에는 실제 취업에서도 비슷하지 않을까 싶더라고. 예를 들어 면접관이 입고 있는 셔츠 칼라가 접혔다는 걸 당당하게 지적할 수 있는 사람이 합격한다든지 하는 식으로 말이야. 실제로는 어떠려나. 정말로 어딘가에서는 그런 식으로 채용하는 곳도 있지 않을까? 아무튼 나이가 서른이 되어도 기업에서 신규 채용이 어떤 방식으로 이루어지는지는 전혀 모르겠단 말이지.

추측건대 세상에서 제일 사기 치기 쉬운 상대는 취업 준비생이 아닐까 싶어. 정말로 혼란스러운 시기니까. 아, 사기라고 하니까 그거 생각난다. 그때 그 일. 하하, 이 얘긴 관두자.

어쨌든 그렇다 보니 '범인'이 그렇게까지 용의주도하게 '봉투 사건'을 준비한 심정도 전혀 이해가 안 되는 건 아니야. 평소라면 설령 생각은 하더라도 행동으로 옮기지는 않았을 일을 아무렇지도 않게 저질러버리게 되는 거지. 결과적으로 '범인'은 합격하지 못했지만 조금만 더 운이 따라줬더라면 어쩌면 합격할 수 있었을지도 몰라. 내가 보기에는 그 사건이야말로 취업 활동이 어떤 것인지를 적나라하게 보여주는 사건이 아니었나 싶어.

정말 친구라고 생각했었으니까 당시에는 배신당한 기분이 컸지만 지금은 동정해. 용서받지 못할 일을 저지르긴 했지만 용서받지 못할 일을 저지를 수밖에 없는 상황으로 내몰린 셈이니까, '범인'도. 조만간 무덤이라도 한번 찾아가 봐야겠다. 짧은 기간이었지만 역시 우리는 일종의 '동료'였으니까. 물론 가능하면 '페어'하게 싸우고 싶었지만 말이야.

응, 아, 그러게. 그 얘기를 듣고 싶다고 했지.

전부 사실이야. 변명의 여지가 없어. 그렇긴 한데 이제 와서 딱히 설명할 필요도 없지 않나 싶기도 하다. 어디서나 쉽게 찾아볼 수 있는, 지금 이 순간에도 어디선가 일어나고 있을지도 모르는 진부하기 짝이 없고 비겁하며 바보 같은 대학생들의 얘기니까.

당시 사귀던 여자친구가 있었습니다. 분위기에 휩쓸려서 해야 할 일을 하지 않고 하고 싶은 일만 했더니 아이가 생겨버렸습니다. 겁이 났습니다. 병원에 갔습니다. 문제가 해결되어 안심했습니다. 그 일을 계기로 여자친구와의 사이가 껄끄러워져서 헤어졌습니다. 이상.

SNS를 통해 '범인'이 정보를 모은 것 같다는 얘기는 들었어. 실제로 믹시랑 페이스북에서 누가 나에 대해 캐묻고 다닌다고 알려준 친구들도 있었고. 그룹 토론을 전후해서 말이야. 그렇게 열심히 노력한 결과, '범인'은 마침내 내 전 여자친구인 하라다 미우를 찾아낸 거지. 정말 대단하다고 생각해. 사진은 당연히 하라다가 줬겠지. 낙태 동의서도, 함께 찍은 사진도 나 말고 가지고 있는 사람은 하라다밖에 없으니까. 아마 내가 많이 원망스러웠겠지.

아, 한 잔 더 마실래? 괜찮아? 뭐, 일? 이제부터? 아아, 회사에 출근하는 건 아니고? 스피라링크스도 엄청 빡세네. 아니 스피라링크스니까 빡센 건가. 부럽긴 하지만 역시 네가 합격하는 게 맞았던 것 같아. 앞으로도 열심히 하길 바라.

바래다줄게. 차로 왔거든. 나카노 쪽이라고 했지? 어차피 가는 길이니까. 나도 조금 있다가 술 약속이 있거든. 뭐 업무 관련이라고 하면 업무 관련이려나. 넓은 의미에서 주주들 비위를 맞춰주기 위한 자리라고 할 수 있지. 응, 맞아. 술은 마실 수 있는 척만 한 거야. 사실은 잘 못 마시기도 하고 좋아하지도 않아. 이 얘길 하면 다들 놀라던데 발포주가 맥주랑 다른 거라는 사실도 최근에 알았어. 하하, 너도 놀랐지? 술을 마시기만 하면 바로 머리가 깨질 듯이 아프거든. 집안 내력이야. 그래서 술자리에도 그냥 차 끌고 다녀. 못 마신다는데 억지로 마시게 하는 사람과는 기본적으로 어울리지 않으려고 하지만 혹시 그런 사람을 만나더라도 차로 왔다고 하면 더는 귀찮게 굴지 않거든. 하지만 역시 그런 식으로 말할 수 있게 된 건 최근 들어서이고, 대학생 때는 술 못 마신다고 하면 바보 취급당할까 봐

허세를 부렸지. 정말이지 대학생 때는 거짓말하는 게 일상이었다니까.

아, 그러지 마. 오늘은 내가 살게. 만나자고 해준 것만으로도 고마우니까 이 정도는 폼 좀 잡게 해줘. 카드로 할게요. 네, 그렇게 해주세요.

저기 있는 엘리베이터로 내려가자. 지하에 세워 놨거든.

나름대로 좋은 자리에 세웠다고 생각하는데… 아, 저기 있다. 엘리베이터 바로 앞. 흰색 아우디. 사양 말고 어서 타. 원래 여기 올 때부터 끝나면 바래다주려고 했으니까. 응? 뭐냐니, 차종을 묻는 거라면 아우디 Q5야. 독일 차 중에서는 아우디를 제일 좋아하거든. BMW도 벤츠도 좋지만 뭐랄까 역시 아우디는 쓸데없이 잘난 척하지 않는 진정한 실력파라는 이미지라… 응? 그 얘기가 아니라고?

그럼 뭘 말하는 거야?

위치? 그야 물론 알고 있어. 이렇게 커다란 휠체어 마크가 그려져 있는데 장애인 주차구역이라는 걸 모를 리가 없잖아. 하지만 주차장에 공간도 많고, 여기라면 엘리베이터에서 가까우니까 편할 것 같아서 여기 세웠는데 뭐 문제 있어?

4

알람이 울렸다.

아무도 그 사실을 지적하지 않은 채 1분 넘게 가만히 있다가 이윽고 쿠가가 알람을 멈췄다. 우리는 세 번째 투표로 넘어가야 했다.

"전부… 모함인 거지?"

질문하는 게 아니라 확인하듯 이렇게 말한 사람은 시마였다. 시마는 모두가 침묵하는 가운데 혼자 자리에서 일어나 화이트보드 앞에 놓인 마커를 손에 들고는 회의 진행을 맡고 있던 쿠가가 생기를 되찾기를 기다리듯 간절한 눈빛으로 쿠가를 쳐다보았다.

"…그래, 이건 모함이야."

나는 시마와 마찬가지로 공허한 말을 중얼거렸다. 시마가 나를 보고 고개를 끄덕였고, 나는 암시에 걸린 사람처럼 시마를 향해 똑같이 고개를 끄덕여 보였다.

하카마다의 경우에는 그나마 조작된 루머일 가능성이 있었다. 하카마다가 속했던 야구부에서 부원이 자살한 것은 사실이라 하더라도 학교 폭력의 주범이 하카마다라고 단정할 수는 없었다. 하지만 쿠가는 달랐다. 종이에 인쇄된 서류가 주는 인상은 너무나도 무거웠다. 낙관적인 착각이 끼어들 여지 따위는 전혀 없었다.

저건 진짜였다.

봉투를 연 장본인인 모리쿠보는 의외로 쿠가의 사진에 대해 별다른 반응을 보이지 않았다. 고발문의 내용을 거론하며 노골적인 비난을 퍼부어대지 않을까 싶었는데 그저 심각한 표정으로 테이블을 노려볼 뿐이었다. 범행 직후의 죄책감과 성취감이 반반씩 섞여 감정이 상쇄된 것일 수도 있었고, 쿠가의 평판을 추락시키는 데 성공했으니 더 이상의 공격은 불필요하다고 판단한 것일 수도 있었으며, 고발문이 전혀 상상도 하지 못했던 내용이라 당황한 것인지도 몰랐다.

"…야시로 너지?"

하카마다가 의자에 기대어 앉아 핵심을 찌르듯 내뱉었다.

"다들 어떻게 생각해? 나는 야시로가 범인이라고 봐."

"진짜 끈질기네." 야시로는 더 이상 웃고 있지 않았다. 불쾌한 듯 눈썹을 찌푸리며 말했다. "설령 내가 봉투를 준비했다고 하더라도, 아니 설령 내가 어떤 짓을 했다고 하더라도 살인자보다는 낫지 않아?"

"누구 얘길 하는 거야?"

하카마다는 야비한 웃음을 흘리며 받아쳤다.

"쿠가 말이야?"

옆에서 듣고 있던 나는 하카마다에게 진심으로 화를 냈다. 나를 노려보는 하카마다의 사나운 눈빛에 겁이 났지만 절대로 물러설 수 없는 순간이었다. 나는 관엽 식물 사이에서 우리를 바라보고 있는 카메라 네 대를 손가락으로 가리키며 말했다.

"전부 옆 방에서 인사팀 사람들이 보고 있어. 녹화도 되고 있고. 여기까지 우리가 올라올 수 있도록 해주신 인사팀 분들을 위해서라도, 그리고 우리 스스로를 위해서라도 저급한 발언은 삼가야 한다고 생각해. 야시로 너도."

하카마다는 카메라 렌즈를 흘깃 쳐다보더니 자신의 언동을 반성하듯 한숨을 내쉬며 눈을 내리깔았다. 야시로는 눈을 감고 있었다.

"…투표하자."

자신의 의지가 아니라 의무감 때문에 어쩔 수 없이 한다는 느낌으로 쿠가가 입을 열었다.

헝클어진 머리를 손으로 대충 다듬은 것 같았다. 겉모습은 다소 봐줄 만해졌지만 파랗게 질린 안색은 그대로였다. 눈가에는 그나마 어느 정도 기운이 돌아와 있었다. 하지만 몸에서 피가 몇 리터는 빠져나간 게 아닌가 싶을 정도로 움직임 하나하나가 느리고 부자연스러웠다.

투표 결과는 거의 모리쿠보가 의도한 대로였다.

■ 제3회 투표 결과

| 하타노 2표 | 시마 2표 | 쿠가 1표 | 모리쿠보 1표
| 하카마다 0표 | 야시로 0표

■ 현재까지의 총 득표수
| 쿠가 6표 | 하타노 4표 | 시마 4표 | 하카마다 2표
| 야시로 1표 | 모리쿠보 1표

두 번째 투표에서 가장 많은 세 표를 얻었던 쿠가의 표가 눈에 띄게 줄었다. 0표가 되지 않은 건 봉투에 든 내용은 헛소문이라고 믿겠다고 단언한 시마 덕분이었다. 시마의 소신이 담긴 한 표 덕분에 쿠가는 1위 자리를 지켰지만, 투표는 아직 세 번 더 남아 있었다. 쿠가가 마지막까지 1위를 유지할 수 있을지는 알 수 없었다.

30분마다 한 번씩 투표하자는 것은 지금 다시 생각해 봐도 나쁘지 않은 제안이었다. 그렇지만 그것은 어디까지나 일반적인 상황에서 토론이 진행된다고 가정했을 때의 이야기였다.

이 투표 시스템은 문제의 '봉투'와 안 좋은 상호 작용을 일으키고 있었다. 투표할 때마다 인기의 흐름이 가시화되어 모두의 마음속에 조바심이 생겨났다. 그렇게 생겨난 조바심이 봉투를 열어 보게 만들고, 개봉된 봉투로 인해 바뀐 결과가 또다시 투표를 통해 가시화된다는, 지옥과도 같은 악순환의 고리가 완성되어 가고 있었다.

범인이 준비한 봉투는 악마의 도구였다. 하지만 그런 비열한 아이템이 결과적으로 쿠가의 독주를 막고 나에게 힘을 실어주고 있다는 것은 부정할 수 없는 사실이었다. 쿠가가 표를 되찾을 가능성은 거의 없었다. 그렇다면 그다음으로 합격에 가까운 위치에 있는 사람은 현재 네 표를 얻은 나와 시마라는 말이었다. 어렴풋이 보이기 시작한 가능성에 염치없이 기뻐하는 스스로가 부끄러웠다.

마지막까지 아무도 지적하지는 않았지만 이번 투표에서는 쿠가의 득표수가 줄었다는 사실 외에 한 가지 더 특이한 점이 있었다. 봉투를 열어 본다는, 결코 바람직하다고 볼 수 없는 행동을 한 모리쿠보가 한 표를 얻은 것이다.

모리쿠보에게 투표한 사람은 야시로였다.

자신이 준비한 봉투를 제대로 활용해준 데 대한 감사의 표시인가. 그런 식으로 꼬아서 생각하는 나 자신이 부끄럽기도 하고, 대체 야시로가 무슨 생각으로 모리쿠보에게 투표한 것인지 전혀 짐작이 가지 않아 찜찜하기도 했다. 표를 얻은 모리쿠보조차 놀란 듯했지만 그렇다고 해서 야시로의 행동을 탓할 권리는 아무에게도 없었고, 또 누군가가 그 이유를 밝히고자 나설 만한 분위기도 아니었다.

남은 시간은 약 1시간 30분. 아직 토론 시간은 많이 남아 있었다.

"다시 토론으로 돌아가자, 쿠가."

내 말에 쿠가가 반응하기 전에 갑자기 종이 찢는 소리가 들렸다. 하카마다가 자기 봉투를 뜯으려 하고 있었다.

"하카마다 너… 뭐 하는 거야."

"이 방법밖에 없어, 하타노." 하카마다는 생각보다 단단히 붙어 있는 봉투 입구를 여는 것을 포기하고 봉투 윗부분을 그대로 잡아 찢으려고 했다. "나는 범인을 용서할 수 없어. 범인은 야시로라고 생각하지만 증명할 방법은 없고. 그렇다면 어떻게 해야 할까? 이 상황을 다시 쿠가가 좋아하는 '페어'한 상태로 되돌리는 방법은 하나뿐이야. 봉투를 전부, **하나도 남김없이 모두 여는 것**. 내 말이 틀려?"

가슴에 총을 맞은 듯한 기분이었다. 하카마다를 이해할 수 없어서가 아니다. 오히려 그 반대였다. 하카마다의 말이, 입장을 바꿔서 생각하면 가장 합리적이고 납득이 가는 의견이라고 여겨졌기 때문이다. 봉투가 두 개만 개봉되었기 때문에 언페어한 상황인 것이다. 전부 개봉해버리면 회의실은 다시 페어한 상태로 돌아가게 된다.

하지만 그건….

"그건 정말 아니야, 잘못된 생각이라고."

"겁이 나는 건 이해해, 하타노. 하지만 나로서는 이렇게 하는 수밖에 없어. 이렇게 된 이상 나와 쿠가가 합격할 가능성은 전혀 없잖아? 만회할 방법은 이것뿐이야. 반칙을 쓰는 선수가 나온 게임을 공정한 상태로 되돌리려면 모두가 반칙을 해도 된다고 룰을 바꾸는 수밖에 없잖아. 아까 시마가 말한 것처럼 봉투를 여는 행위는 자기 사진이 어디 들어있는지까지 밝히게 된다는 리스크를 동반하지. 하지만 이미 고발문이 공개된 나로서는 더 이상 잃을 게 없어, 그렇잖아? 이 봉투 안에 누구 사진이 들었는지는 모르겠지만 이걸 그 누군가를 위해서 계속 덮어줄 정도로 나는 착한 사람이 아니야. 나도 이렇게까지 하고 싶지는 않았어. 토론 주제가 바뀌기 전까지는 여기 있는 여섯 명 모두 함께 스피라링크스에 들어가면 좋겠다고 진심으로 그렇게 바랐다고. 너희 다 정말 좋은 녀석들이라고 생각했어, 정말이야."

"그렇다면 더더욱 열면 안 되지! 같은 목표를 향해 함께 노력해 온 동료잖아. 며칠, 아니 몇 주 동안 함께 고민하고 이야기를 나누면서 서로에 대해 충분히 알게 된 거 아니었어?"

"전혀 몰라! 그래서 다들 놀라고 있잖아!"하카마다가 분하다는 듯 입술을 깨물었다. "내 말이 틀려? 하타노 너도 내가 무섭잖아. 맞지? 내가 무서워졌지? 그 정도에 불과했다는 거야, 우리 관계는. 너희에게 보여준 모습이 내 전부는 아니었어. 그건 인정해. 그래서 나도 다시 생각하기로 했어. 내가 본 게 너희의 전부는 아니라고. 이 여섯 명 중에는 나 같은 놈도 있고, 쿠가 같은 놈도 있고, 그리고 이런 '봉투'를 준비할 정도로 교활하고 비열한 자식도 있었다는 거지. 그게 현실이야. 아무튼 나는 봉투를 열겠어. 하타노 네 사진이 나올 수도 있으니 미리 사과할게."

시마도 하카마다를 저지하려 했지만 마음만 먹으면 봉투는 단 몇 초 만에 열 수 있었다. 안에서 나온 것은 내 사진⋯은 아니었다. 안심한 기색을 드러내지 않으려고 눈을 한 번 꾹 감았다가 자기혐오와 슬픔과 저급한 호기심이 복잡하게 뒤섞인 기분으로 조심스레 테이블에 놓인 종이를 쳐다보았다.

앞서 본 두 건에 비하면 심플하기 그지없는 두 장의 사진이 실려 있었다.

첫 번째 사진은 어깨가 다 드러나는 진홍색 드레스를 입은 아름다운 여자의 사진이었다. 여자는 검은색 소파에 앉아 희고 긴 다리를 살짝 꼰 채로 카메라를 향해 유혹하는 듯한 미소를 짓고 있었다. 머리색이 밝고 화장도 진했지만 사진 속 여자는 틀림없이 야시로였다.

첫 번째가 프로 사진가가 찍은 사진인 데 비해 두 번째는 수업 중인 쿠가를 찍은 사진과 마찬가지로 몰래 숨어서 찍은 사진인 것 같았다. 술집이 즐비한 번화가 한복판에 위치한 어느 건물로 들어가는 기모노 차림의 야시로를, 아마도 도로 반대편에서 찍은 듯했다.

야시로 츠바사는 술집 여자. 긴시초에 있는 클럽 'Salty'에서 일한다.(※하카마다 료의 사진은 쿠가 소타의 봉투 안에 들어 있음.)

단 한 수로 인해 판이 뒤집히는 오셀로 게임처럼 지금까지 느꼈던 수많은 위화감이 한순간에 정리가 되었다. 술이 센 이유, 잔이 비지 않게 술을 따르고 주위를 세심하게 챙기는 등 술자리가 익숙해 보였던 이유, 화술이 뛰어난 이유, 동작이 우아하다고 느낀 이유, 학생 신분에 어울리지 않는 에르메스 백을 들고 다닐 수 있었던 이유, 인터뷰 대상이 되어줄 지인이 많은 이유. 모든 것이 그제야 납득이 갔다.

"역시."

그것은 모두의 생각을 대변하는 말이었는지도 모른다. 하지만 그렇게 말한 사람이 쿠가라는 사실이 믿기지 않았다.

"무슨 뜻이야?" 야시로가 따지듯 물었다.

"별 뜻 없어."

"별 뜻 없지 않잖아. 뭐가 '역시'라는 건데?"

"별거 아냐. 그냥 역시 그랬구나 싶어서. 별다른 의도는 없어."

야시로는 잠시 생각하더니 이윽고 어떻게 하는 것이 최선인지 결론을 내린 듯했다. 그녀는 홀가분해 보이는 표정으로 미소를 지으며 이렇게 말했다.

"내 건 헛소문은 아니야. 여기 적힌 내용은 사실이니까. 난 클럽에서 일하고 있어. 근데 그게 뭐 어때서? 말하자면 음식점에서 알바하는 거나 마찬가지인데 뭐 문제 있어? 범죄도 뭣도 아니잖아. 패밀리 레스토랑에서 아르바이트한다고 거짓말한 건 맞아. 하지만 그것 말고는 비난받을 짓은 아무것도 하지 않았어. 내 말이 틀려?"

야시로의 말보다도 그 태도에 완벽하게 압도당했다. 모두가 아무런 반박도 하지 못하고 야시로 앞에서 입을 다물었다. 회의실 공기가 한층 더 무거워졌다. 이제는 우리 스스로가 지금까지 쌓아 올린 것뿐만 아니라 이 회의의 목적조차 희미해질 지경이었다. '누가 뽑히더라도 그것이 정답이라고 생각합니다.' 소수 정예 중에서 가장 뛰어난 한 사람을 선발하기 위한 회의가 언제부터인가 누가 그나마 제일 나은지를 정하는 도둑잡기 같은 양상을 띠기 시작했다.

"…자기 사진까지 준비한 거냐."

깊은 바닷속 압력을 억지로 밀어내는 듯한 목소리로 하카마다가 나지막하게 내뱉었다.

"무슨 뜻이야?"

"무슨 뜻이냐니, 야시로 네가 직접 자기 몫의 사진까지 준비했다는 거잖아."

"아직도 그 소리야? 진짜 대단하다." 야시로는 어이가 없다는 듯 쓴웃음을 지으며 말했다. "범인은 누가 봐도 뻔하잖아."

결정적인 증거는 아무것도 없지만 누가 제일 의심스럽냐고 묻는다면 나 역시 야시로라고 대답할 터였다. 아침부터 이상해 보이기도 했고, 나 말고는 아무도 눈치채지 못한 것 같지만 아까 회의실 문 앞에서도 수상한 움직임을 보였으니까. 그리고 모리쿠보가 봉투를 열 때는 미소를 지었고, 봉투를 연 모리쿠보에게 투표까지 했다. 아무리 생각해도 가장 의심이 가는 사람은 야시로였다.

하지만 하카마다의 봉투에서 야시로를 고발하는 내용이 나왔다면 얘기가 다르다. 과연 범인은 자신에 대한 고발문까지 준비했을까? 회의실에 있는 사람은 여섯 명이었고, 봉투도 여섯 개였다. 정황상 여섯 명 모두의 고발문이 존재한다는 말이었고, 필연적으로 범인은 자기 몫까지 고발문을 준비했다고 볼 수밖에 없었다. 그렇다면 범인은 대체 어떤 방법으로 합격을 거머쥘 계획인 걸까.

다섯 명의 얼굴을 차례로 훑어보는데 모리쿠보가 작은 종이조각을 내려다보는 모습이 눈에 들어왔다. 명함 크기의 흰 종이. 모리쿠보는 내 시선을 느꼈는지 황급히 종이를 구겨 쥐듯 감추며 고개를 숙였다.

"봉투를 준비할 수 있었던 건 한 사람뿐이야."

야시로는 딱 잘라 말하더니 문 쪽을 쳐다보았다.

"봉투는 땅에서 저절로 솟아난 게 아니라 문 뒤쪽에 숨겨져 있었으니까. 회의가 시작되기 전까지는 입구 쪽 문이 계속 열려 있었잖아. 안쪽으로 열리는 문이니까 연 상태로 고정해두면 문 뒤는 사각지대가 되지. 그래서 회의가 시작되기 전까지는 인사팀을 포함해서 아무도 봉투의 존재를 눈치채지 못한 거야. 하지만 문이 닫히면 가리는 것이 없어지니까 회의 시작과 동시에 사람들은 봉투가 거기 있다는 사실을 알아차리게 되지. 누가 준비했는지 알 수 없는 봉투가 갑자기 회의실에 나타났다,

그렇게 보이도록 말이야."

"그건 굳이 말 안 해도 다 아는 사실이잖아. 그래서 뭐가 어쨌다는 건데."

하카마다의 말에 야시로는 귀찮다는 듯 설명을 덧붙였다.

"범인은 집에서 다른 팀원들의 숨기고 싶은 과거를 열심히 조사해 정보를 끌어모은 다음 공들여 작성한 고발문을 봉투에 넣어 준비했어. 그렇게 준비한 봉투는 적절한 타이밍을 노려서 아무도 모르게 회의실 안에 놓아두어야 했고. 그러려면 어떻게 해야 할까? 방법은 하나뿐이야. 가장 먼저 회의실에 들어가 적당한 장소를 찾아서 봉투를 숨겨두는 것. 그러니 오늘 시부야역에 모여서 같이 가자는 이야기가 나왔을 때 꽤나 당황했을 거야. 적당히 둘러댈 핑곗거리를 찾아야 했을 테니까."

야시로가 가리키는 사람이 누구인지는 분명했다.

모두의 시선이 한곳으로 쏠렸다. 숨 막히는 분위기 속에서 입을 열지 않을 수 없게 된 모리쿠보가 조그맣게 항변했다.

"…억측이야. 그거야말로 아무 증거도 없는 얘기잖아."

모리쿠보는 비뚤어지지도 않은 안경을 계속해서 만지작거렸다.

"아까 그건 진짜로 웃겼어." 모리쿠보의 반박은 전혀 개의치 않고 야시로가 또박또박 말을 이어 나갔다. "자기가 준비한 봉투를 왜 열어야만 하는지를 자못 논리적으로 설명해 보이는 모습이 어찌나 우스꽝스럽던지. 진짜 눈물 나게 어색하더라. 그 노력이 가상해서 한 표 던져준 거야. 앞으로는 한 표도 더 얻지 못할 테니까 마지막 선물인 셈이지. 이쯤에서 자수하는 편이 피차 좋을 것 같은데 어떡할래? 이대로 계속 해 볼 생각이야?"

"머…." 눈에 띄게 당황해하며 말을 더듬은 모리쿠보는 태세를 정비하듯 어색하게 헛기침을 한 번 하더니 억지웃음을 지었다. "멋대로 얘기를 지어내지 마. 난 억울해. 저런 건 누구라도, 언제든지 놓아둘 수 있다고."

"적어도 우리가 이 방에 들어온 후에 문 가까이에서 수상한 움직임을 보인 사람은 없었어. 저 정도로 큰 봉투를 문 뒤에 숨기려면 반드시 누군가의 눈에는 띄기 마련이야. 누군가가 봉투를 놓아두는 장면을 목격한 사람은 아무도 없어. 하지만 내가 화장실에 가려고 했을 때 문 뒤에는 이미 흰 봉투가 숨겨져 있었어. 당시에는 그게 뭔지 몰랐고 곧 토론이 시작될 예정이라 크게 신경 쓰지 않았지만 말이야. 하지만 이제 와서 생각해 보니 그건 바로 저 봉투였고, 저걸 거기 놓아둘 수 있었던 사람은 모리쿠보 너밖에 없어."

"…아무리 그렇게 얘기해 봤자 탁상공론에 불과해. 아무 근거도 없이…."

"계속 찍고 있었다잖아, 회의 시작 전부터."

야시로가 손가락으로 가리키는 방향에는 카메라가 있었다.

"한 대는 옆 회의실에서 실시간으로 확인하기 위한 감시용,

나머지 세 대는 녹화용. 마침 녹화용 카메라에는 작은 액정 화면도 딸려 있는 것 같으니 녹화된 영상을 지금 바로 확인하는 것도 가능할 것 같네. 틀어 볼까?"

모리쿠보는 선뜻 대답하지 못했다.

인사팀이 설치한 카메라를 멋대로 멈추면 안 되지 않겠냐는 의견도 나오기는 했지만 지금은 비상사태니 영상을 확인하는 것이 우선이라는 쪽으로 의견이 모아졌다. 문 쪽을 향한 카메라 한 대를 삼각대에서 떼어내 녹화를 중단했다. 접혀 있던 액정 화면을 펼치고 모두가 함께 영상을 확인할 수 있도록 테이블 위에 내려놓았다. 터치 패널 방식인 화면에서 최신 녹화 파일을 선택하자 영상이 재생되기 시작했다.

제일 첫 장면은 카메라를 설치하는 인사팀 직원의 모습이었다.

역시 카메라는 최초 입실자인 모리쿠보가 나타나기 전부터 돌아가고 있었던 것이다.

작은 액정 화면의 화질은 그리 좋지 않았지만 우리는 테이블 위에 놓인 깨알 개수를 세고자 하는 것이 아니었기 때문에 이 정도면 충분했다. 인사팀 직원이 방을 나가고 그로부터 몇 분간 카메라는 아무 변화도 없는 텅 빈 실내를 비추고 있었다. 테이블과, 잠시 후 모리쿠보와 쿠가가 앉게 될 의자, 그리고 그 너머에 위치한 문을 한 폭의 무미건조한 그림처럼 담아내고 있었다. 실질적으로 카메라 조작을 담당한 사람은 나였다. 너무 변화가 없어서 실수로 일시정지 버튼을 누른 게 아닌가 싶었지만 화면 오른쪽 위에 삼각형 모양의 재생 아이콘이 보였다. 빨리감기 버튼을 누르는 편이 좋았을지도 모른다. 하지만 나는, 우리는, 잠자코 아무 변화도 없는 화면을 계속해서 들여다보았다.

화면 재생이 시작된 지 몇 분쯤 지났을 때였다. 문득 테이블이 흔들린다고 느낀 것은 내 착각이 아니라 실제로 모리쿠보가 불안한 듯 몸을 떨고 있었기 때문이었다. 모리쿠보는 도저히 견딜 수 없다는 듯 테이블에서 한 발짝 떨어져 허리에 손을 짚었다. 계속 숨을 멈추고 있기라도 한 것처럼 얼굴이 새빨갰다. 그러고는 아아, 아아, 하고 스피라링크스 직원들이 일하는 메인 오피스까지 들릴 정도로 커다란 괴성을 내질렀다.

"아니야, 아니라고! 아니라니까!"

갑자기 돌변한 모리쿠보의 모습은 공포스러울 정도였다. 바로 그때, 카메라 화면에 변화가 나타났다. 코가미 부장님의 안내를 받으며 모리쿠보가 회의실 안으로 들어온 것이다. 화면 속 모리쿠보는 정중하게 인사한 다음 문에서 가장 가까운 말석에 자기 짐을 내려놓았다. 잠시 후 코가미 부장님이 나가자 모리쿠보가 방안을 두리번거리기 시작했다.

"내 말 좀 들어봐. 전부 다 설명할게. 알았어, 알았으니까 이제 저 화면 좀 멈춰줘!"

화면 속 모리쿠보는 문 뒤쪽을 잠시 쳐다보더니 천천히 가방에 손을 뻗었다. 그리고 가방에서 꺼낸 것을 슬쩍 문 뒤에 감추었다. 그건 의심할 여지 없이, 틀림없이, 분명히….

"난 억울해, 억울하다고!"

그 봉투였다.

그룹 토론 참가자, 야시로 츠바사(29세)
2019년 5월 24일(금) 20시 16분~
도쿄 기치조지역 근처 태국요리 전문점에서

그 당시에 날 좀 불편해하지 않았어? 정말? 그럼 다행이긴
한데 솔직히 난 좀 거리감을 느꼈거든. 말하자면 늘 네 명 플
러스 한 명 플러스 한 명 같은 느낌이었달까. 무슨 소리냐고?
그러니까 하타노, 시마, 그리고 누구더라 그 덩치 큰 야구부 출
신… 하카마다? 맞아, 그런 이름이었지. 그리고 잘생긴 녀석까
지. 그쪽은 이름이 뭐더라? 아, 그래, 쿠가다, 쿠가. 그 네 명이
한 팀이고, 나랑 히토츠바시 다니는 그… 미안, 이름이 계속 생
각이 안 나네. 아아, 모리쿠보, 그랬지. 와, 진짜 하나도 기억 안
난다. 아무튼 나랑 걔는 뭐랄까 외부에서 영입된 조력자 같은
분위기였거든. 괜찮아, 이제 와서 굳이 부정할 필요 없어. 그게
사실이니까.

수학여행 숙소가 6인실이어서 어쩔 수 없이 다른 그룹에서
남은 두 명을 데려온 것 같았달까. 이렇게 말하면 너도 무슨
느낌인지 알겠지? 뭐 너희 넷은 그 안에서 또 서로 간에 미묘
한 거리감을 느꼈을지도 모르겠지만 말이야. 거기까지는 나도
잘 모르겠다.

아무튼 그렇다 보니 스피라링크스에서 '여러분끼리 합격자

를 고르세요' 하는 통지가 왔을 때 곧바로 '끝났다' 싶더라고. 합격하는 건 분명 너희 넷 중 한 명일 테니까. 그래서 나 그때 메일 받자마자 완전 우울해져서 술자리 중간에 일어나서 집에 와버렸잖아. 응? 아닌가? 아, 맞아, 지하철이었지! 셋이서 지하철 타고 있을 때 메일이 왔었다. 맞아, 그랬지. 그래서 잔뜩 부은 채로 내릴 역도 아닌데 바로 내려버렸고. 응? 응, 거기 아닌데 그냥 내린 거였어. 웃기지? 그 상태로 계속 같이 있으면 그때까지 좋은 사람인 척 애쓴 보람도 없이 분위기를 다 망쳐버릴 것 같았거든. 하하.

아, 그린 카레는 저쪽이요. 똠카까이는 이쪽이고요. 응? 처음 본다고? 이거 진짜 맛있어. 코코넛 향이 끝내주거든. 어때, 냄새 좋지? 특히 이 가게에서 만드는 건 최고야. 현지에서도 먹어봤는데 여기가 그 맛에 제일 가깝더라고. 좀 먹어볼래? 하하, 사양하지 않아도 되는데.

어쨌거나 취업 활동이라는 건 정말이지 최악이라고 생각하지 않아? 잘 모르겠다고? 난 진짜 짜증났는데. 뭐냐니, 전부 다. 물론 취업 준비생은 정신적으로 여유가 없으니까 주위를 보는 시선이 좀 날카로워지는 부분도 있겠지만 그것 때문만은 아니라고 봐. 지금도 그때 생각만 하면 소름이 돋고 심지어 지하철에서 검은색 정장을 입은 취업 준비생을 보기만 해도 기분이 나빠지는걸. 미안하긴 하지만 나도 어쩔 수가 없어. 기분 나쁜 건 기분 나쁜 거니까.

제일 싫은 건 그거였어. 왜 집단 면접이나 그룹 토론 끝나고 나와서 말 꺼내는 사람 있잖아. 가는 길에 다들 차 한잔하지 않을래요? 하는 거. 진짜 너무 싫어. '인맥을 쌓는 건 역시 중요하죠. 이렇게 정보도 교환할 수 있고' 이러는데 애들끼리 모여서 무슨 생산적인 얘기가 가능하다는 건지 진심으로 이해가 안 되더라. 토 나올 것 같아. 그런 사람이 회사에 들어가면 어떤 식으로 일을 할지 궁금하다.

스피라링크스의 그룹 토론은 아무래도 팀원들끼리 친해질 필요가 있었으니까 의무감에 어울린 거야. 딱히 기분 나쁜 사람도 없었고…. 물론 진짜 그룹 토론이 시작되기 전까지 얘기지만.

솔직히 회사들도 웃기지 않아? 자기네 회사에서 만든 광학 센서를 사용해서 어떤 사업에 도전해 보고 싶냐니. 그런 거 관심이 있을 리가 없잖아. 직접 생각해 보시라는 말이 여기까지 올라오더라. 말도 안 되는 질문을 던져대는 회사와 그런 회사의 기대에 부응하고자 말도 안 되는 대답을 늘어놓는 학생. 둘 다 바보 아냐? 대체 이런 짓을 하는 데 무슨 의미가 있다는 거야? 이렇게 한마디 해주고 싶지만 문제는 나 역시 그 바보 같은 레이스에 참가하지 않을 수 없었다는 거지. 정말 최악의 시간이었다니까.

미안, 이런 얘길 하자고 만난 게 아니었지? 그래서 네가 궁금한 게 뭔데? 클럽? 그건 그때 말했던 게 다야. 2년 정도 일했었나? 아는 사람 만나는 게 싫어서 집에서 좀 떨어진 긴시초라는 동네를 고른 거였고. 지금도 내 생각은 변함없어. '그래서 뭐?' 범죄 행위를 폭로당한 다른 사람들에 비하면 훨씬 낫지 않나? 그렇게 생각하지 않아?

술 잘 마시고, 사람들이랑 얘기하는 것도 좋아하고, 고생하지 않고 짧은 시간에 큰돈을 벌 수 있다고 생각해서 선택했을 뿐이야. 오히려 그거 갖고 문제 삼는 사람이 이상한 거 아냐? 내 말이 틀려? 물론 손님 중에는 쓰레기 같은 사람도 많았지만 멀쩡한 아저씨들은 취업 준비 중이라고 하면 도움 되는 얘기도 많이 들려주고 격려해주기도 했어. 진심으로 의미 있는 시간이었다고 생각해. 어설프게 폼만 잡던 얼치기 취업 준비생에 비하면 훨씬 알차고 유용한 인맥을 쌓을 수 있었으니까.

난 술집 여자라고 깔보는 사람들을 깔봐. 그땐 그런 편견을 가진 사람들 때문에 면접에서 떨어지긴 싫으니까 패밀리 레스토랑에서 알바한다고 거짓말을 하긴 했지만 솔직히 클럽이나 패밀리 레스토랑이나 다를 게 없지 않나 싶기도 하고.

응? 아, 맞아. 그룹 토론 끝나고 친구한테 들었어. SNS에서 이상한 사람이 말 걸어왔다고. 나에 관한 나쁜 소문을 캐묻고 다니는 사람이 있다고 하더라. 친구 하나가 두려움 반 호기심 반으로 '알려주면 뭐 해주냐'고 물으니까 5만 엔 주겠다, 정보는 지하철역 물품보관함을 이용해서 교환하자, 이런 답이 왔대. 대단한 집념이지 않아? 뭐 그 메시지를 받은 사람 중 누군가가 내가 클럽에서 일한다고 찔렀겠지. 누군지는 모르겠지만. 내가 워낙 적이 많다 보니 짐작 가는 사람은 차고 넘치거든. 하하, 부끄러운 얘기지만 말이야. 중고등학교 때는 꽤 심한 집단 따돌림을 당한 적도 있어. 주위에 적이 깔렸다고 할 수 있지. 아마 그래서 더 그 야구부 사건을 용서할 수 없었던 것 같아. 과거의 내 모습이 오버랩되는 것 같았달까. 그래서 더 날카롭게 공격해댄 거지.

그래도 그 정도로 사이코 같아 보이진 않았는데. '범인' 말이야. 처음엔 발뺌했지만 마지막에는 자기 죄를 인정했으니 어느 정도 분별력은 있었다는 거겠지? 나도 한 번인가는 '범인'한테 투표했던 것 같은데. 기억나? 날 리가 없나.

하지만 뭐 좋은 사람인 줄 알았는데 알고 보니 쓰레기더라 하는 건 비단 '범인'에게만 국한된 얘기는 아니니까.

나도 '범인'의 협박 때문에 회의에서 아무렇지 않게 거짓말을 했고. 응? 듣고 보니 그렇네. 그런 기억이 있는데 기분 탓인가? 뭔가 다른 회사에도 사진을 뿌리겠다, 그게 싫으면 이렇게 말해라, 하고 협박당한 기억이 있는데… 다시 생각해 보니 그땐 그럴 시간도 기회도 없었지? 뭐지, 내가 착각한 건가? 기억력이 안 좋아서 모두의 이름도 생각해 내지 못할 정도니까 뭐, 하하.

그날 나, 딱 보기에도 상태 별로 안 좋았잖아. 괜찮아, 솔직하게 말해도. 스스로도 분위기 망치고 있다는 자각은 있었어. 나 기본적으로 생리통이 엄청 심한 편이거든. 하필이면 그룹 토론

날이 생리통 제일 심한 날이랑 겹친 거야. 아침에 일어났을 때부터 기분은 최악. 어떻게든 기운 내서 해 보려고 했지만 첫 투표에서 한 표도 못 얻으니까 그 시점에서 집중력이 뚝 끊기더라고.

아까도 말했지만 처음부터 힘들겠다고 예상은 했지만 정말로 0표가 나온 데다가 머리는 깨질 듯 아프고… 진짜 이젠 될 대로 되라 싶더라니까. 당시 이미 두 군데 정도는 합격한 상태였으니 여기는 떨어져도 괜찮다고 스스로를 합리화하기 시작한 거지. 정말로 가고 싶은 회사였는데. 표를 얻지 못한 건 물론 내 탓이 제일 크겠지만 면접 당일 딱 하루 컨디션이 안 좋았다는 이유만으로 향후 수십 년을 날린 셈이니 진짜 인생은 운이구나 싶더라.

미안, 뭔가 하소연하는 자리가 되어버렸네. 그런 거 아니야, 진짜로. 원망 같은 거 안 해. 네가 합격해서 다행이라고, 진심으로 그렇게 생각해. 회의 중에도 넌 계속 봉투 열지 말자고 했잖아. 그러기 쉽지 않은데. 진심으로 존경해.

스피라링크스는 역시 바쁜가? 흐음, 그렇구나. 그렇겠지.

나는 그러고 나서 6월인가, 왜 그때는 6월에 대기업 발표가 몰려 있었잖아, 기억나? 진짜 추억이다. 아무튼 6월에 합격한 모 블로그 운영 회사에… 하하, 맞아. 친구들도 다들 그러더라. 나한테 딱이라고. 내가 입사할 것 같은 기업 넘버 원이라고 말이야. 응, 좋은 회사였어. 일도 재미있었고.

그러다 이런저런 이유로 재작년에 창업을 했어. 대단하지? 하하. 우리 회사 팸플릿 보여줄까? 멋지지? 직원은 아직 다섯 명밖에 안 되지만 아무래도 내가 직접 하니까 편하기도 하고 진짜로 하고 싶은 일만 할 수 있어서 좋아. 역시 인생은 편하게 사는 게 제일이라니까. 어때, 꽤 괜찮지? 만드는 데 돈 좀 들였 거든.

돈? 없어 없어, 완전 거지야. 좀 모였다 싶으면 해외 나가서 다 쓰니까. 요즘은 동남아가 인기인 것 같더라. 어? 응, 태국도 가봤 고, 캄보디아, 라오스, 또 어디더라… 사진 볼래? 해외에서 찍은 사진. 이건 툭툭 운전수였던 잘생긴 오빠, 이건 나한테 짝퉁을 팔려고 했던 수상한 아저씨. 이것 봐, 로고는 프라다지만 딱 봐 도 싸구려 티가 나잖아. 사진으로 봐도 알겠지? 재질 자체가 다 르잖아. 볼일 없으니 딴 데 가서 알아보세요, 했지 뭐. 가끔 괜 찮은 것도 있긴 한데, 버킨백이었나, 그래도 역시 손잡이 부분 가죽 처리가 엉성하더라고. 그런 건 공짜로 줘도 필요 없어.

어? 기억력 좋네. 맞아, 이건 에르메스. 많이 낡았지? 여기 보 면 약간 거무스름해지기도 했고. 버릴 때가 됐어. 이젠 좀 새 걸로 바꾸고 싶은데 선물을 안 해주니까. 응? 누구냐니 당연히 '남자'지, '남자'. 공짜로 사주는 거니까 불평하지 말라는 사람 도 있지만 그런 사람들은 여자가 남자에 비해 평소 들어가는 돈이 얼마나 더 많은지 절대 이해 못 할 거야.

이 정도 해주는 건 당연하다고 생각하지 않아?

5

모리쿠보는, 봉투를 준비한 범인은, 다급하게 변명을 늘어놓았다.

오해야, 내 말 좀 들어봐, 다 설명할게, 설명한다니까. 상당히 당황한 것 같았지만 그 점을 감안하더라도 말이며 행동이 너무 뒤죽박죽이라 갈피를 잡을 수가 없었다. 이야기를 들어 보려고 해도 무슨 말을 하는 건지 도통 알아들을 수가 없었다. 자기가 한 변명을 보완하기 위해 또 다른 변명을 하고, 거기에 또 뭘 덧붙이려고 하다 보면 앞에 한 말과 아귀가 안 맞게 되는 식이었다. 당황하면 할수록 말은 겉돌기만 했다. 모리쿠보의 목소리가 회의실에 울릴 때마다 약물 중독자의 망상을 듣고 있는 듯한 답답함이 쌓여 갔다. 견디다 못한 하카마다가 모리쿠보의 양어깨를 움켜잡고 힘껏 흔들었다.

"더 이상… 실망하게 만들지 마."

모리쿠보는 그래도 멈추지 않고 몇 마디 더 중얼거렸다. 그러다 이윽고 하카마다의 강한 힘이 진정제가 되었는지 거친 숨을 몰아쉬며 입을 다물었다.

정적이 흐르는 회의실에 느닷없이 경쾌한 웃음소리가 울려 퍼졌다.

옆 회의실에서 나는 소리일까, 아니면 환청? 말투가 우리랑 비슷하다고 느꼈는데 그도 그럴 것이 계속 재생 중이던 영상에서 우리 목소리가 흘러나오고 있는 것이었다. 오늘 잘 부탁해, 나야말로, 정정당당하게 '페어'하게 가자고. 아직 봉투가 등장하기 전, 그룹 토론이 시작되기 전의 평화로운 풍경이었다. 내가 영상을 멈추자 몇 초간 쓸쓸한 침묵이 흘렀고, 이내 차례를 기다리고 있었다는 듯 전자음이 울렸다.

네 번째 투표를 할 시간이었다.

슬프게도 범인이 누군지 밝혀진 것만으로도 회의실 분위기는 눈에 띄게 호전되었다. 봉투의 등장으로 인해 어지럽혀진 공기가 완전히 제자리를 찾을 정도는 아니었지만 그래도 보이지 않는 적의 모습이 수면 위로 드러났다는 사실만으로도 심적인 부담은 훨씬 줄어들었다.

모리쿠보에게 하고 싶은 말은 많았다. 다른 사람처럼 일그러진 모리쿠보의 얼굴을 보고 있으면 나도 모르게 말이 입 밖으로 튀어나올 것만 같았다. 스피라링크스라는 회사에 들어가기 위해 과연 어디까지 할 수 있을까. 입장을 바꾸어 생각해 보면 나라도 웬만한 일은 다 가능하지 않았을까 싶다. 확실하게 합격할 수 있는 아이디어가 떠올랐다면 내 손을 다소 더럽히는 한이 있더라도 실행에 옮겼을지 모른다.

중학교 기말고사에서 좋은 성적을 못 받았다면 고등학교 가서 잘하면 된다. 고등학교에서 성적이 안 좋으면 대학 입시 때 열심히 하면 된다. 대입도 망쳤다면, 그래도 괜찮다. 좋은 회사에 들어가면 되니까. 하지만 좋은 회사에 들어가지 못하면….

그다음은 아직 사회인이 되어 본 적이 없는 나로서는 알 길이 없다. 실제로는 젊은 내가 막연히 걱정하는 그런 절망적인 상황은 발생하지 않으며, 누구든 생각보다 쉽게 만회할 수 있는지도 모른다. 하지만 지금이 인생의 마지막 승부라고 생각하게 되는 심리도, 그리고 그 생각 자체도 크게 틀리지는 않았다고 본다. 합격을 위해서라면 수단과 방법을 가리지 않게 되는 심정은 충분히 이해가 갔다. 이해는 가지만 그래도 역시 잘못된 방향으로 힘껏 액셀을 밟은 모리쿠보를 용서하기는 어려웠다.

시체처럼 의자에 널브러진 모리쿠보를 내버려둔 채 네 번째 투표가 시작되었다.

■ **제4회 투표 결과**
| 하타노 2표 | 시마 2표 | 쿠가 1표 | 야시로 1표
| 하카마다 0표 | 모리쿠보 0표
■ **현재까지의 총 득표수**
| 쿠가 7표 | 하타노 6표 | 시마 6표 | 하카마다 2표
| 야시로 2표 | 모리쿠보 1표

야시로의 예상대로 모리쿠보에게 투표한 사람은 없었다.

한편 야시로에게 한 표를 던진 사람은 하카마다였다. 추측건대 범인을 찾아낸 데 대한 감사 표시라기보다는 지금까지 범인 취급해서 미안하다는 의미가 아니었을까 싶다.

시마는 이번에도 쿠가에게 투표했다. 하지만 이상하게도 쿠가에게 꿋꿋이 표를 던질 때마다 시마 자신이 제일 괴로워 보였다. 자기 의견을 관철하는 것과 스스로 생각하기를 포기하는 것은 동전의 양면과도 같았다. 나는 최선을 다해서 열심히 헛소문을 무시하고 있는 거야. 돌아올 수 없는 외나무다리를 건너고 있는 시마를 보며 나는 새삼 봉투가 우리에게 얼마나 큰 영향을 주었는지를 통감했다.

"그래, 인정할게. '봉투'는 내가 가져왔어."

죽은 듯 말이 없던 모리쿠보가 최후의 발악을 하듯 입을 열었다.

"추태를 보여서 미안해. 하지만, 봉투 안 내용물을 준비한 건 내가 아니야. 정말로, 진짜야. 나는 단지 우리 집에 배달된 봉투를 지시에 따라 여기까지 가져왔을 뿐이야. 설마 저런 게 들어 있을 줄은…."

"모리쿠보." 하카마다가 조용히 모리쿠보의 말을 가로막았다. "됐으니까 이제 그만해."

모리쿠보는 더 이상 말을 잇지 못했다.

범인이 밝혀졌으니 이제 우리 사이에 팽배해 있던 의심이나 불안, 분노와 같은 모든 나쁜 감정은 순식간에 눈 녹듯 사라질 것이다…. 아무리 나라고 해도 그렇게 생각할 정도로 대책 없는 낙관주의자는 아니었다. 우리 사이에는 부분적으로 더 이상 돌이킬 수 없을 만큼 깊은 틈이 생겨버렸다. 하지만 해결해야 할 문제가 하나 줄어든 것만은 분명한 사실이었다. 조금씩, 벽돌을 한 장 한 장 쌓아 올리는 것처럼 회의실 안 공기는 점진적으로 원래 상태를 회복할 것이라고, 마음속 깊은 곳에서는 그렇게 믿어 의심치 않았다.

"'봉투'는 어떻게 할래?"

하카마다의 말에 가벼운 현기증을 느꼈다. 대체 무슨 소리를 하는 걸까. 어떻게 하고 말고 할 것도 없지 않은가. 이제 봉투에는 볼일이 없었다. 범인이 밝혀졌으니 더 이상 그런 것에 휘둘릴 필요는 없다. 그냥 버리면 그걸로 끝이다. 하지만 그렇게 생각한 사람은 나와 시마뿐인 것 같았다. 농담하지 말라고 웃어넘기려던 나와는 달리 다들 봉투를 어떻게 할지 진지하게 논의하기 시작했다.

"모리쿠보는 해서는 안 될 일을 저질렀어. 그건 틀림없는 사실이야. 하지만 어떤 의미에서는 모리쿠보가 우리의 신변 조사를 대신 해주었다고도 볼 수 있지 않을까? 그룹 토론을 함께 준비하는 것만으로는 알 수 없었던 우리 여섯 명의 감추어진 부분을 겉으로 드러나게 해주었으니까. 그러니 아까 모리쿠보가 한 말과도 일맥상통한다고 볼 수 있는데 일단 봉투를 다 열어서 그 안에서 가장 괜찮다고 생각되는 사람을 합격자로 뽑는 게 어때? 루머라면 루머라는 걸 본인이 증명하기로 하고.

다들 어떻게 생각해?"

바보 같은 소리였다. 내가 반론하려는데 그보다 먼저 야시로가 굳은 표정으로 입을 열었다.

"열어 보는 건 나쁘지 않은 것 같아."

"그러게." 쿠가마저 동조하는 기색을 보였다.

"그게 제일 '페어'하잖아. 그렇지, 쿠가?"

"'페어'라…."

잔인하고 치졸한 광경이었지만 어찌 보면 당연한 결과였다. 내가 그들의 입장이었더라도 마찬가지였을 것이다.

첫 투표에서 두 표를 얻으며 순조롭게 출발했으나 가장 먼저 봉투 속 내용이 공개된 하카마다는 그 후로 단 한 표도 얻지 못했다. 쿠가는 초반에 많은 표를 얻은 덕분에 아직 1위 자리를 지키고는 있었지만 득표수가 눈에 띄게 줄었다. 현재 2위는 다행히도 봉투가 공개되지 않아 어부지리로 표를 얻고 있는 나와 시마, 두 사람이었다.

봉투 때문에 비밀을 폭로당한 사람은 자연스럽게 합격에서 멀어졌다. 한편 당하고만 있을 수는 없다는 생각에 공격으로 돌아선 모리쿠보나 하카마다처럼 자기가 가진 봉투를 연다 한들 표가 모이는 것은 아니었다. 봉투가 회의의 열쇠를 쥐고 있다는 점은 분명했고, 폭로당한 사람과 당하지 않은 사람이 있는 한 거기에는 엄연한 격차가 존재할 수밖에 없었다.

그렇다면 아예 전부 오픈해버리자. 그게 가장 '페어'한 상태니까.

납득이 가서 더 마음이 아팠다.

그래, 좋아. 모든 봉투를 열어 보자. 난 상관없어.

이 말이 목구멍까지 올라왔다. 지금까지 살면서 중대한 범죄를 저지른 적은, 적어도 당장 기억해낼 수 있는 범위 내에서는 없었다. 물론 사소한 잘못을 부풀려서 공격당할 수도 있었고, 어쩌면 내가 잊고 있는 것일 뿐 실제로 큰 잘못을 저지른 적이 있을지도 모른다. 하지만 그런 식으로 가장 나쁜 상황을 가정하더라도 일단은 내 것도 어서 열어 보자고 당당히 나서는 편이 결과적으로는 회의를 원활하게 굴러가게 함으로써 내 점수를 올리는 데 도움이 될 가능성이 컸다.

그럼에도 불구하고 봉투를 개봉하자는 모두의 의견에 선뜻 동의할 수 없었던 것은 바로 시마 때문이었다.

봉투가 꺼림칙하고 기분 나쁘다고 느끼는 나조차도 현실을 어느 정도 받아들인 상태에서 논의를 진행해야겠다는 쪽으로 생각이 기울고 있었다. 하지만 그런 와중에도 시마는 결코 봉투의 존재를 인정하지 않겠다는 입장을 굽히지 않았다. 시마 역시 나와 마찬가지로 아직 봉투 내용이 폭로되지 않았기 때문에 정의를 외칠 수 있다는 측면도 부정할 수는 없었다. 그러나 시마가 택한 길이 윤리적으로 가장 올바른 길이라는 사실은 분명했다.

시마를 실망시키고 싶지 않았다. 솔직히 시마의 환심을 사고 싶기도 했고, 무엇보다 봉투를 모두 개봉할 경우 타격을 입는 사람은 나뿐만이 아니라는 사실이 스스로를 지탱하는 데 큰 힘이 되어주었다. 모든 봉투를 개봉한다는 것은 시마 역시 폭로를 당하게 된다는 뜻이었다.

나는 다시 한번 신중하게 생각을 정리한 다음, 어느 봉투부터 열지 의논하고 있는 세 사람 사이에 끼어들었다.

"역시 봉투는 폐기하는 게 좋겠어."

내 말 한마디가 순조롭게 나아가던 게임판의 말을 갑자기 다섯 칸 정도 후퇴시켰다고 느꼈는지 하카마다가 말귀 못 알아듣는 아이를 타이르는 듯한 말투로 내게 말했다.

"하타노, 그건 이미 선택지에서 제외됐어. 이제 와서…."

"나도 알아, 충분히 이해해. 하지만, 그래도."

나는 내 생각을 최대한 솔직하고 성실하게 전해야겠다고 판단했다. 괜찮아, 전할 수 있어. 전해야 하는 말은 반드시 전해지기 마련이니까. 그렇게 스스로를 믿기로 했다.

"역시 봉투는 버리는 게 옳다고 봐. 이런 말을 하는 건 물론 내가 고발당하기 싫어서이기도 해. 부끄러운 얘기지만. 봉투에 뭐가 들어 있는지는 모르겠어. 이상한 루머가 튀어나온다면 당연히 내 평판은 곤두박질치겠지. 지금까지 진행된 투표에서 증명된 바와 같이 말이야. 기껏 여섯 표나 모았는데 여기서 합격을 놓칠 수는 없다, 그런 이기적인 생각이 드는 건 사실이야. 솔직히 두려워. 진심으로. 하지만 단순히 무서워서 봉투를 열지 말자고 억지를 부리는 건 아니야.

나는 무엇보다 이런, 핵무기를 어떻게 활용할 것인가 같은 논의를 하는 상황, 내가 당했으니 다른 사람들도 다 똑같이 당해야 한다는 식의 논리가 횡행하는 상태가 도덕적으로 옳다고는 생각되지 않아. 방금 한 말이랑 약간 모순되긴 하지만 봉투 안에 들어 있는 건, 그게 아무리 무시무시한 내용을 담고 있다고 하더라도 겨우 한 장짜리 종이 조각에 불과하잖아, 안 그래?

다행히 범인이 누구인지는 밝혀졌어. 실수로라도 범인이 합격할 가능성은 사라졌다는 거지. 우리는 며칠 동안 함께 고민하고 함께 이야기하며 서로에 대해 충분히 알아 왔잖아. 고작 종이 한 장 때문에 지금까지 우리가 함께 나눈 것들은 전부 없었던 일로 하고 이쪽이 진짜였다고 믿는 건 너무 바보 같지 않아? 봉투에 대해서는 모두 잊자, 처음에 분명 그렇게 결론이 났었잖아.

사실 이렇게까지 모두가 봉투에 집착하게 된 이유 중 하나는 내가 제안한 '30분마다 한 번씩 투표하기'라는 규칙 때문이라고 생각해. 인기의 흐름을 실시간으로 확인하다 보니 이를 만회하기 위해서 수단과 방법을 가리지 않게 된 거지. 그러니 현재 가장 많은 표를 얻고 있는 쿠가가 동의한다는 전제 하에 아예 처음부터 다시 시작하는 게 어떨까?"

내 얘기를 끊을 타이밍만 노리고 있는 듯했던 회의실 분위기에 균열이 생긴 것이 느껴졌다. 하카마다와 야시로의 표정이 변했다.

"남은 두 번의 투표에서 얻은 표를 합산해도 좋고, 그냥 마지막에 한 번만 하는 걸로 바꿔도 괜찮을 것 같아. 그래도 아직 불공평하다 싶으면, 내가 자백할게."

"자백?"

"내가 한 나쁜 짓이 뭐가 있는지."

모두가 긴장하는 게 느껴졌다. 하타노는 대체 무슨 고백을 하려는 걸까, 하고.

솔직히 내가 한 나쁜 짓이 뭐가 있는지 짚이는 바는 없었다. 서둘러 빛의 속도로 기억을 더듬어 보았지만 남들에게 밝힐 만한 나쁜 짓은 불행인지 다행인지 전혀 생각나지 않았다. 지나치게 오래 생각에 잠겨 있는 나를 이상하게 여겼는지 하카마다가 물었다.

"그렇게 엄청난 고백이야?"

"아니…." 나는 고개를 저으며 대답했다. "뭔가 있을 것 같기는 한데 당장은 기억 나는 게 없어서…. 지금 생각나는 건 초등학교 때 친구한테 빌린 게임팩을 돌려주지 않았던 일 정도야. 조금만 시간을 줄래? 아무튼 뭐라도 생각해 낼 테니까."

내 딴에는 진지하게 한 말이었으나 꽤나 엉뚱한 대답이라고 느꼈는지 야시로가 웃음을 터트렸다. 잔뜩 긴장된 분위기였기 때문에 일단 한번 긴장의 끈이 풀어지자 웃음의 연쇄 작용이 일어났다. 쿠가가 피식 웃었고, 시마도 웃었다. 하카마다도 항복이라는 듯 쓴웃음을 지으며 목덜미를 쓸어내렸다.

웃음이 회의실을 한 바퀴 돌아 나에게로 돌아왔다.

"항복이야."

하카마다가 후련한 표정으로 웃으며 입을 열었다.

"덕분에 정신이 들었어. 과연 너다운 말이야. 넌 그런 녀석이니까."

회의실을 짓누르고 있던 무언가가 사라진 것처럼 숨쉬기가 편해졌다. 대신 낯익은 공기가 주위를 다시 채우기 시작했다. 우리가 그룹 토론 전원 통과를 꿈꾸며 한마음 한뜻으로 노력했던 임대 회의실의 공기였다.

"봉투는 버리자. 그리고 표를 리셋할 필요는 없어."

하카마다는 퉁명스럽게 내뱉고는 한숨을 쉬며 팔짱을 꼈다.

"약간의 사고가 있긴 했지만 현재 득표수는 지금까지 각자가 노력해서 쌓아 올린 성과니까 이대로 가는 게 맞다고 봐. 아직 투표가 두 번이나 남았으니 총 열두 표, 아니 자기 표를 제외하면 열 표인가? 이걸 전부 얻는다면 누구에게나 똑같이 합격할 가능성은 남아 있는 셈이잖아. 방심하고 있으면 순식간에 따라잡을 테니까 각오 단단히 하라고. 내 의견은 이런데 다들 어떻게 생각해? 쿠가 넌?"

쿠가가 이의가 없음을 밝히자 야시로도 동의했다. 시마가 가방에서 꺼낸 휴대용 티슈로 붉어진 눈가를 훔쳤다. 나도 덩달아 눈시울이 뜨거워지는 것을 느끼며 고개를 끄덕여 보였다. 비록 모리쿠보의 동의는 얻지 못했지만 거의 정상적인 상태로 돌아온 회의실 분위기를 축복하듯 알람이 울렸다.

다섯 번째 투표를 할 시간이었다.

결과는 놀라웠다.

■ **제5회 투표 결과**

| 하타노 5표 | 시마 1표 | 쿠가 0표 | 하카마다 0표
| 모리쿠보 0표 | 야시로 0표

■ **현재까지의 총 득표수**

| 하타노 11표 | 쿠가 7표 | 시마 7표 | 하카마다 2표
| 야시로 2표 | 모리쿠보 1표

내가 시마에게 던진 한 표 외에는 모든 표가 나에게 몰렸다.

드디어 내가 쿠가를 제치고 선두로 나선 것이다. 아직 끝난 것은 아니지만 투표 결과를 수첩에 옮겨 적는 손가락이 제멋대로 떨렸다. 합격한 회사 두 곳을 포기하고 그야말로 배수진을 친 심정으로 임한 그룹 토론에서는 생각지도 못한 사건이 터졌다. 몇 번이나 절망스러운 순간이 찾아왔다. 보고 싶지 않은 것들을 보아야만 했다. 뛰어넘을 필요가 없는 것들까지 뛰어넘어야만 했다. 그렇게나 힘든 시간을 거쳐 이제 드디어 합격이 눈앞에 보이기 시작한 것이다.

회의실 벽 너머에서 일하고 있을 스피라링크스 직원들의 모습이 보이는 듯했다. 앞으로 한 걸음만 더 내디디면 이곳에 내 자리가 생긴다. 대졸 초임은 50만 엔. 급기야 구체적인 돈 계산이 시작되려는 시점에서 나는 일단 망상의 스위치를 껐다. 스스로도 지나치게 앞서 나가고 있다는 자각은 있었다.

"쿠가, 이거 원래 있던 봉투에 좀 넣어줘."

하카마다가 테이블 위에 널려 있던 종이들을 모아 쿠가에게 건넸다.

하카마다뿐만 아니라 야시로와 모리쿠보도 이제 와서 역전은 불가능했다. 당연히 낙심할 거라고 생각했는데 의외로 하카마다도 야시로도 밝은 표정이었다. 물론 아쉬운 기색은 감추지 못했지만 어딘지 모르게 후련해 보였다.

쿠가는 하카마다가 건넨 종이를 받아 간단히 정리한 다음 원래 들어 있던 큰 봉투에 다시 넣으려고 했다.

나도 내가 가지고 있던 봉투를 쿠가에게 내밀었다.

이제 다 끝났다. 그렇게 확신하면서.

그런데 갑자기 쿠가가 동작을 멈췄다.

그리고 무언가에 홀린 듯 하카마다에게 받은 종이, 이 모든 일의 원흉이라고 할 수 있는 사진들을 뚫어지게 쳐다보았다. 천천히, 시간을 들여서. 하카마다의 사진, 야시로의 사진, 그리고 자기 사진을 차례대로 꼼꼼히 살펴보는가 싶더니 조금씩 표정이 굳는 것이 느껴졌다. 장난이라고 하기에는 도가 지나쳤다. 봉투와 사진은 이제 더 이상 우리에게 아무런 의미도 없었다. 쿠가의 장난에 장단 맞춰 웃어줄 기분이 아니었다.

하카마다가 왜 그러냐고 물었지만 쿠가는 아무 대답도 하지 않았다. 세 장의 종이를 네 차례 정도 샅샅이 훑어본 쿠가가 사진에서 눈을 떼지 않은 채 입을 열었다.

"모리쿠보."

최소한의 의무는 다하겠다는 의지의 표시인지 투표에는 참가했지만, 하카마다에게 그만하라는 말을 들은 후부터 모리쿠보는 시종일관 침묵을 지키고 있었다. 몸이 아니라 마음이 망가진 권투 선수처럼 멍한 표정으로 의자에 축 늘어진 채 잿빛 기운을 뿜어내고 있었다. 마치 회의실 한구석에 놓인 정물 같았다.

"어떻게 이 봉투를 손에 넣게 되었는지 한 번만 더 설명해줄래?"

"뭐 하는 거야, 쿠가."

"하카마다, 중요한 일이야. 모리쿠보에게 직접 확인하고 싶은 게 있어. 모리쿠보 네가 직접 준비한 건 아니지? 변명은 필요 없으니까 솔직하게 사실만 말해줘."

모리쿠보는 몇 년 만에 전원이 연결된 컴퓨터처럼 정말 괜찮은 건가 싶을 정도로 느릿느릿 고개를 들더니 양손으로 얼굴을 한 번 쓸어내리고는 천천히 입을 열었다.

"…집으로 배달됐어."

"언제?"

"…어제."

모리쿠보는 쿠가가 정말로 더 자세한 설명을 듣고 싶어한다는 것을 느꼈는지 자세를 고쳐 앉았다.

"우리 집 우편함에 들어 있었어. '모리쿠보 키미히코 님'이라고 적혀 있고 우표는 안 붙여진 커다란 봉투가 말이야. 뭔가 싶어 열어 보니 저 커다란 흰색 봉투랑 설명서 같아 보이는 종이 한 장이 나왔고. '스피라링크스 입사 시험인 그룹 토론에서 사용할 봉투입니다. 내일 아무도 모르게 회의실에 놓아두시기 바랍니다. 자세한 내용을 모르는 직원도 있기 때문에 인사팀도 눈치채지 못하게 해주십시오. 토론이 시작됨과 동시에 참가자들이 발견할 수 있는 장소에 놓아두는 것이 가장 이상적입니다. 중요한 서류이니 내일 반드시 지참해주시기 바랍니다', 대충 이런 내용이 적혀 있었어. 그래서 남들보다 빨리 이 회의실에 와서 봉투를 문 뒤에 숨겨 놓은 거야."

쿠가는 모리쿠보가 하는 말이 무슨 대단히 중요한 증언이라도 되는 것처럼 귀 기울여 듣더니 입술에 손을 가져다 댄 채잠시 생각에 잠겼다. 쿠가의 진지한 태도가 마음에 들지 않았는지 하카마다가 어이없다는 듯 고개를 절레절레 흔들었다.

"그만해, 쿠가. 이런 헛소리를 들어주는 건 시간 낭비일 뿐이야. 누가 봐도 모리쿠보가 지어낸 거짓말이잖아. '인사팀도 모르게 가져오라'니 상식적으로 그게 말이 되냐고. 그런 바보 같은 말을 그대로 믿고 봉투를 가져오는 사람이 어딨어. 거짓말을 하려면 좀 더 제대로 된…."

"거짓말이 아니라니까! 정말로 우리 집 우편함에 들어 있었다고!"

"너무 뻔하잖아. 거짓말을 하려면 좀 현실성 있는 거짓말을 하라고."

"애초에 이 입사 시험 자체가 현실성이 없잖아!"

이제야 제정신이 들었는지 모리쿠보가 의자에 앉은 상태에서 몸을 앞으로 내밀었다.

"참가자들이 직접 합격자를 선발하는 그룹 토론이라니, 그런 전대미문의 전형 방식을 통보받은 시점에 이미 스피라링크스라면 무슨 짓을 해도 이상하지 않다고 여기게 되었다고. 봉투를 처음 봤을 때 나도 이상하다고 느끼기는 했어, 당연하잖아. 하지만 곧 이런 기발한 소품을 준비하는 게 스피라링크스만의 방식이라고, 시대를 선도하는 IT 기업다운 방식이라고 믿게 됐지. '봉투는 개봉하지 말 것'이라고 적혀 있었기 때문에 안에 뭐가 들었는지는 몰랐어. 내용물이 무엇인지 알았다면, 우리 중 누군가가 준비한 물건이라는 걸 알았다면 절대로 여기 가져오지 않았을 거야."

황당무계한 이야기긴 했다. 그렇지만 죄를 덜기 위해 즉석에서 늘어놓는 거짓말이라고 보기에는 묘하게 현실적이었다. 그런 분위기가 조금씩 회의실을 채워 나갔다. 하지만 이미 우리

는 누군가를, 무언가를 의심하는 데 너무 지쳐 있었다. 밀실에
두 시간 넘게 갇혀 있는 것만으로도 엄청난 스트레스인데 그
에 더해 회의 시작 이후 계속해서 신경을 자극하는 사건들이
꼬리에 꼬리를 물고 터져 나왔다. 지금 내 몸이 원하는 것은
진실이 아니라 평온함이었다.

모두가 모리쿠보가 방금 한 말을 어떻게 받아들여야 할지
고민하는 가운데 쿠가가 테이블 위에 종이 두 장을 다시 내려
놓았다. 각각 쿠가와 야시로를 고발하는 내용이 담긴 종이였
다.

"여기 살짝 얼룩 같은 거 보여? 그리고 둘 다 좌측 하단의 동
일한 위치에 검은 점이 찍혀 있잖아. 여기 말이야."

쿠가가 가리킨 것은 두 장의 사진이었다. 하나는 쿠가가 강의
실에서 수업 듣는 장면을 도촬한 사진이었고, 다른 하나는 야
시로가 번화가에 위치한 건물로 들어가는 순간을 포착한 사진
이었다. 쿠가의 말은 이 두 사진에 공통점이 있다는 것이었다.
정말이었다. 우측 상단에 바코드 같은 얼룩이 보였고, 좌측 하
단에는 촬영 당시 렌즈에 먼지라도 묻었었는지 검은 점이 찍혀
있었다. 두 장의 종이에서 사진 위치는 각기 달랐기 때문에 프
린터의 문제는 아니었다. 논리적으로 따졌을 때 동일한 카메라
로 촬영한 사진임이 틀림없었다. 하지만 그게 무슨 상관이 있
단 말인가.

"그래서?" 하카마다가 물었다.

"이 사진은···." 쿠가가 침을 한 번 삼키고 자신이 찍힌 사진을 손가락으로 가리켰다.

"4월 20일 수요일 4교시 '도시와 환경' 강의가 끝날 무렵에 찍힌 거야. 교단에 서 있는 강사 얼굴이랑 칠판에 적힌 내용을 보면 확실해. 대충 오후 4시쯤 될 거야."

"결론부터 말해줄래?"

"모리쿠보는 이 사진을 찍는 게 불가능해."

천장에 설치된 에어컨에서 부웅, 하고 큰 소리가 났다. 풍향이 바뀌면서 관엽 식물의 잎사귀가 기분 나쁘게 일렁였다. 이야기가 다시 원점으로 돌아가는 분위기를 견디기 힘들다는 듯 시마가 가방에서 재스민티를 꺼내 한 모금 마셨다. 나는 숨을 한 번 크게 들이마셨다.

"그날 난 모리쿠보와 만나기로 했었어. 내가 20일에 만나자고, 몇 시가 좋냐고 물었더니 모리쿠보가 자기는 그날 다른 회사 면접이 있으니 오후 5시 이후에 보자고 했거든. 다들 기억 안 나? 왜 그 술자리에서 다들 모여 있을 때 그런 얘기 했었잖아."

기억하고 있었다. 분명 쿠가가 모리쿠보에게 빌린 경영서인지 뭔지를 돌려주고 싶으니 몇 월 며칠에 만나자고 했었다. 그러자 모리쿠보는 면접 때문에 몇 시 이후면 괜찮을 것 같다고 대답했다. 구체적인 날짜나 시간은 기억나지 않지만 그런 말을 주고받았던 건 확실했다.

당사자인 쿠가가 틀림없다고 하니 날짜와 시간은 맞을 터였다. 모리쿠보는 20일 수요일 오후 3시부터 면접이 있었다. 적어도 술자리에서 본인은 그렇게 얘기했었다.

하지만 그것만 가지고 모리쿠보가 범인이 아니라고 단정 짓기는 일렀다. 무엇보다 면접 일정 자체가 거짓말일 가능성도 있었다. 말은 얼마든지 지어낼 수 있기 때문이다. 그런 가설을 세워 보았지만 곧 그것이 의미 없는 생트집이라는 사실을 깨달았다. 우리가 함께 술을 마신 것은 토론 주제가 바뀌기 전이었다. 당시 우리는 적이 아니라 동지였다는 말이다. 다른 팀원을 밟고 올라설 필요가 전혀 없는 상황에서 본인의 일정에 대해 거짓말을 할 이유가 없었다.

다음으로, 사진을 찍은 사람이 모리쿠보 본인이 아닐 수도 있지 않나 하는 생각도 들었다. 다른 누군가에게 대신 사진을 찍어달라고 부탁했을 가능성도 있지 않을까. 만약 그랬다면 알리바이는 아무런 의미가 없다. 다만 여기서 문제가 되는 것이 아까 본 사진의 얼룩과 검은 점의 존재였다.

"두 사진은 같은 카메라로 찍은 거야."

"그 카메라의 주인이 모리쿠보가 아닐 수도 있잖아. 모리쿠보의 지시를 받은 누군가가 쿠가랑 야시로의 사진을 같은 카메라로 촬영했을 수도…."

반론을 시도하던 하카마다의 목소리가 점점 작아지더니 결국 그대로 끊겼다. 그와 동시에 우리 모두의 기분도 가라앉았다. 하카마다의 말은 현실적이라고 보기 어려웠다. 범인 말고 누가 이런 사진을 고생해서 돌아다니며 찍는단 말인가. 범인의 부모? 친구? 돈을 주고 고용한 첩보원? 번거롭게 대신 찍어줄 사람을 구하느니 스스로 찍는 편이 훨씬 간단했다.

사진은 범인이 직접 찍었을 가능성이 높았고, 모리쿠보에게는 촬영 당시 알리바이가 있었다. 따라서 모리쿠보는 범인이 될 수 없었다.

그렇다면 누가 범인인가.

두 시간 동안 필사적으로 몸부림치며 어떻게든 수면 위로 떠오르고자 노력했지만, 결국 우리는 또다시 늪으로 빠져들고 있었다. 회의실 안 공기가 무거워졌다. 제한된 산소를 두고 쟁탈전을 벌이듯 모두의 숨이 가빠졌다.

일단 모리쿠보의 알리바이가 확실한지 확인할 필요가 있었다. 모리쿠보는 수첩을 꺼내 면접 일정이 적힌 페이지를 펼쳐서 모두에게 보여준 다음 그날 면접을 보러 갔던 회사의 인사팀에 전화를 걸었다. 인사팀에 거는 척하면서 미리 입을 맞춰 둔 동료에게 걸 가능성도 있다고 본 하카마다가 자기 핸드폰으로 직접 회사 전화번호를 조사해서 모리쿠보가 그 번호로 거는 것을 확인했다. 더 이상 의심을 사고 싶지 않았는지 모리쿠보는 핸드폰을 스피커폰으로 설정해서 통화 내용을 모두가 들을 수 있도록 했다. 상대방이 전화를 받자 모리쿠보는 자신이 며칠 전 면접을 본 학생임을 밝히고, 학회에 결석계를 제출

해야 하는데 자신이 그날 오후 3시부터 4시까지 회사에 있었다는 사실을 확인해줄 수 있겠느냐고 부탁했다. 인사팀 직원은 그 자리에서 바로 사실 확인을 해주었고, 이제 의심이 개입할 여지는 전혀 없었다.

진범이 누구인지는 궁금했다. 여섯 명 사이에 숨어 있는 비열한 인간의 맨얼굴을 확인하고 싶기도 했다. 밝힐 수만 있다면 밝히는 편이 좋을 터였다. 하지만 그런 정의로운 마음은 스피라링크스에 합격하는 것에 비하면 하찮기 그지없는 문제였다. 이대로만 가면 합격을 손에 넣을 수 있는 상황인데 구태여 진상을 규명하고 싶다는 생각은 들지 않았다.

진범이 누구든 상관없잖아, 본론으로 돌아가자.

하지만 그 말은 결코, 절대로 입 밖으로 낼 수 없었다. 왜냐하면 그 한마디는 진범이 가장 할 법한 말이었기 때문이다. 누가 봐도 모리쿠보에게 죄를 뒤집어씌우는 데 실패한 범인이 상황을 얼버무리기 위해 하는 말로밖에 들리지 않았다. 이 상황에서 절대로 해서는 안 될 말이었다.

게다가 스스로가 범인이 아님을 알고 있는 나로서는 내가 합격하는 데 아무 거리낌이 없었지만, 다른 사람들은 그렇지 않을 터였다. 내가 범인일 가능성이 남아 있는 상태에서 나를 합격시킨다는 것은 절대로 있을 수 없는 일이었다. 그렇다면 나역시 각오를 단단히 할 필요가 있었다.

회의 종료까지 남은 시간은 약 20분. 우리에게는 진범을 밝히는 것 이외의 선택지는 남아 있지 않았다.

"그렇다면 반대로 20일 수요일 오후 4시경에 알리바이가 없는 사람이 수상하다는 말 아냐?"

하카마다의 말에 각자 수첩을 꺼내 20일 일정을 확인해 보았다. 하지만 강의가 있었던 쿠가와 면접이 있었던 모리쿠보 말고는 모두 오후 4시경에 아무 일정도 없었기 때문에 알리바이로 범인을 특정하는 것은 불가능했다.

회의실에 초조함이 감돌기 시작했다.

"범인은," 가능하면 입에 담고 싶지 않은 단어였을 것이다. 두려움과 분함이 뒤섞인 표정으로 시마가 힘겹게 말을 이어나갔다. "범인은 자기에 관한 봉투도 준비했다는 거잖아."

나 역시 의아하게 생각한 부분이었다. 여섯 명에게 하나씩 배부된 봉투는 당연히 다 합치면 총 여섯 개였다. 봉투 하나에는 본인을 제외한 다른 다섯 명 중 누군가를 고발하는 내용이 담겨 있으니 그중에는 범인 자신을 고발하는 봉투도 포함되어 있을 터였다.

그렇다면 범인은 자기에 대해서는 무슨 내용을 준비한 것일까.

"하나만 내용이 안 적혀 있을 가능성도 있지 않나?" 하카마다가 자기 생각을 말했다.

"그렇지는 않을 거야." 쿠가가 대답했다. "봉투를 전부 열었을 때 한 사람만 비밀을 폭로당하지 않는다면 그건 곧 자기가 범인이라고 선언하는 거나 마찬가지잖아. 분명 뭔가 적혀 있긴 할 거야."

"예를 들어?"

5초 정도 침묵이 흘렀다. "···당장 생각할 수 있는 건 두 가지 야."

쿠가가 자신이 생각한 두 가지 가능성에 대해 설명했다.

첫 번째는, 충격적인 내용이긴 하지만 논리적으로 거짓임을 밝힐 수 있는 무언가.

"미안하지만 하카마다를 예로 들자면, 아까 하카마다는 결국 봉투 안 내용물에 대해 제대로 반론하지 못했잖아. 루머라고 주장하기는 했지만 안타깝게도 그걸 증명하는 데는 실패했지. 반대로 만약 자신을 고발하는 내용에 대해 확실하게 반박할 수 있는 변명이나 증거, 증인 같은 걸 미리 준비해둔다면 봉투에 자기 약점을 넣어두더라도 평판을 떨어트리는 일 없이 무사히 그 상황을 넘길 수 있겠지. 즉 처음부터 '거짓이라고 증명할 수 있는 고발문'을 넣어두는 거야."

두 번째는 상대적으로 사소한 잘못을 넣어두는 것.

"모든 봉투를 열 경우, 우리는 각각의 사진과 고발 내용을 비교해서 그나마 나은 사람을 합격자로 뽑게 되겠지. 그 가운데 한 사람만··· 그래, 예를 들어 '호텔 어메니티를 대량으로 챙겨온 적이 있다' 이런 게 나온다면 분명 마이너스 요인이긴 하지만 그 사람의 인간성을 의심할 정도의 잘못은 아니잖아. 그런 식으로 '다른 사람들에 비하면 비교적 약한 비밀'을 넣어두는 거야."

나는 지금까지 공개된 세 통의 봉투에 들어 있던 내용을 다시 한번 떠올려 보았다. 당연한 소리지만 이미 고발을 당했다고 해서 범인이 아니라고 단정할 수는 없었기 때문이다. 고발을 당한 사람은 피해자라고 생각하기 쉽지만 현재로서는 모리쿠보를 제외한 모두가 범인일 가능성이 있었다. 회의 자료를 공유할 필요가 있었기 때문에 우리는 서로의 집 주소를 알고 있었다. 모리쿠보네 집 우편함에 봉투를 넣어놓는 것은 누구에게나 가능했다는 말이다.

쿠가가 세운 첫 번째 가설 '거짓이라고 증명할 수 있는 정보를 넣어둔다'는 이미 공개된 세 사람에게는 해당되지 않았다. 하카마다는 루머라고 주장했지만 근거가 부족했고, 쿠가는 긍정은 하지 않았지만 부정도 하지 않았다. 야시로는 오히려 고발문 내용을 전적으로 인정했다.

한편 두 번째 가설 '상대적으로 사소한 죄를 넣어둔다'는 어떨까. 가치관은 사람마다 다르겠지만 이 세 사람 중에는 야시로의 죄가 가장 가볍다고 할 수 있지 않을까. 야시로가 주장한 바와 같이 패밀리 레스토랑에서 일한다고 거짓말을 하긴 했지만 술집에서 아르바이트하는 것 자체가 불법은 아니니까. 본래 직업에는 귀천이 없다고 하니 야시로는 지극히 건전하고 사회적인 활동을 영위한 것뿐이라고 볼 수도 있었다.

그렇다면 현재 가장 의심이 가는 사람은….

"…내 것도 열어 봐도 좋아."

모리쿠보가 시마가 가지고 있는 봉투를 가리켰다.

"그걸로 진범이 누군지 밝힐 수 있다면 난 상관없어."

현시점에서 모리쿠보가 범인이 아니라는 사실은 거의 확실했다. 자기도 모르는 사이에 범인의 손발이 되어 움직이고 대신 죄를 뒤집어써야 했던 모리쿠보는 가장 큰 피해자인 셈이니 본인이 다소 희생을 감수하더라도 범인을 밝히고 싶다고 생각하는 것은 지극히 자연스러운 일이었다. 얼마나 효과가 있을지는 알 수 없지만 봉투를 열면 범인에 관한 정보가 조금이라도 늘어날 것은 분명했다.

시마는 회의 초반부터 시종일관 봉투를 열어서는 안 된다고 강하게 주장해 온 만큼 열어도 상관없다는 모리쿠보의 말에 처음에는 난색을 표했지만 다른 사람도 아닌 본인이 열어도 괜찮다고 하는 데는 당해낼 재간이 없었다. 진범을 찾기 위해서라고 하면 거부하는 것은 불가능했다.

시마는 친구의 자살을 돕기라도 하는 것처럼 침통한 표정으로 천천히 봉투를 열었다. 그리고 봉투에서 꺼낸 종이를 테이블 위에 펼쳤다.

종이에는 두 장의 사진이 인쇄되어 있었다.

하나는 넓은 회의실 같은 곳에서 열린 설명회 현장을 찍은 사진이었다. 단상에서 한 남성이 검은색 구명조끼 같은 것을 들고 마이크로 뭔가 설명하고 있었다. 객석에 앉은 사람들은 대부분 머리가 희끗희끗했다. 노인을 대상으로 한 설명회인 듯했다. 단상 위에 '(주)어드밴스드퓨처 기능성 조끼 오너 설명회'라고 적힌 커다란 간판이 걸려 있었다. 단상 오른쪽에는 청년 둘이 서 있었는데 앞 사진들과 마찬가지로 그중 한 명의 얼굴에 빨간색 동그라미가 그려져 있었다. 가면을 쓴 것처럼 인위적인 미소를 띠고 있는 그 청년은 모리쿠보였다.

두 번째 사진은 대학 캠퍼스에서 찍은 것이었다. 모리쿠보가 다니는 대학일 테니 히토츠바시대학 캠퍼스인 듯했다. 고풍스러운 서양식 건물에서 걸어 나오는 모리쿠보를 한 중년 남성이 붙잡고 잔뜩 흥분해서 뭔가 따지고 있는 장면을 약간 떨어진 곳에서 찍은 사진이었다. 모리쿠보는 당황해서 어찌할 바를 모르고 쩔쩔매고 있었다.

모리쿠보 키미히코는 사기꾼. 노인을 대상으로 한 조직적인 사기 행각에 가담했다. (※시마 이오리의 사진은 하타노 쇼고의 봉투 안에 들어 있음.)

두 번째 사진은 사기를 당한 피해자가 모리쿠보를 찾아온 장면을 찍은 걸까. 다른 사진들과 마찬가지로 사진 우측 상단에는 얼룩이, 좌측 하단에는 검은 점이 찍혀 있었다. 범인이 직접 찍은 사진이라는 말이었다.

여기 적힌 내용이 사실이라면 모리쿠보가 저지른 죄는 결코 가볍다고 할 수 없었다. 사진을 본 모리쿠보는 적잖이 놀란 듯했다.

"학교까지 찾아오다니 이상하다고는 생각했어. 사진을 찍기 위해서였던 건가…."

혼잣말처럼 중얼거리더니 황급히 고개를 들어 우리 다섯 명의 표정을 살폈다.

아마도 반사적으로 변명이 튀어나오려던 것이리라. 하지만 모리쿠보는 이내 하려던 말을 그대로 삼킨 채 힘없이 시선을 떨구었다. 근거도 없이 루머라고 주장하는 사람의 말을 일일이 다 들어주기에는 우리에겐 남은 시간이 별로 없었다.

한편, 설령 루머라는 점을 증명할 수 있다 하더라도 실제로 그것을 증명하는 것이 좋을지는 또 다른 문제였다. 아까 쿠가가 설명한 범인의 가설, '거짓이라고 증명할 수 있는 정보를 넣어둔다'에 저촉되기 때문이다. 모리쿠보가 고발문에 논리적으로 반박하면 할수록 오히려 범인일 가능성이 높아지는 상황이었다. 모리쿠보로서는 그저 아무 말도 하지 않고 고발문의 내용이 사실이라고 인정함으로써 자신이 범인이 아님을 증명하는 수밖에 없었다.

모리쿠보는 조심스레 종이를 들어 긴장된 표정으로 사진을 살펴보았다.

사기 행각에 가담했다는 사실이 크게 놀랍지 않았던 가장 큰 이유는 이미 한번 모리쿠보가 범인이라고 오해했었기 때문일 것이다. 우리는 모리쿠보가 범인인 줄 알고 크게 실망했었고, 누명이라는 사실이 밝혀짐에 따라 일단 오해는 풀렸지만, 이번 고발문 때문에 다시금 이미지가 실추된 것이다. 사기가 가벼운 죄라고는 생각하지 않지만 정상적인 사고를 하기에는 단시간에 너무 많은 일이 일어났다. 인식이 상황을 따라가지 못하고 있었다. 다만 한 가지 확실한 점은 지금 여기 있는 모리쿠보 키미히코라는 사람은, 내가 지금까지 알고 지낸 모리쿠보 키미히코와는 전혀 다른 사람이라는 것이었다.

"이건 면접 가기 전인데…. 그렇다면… 잠깐만."

모리쿠보는 고개를 한 번 끄덕이더니 확신에 찬 목소리로 말했다.

"이것도 20일에 찍힌 사진이야. 4월 20일 수요일. 면접 가기 전이니까 오후 2시쯤일 거야. 틀림없어."

유력한 정보가 추가되었다. 범인이 직접 찍은 사진임을 알 수 있는 얼룩과 검은 점이 찍힌 두 번째 사진, 즉 모리쿠보가 캠퍼스에서 중년 남성에게 붙들린 장면도 20일에 촬영되었다는 사실이 밝혀진 것이다. 범인은 모리쿠보의 사진을 찍은 다음 곧바로 쿠가가 다니는 대학으로 가서 사진을 찍었다는 뜻이었다. 4월 20일 범인의 동선이 그려지기 시작했다.

시험 시작과 동시에 문제지로 달려드는 학생들처럼 우리 모두는 약속이나 한 듯 동시에 수첩을 꺼내 들었다. 4월 20일에 알리바이가 있으면 자신이 범인이 아님을 증명할 수 있었다. 만약 범인을 제외한 모두에게 알리바이가 있다면 소거법에 따라 범인을 밝혀낼 수 있다는 말이었다.

나는 내심 실망을 금치 못했다.

왜냐하면 4월 20일 수요일에 나는 하루 종일 아무 일도 없었기 때문이다. 대학 수업도, 동아리 활동도, 아르바이트도, 다른 회사 면접도 없었다. 수첩은 텅 비어 있었다. 그날은 하루 종일 집에 있었을 것이다. 범인을 밝히려면 나 같은 사람이 한 명이라도 있어서는 안 됐다. 범인을 제외한 모두에게 알리바이가 있어야만 범인을 추려낼 수 있었다.

그날 일정이 없었던 것이 내 잘못은 아니다. 그래도 나 때문에 범인을 밝히지 못하게 된 셈이니 솔직히 모두에게 미안했다. 나는 최대한 미안하다는 마음을 담아 씁쓸한 표정으로 다른 사람들이 수첩에서 고개를 들기만을 기다렸다. 이윽고 생각지도 못한 희소식이 여기저기서 터져 나왔다.

"그날 오후 2시에는 면접이 있었어. 인사팀에 전화하면 확인해줄 거야."

야시로가 가장 먼저 입을 열자 쿠가가 뒤이어 말했다.

"나는 학교에 있었어. 강의를 들었으니 교수님께 여쭤보면 알 수 있어."

순식간에 두 명이 범인 후보에서 벗어났다. 앞으로 한 명, 한 명만 더 알리바이를 증명할 수 있으면 그와 동시에 자동적으로 범인이 누군지 알게 될 터였다. 나는 위액이 역류하는 것을 느끼며 시마와 하카마다를 쳐다보았다. 둘 중 한 사람이 범인임은 분명했다. 혹시, 설마, 범인은…, 아니 그럴 리가….

바로 그때, 누군가가 조용히 손을 들었다.

"면접이 있었어."

만에 하나라도 실수하는 일이 없도록 천천히 또박또박 그렇게 말한 사람은 하카마다였다.

"나도 아마 회사 인사팀에 전화하면 확인해줄 거야."

하카마다의 말이 끝남과 동시에 범인이 확정되었다.

그룹 토론 종료까지 남은 시간은 거의 없었다. 나는 온몸이 절망에 휩싸여 차갑게 식어가는 것을 느꼈다. 그런 말도 안 되는…. 그럴 리 없어. 이성도 논리도 다 집어던지고 이판사판 될 대로 되라는 식으로 범인의 편을 들어주고 싶었다. 나도 모르게 범인을 감싸는 말이 튀어나오려는 것을 이성의 힘으로 겨우 억누르고 있었지만 그것도 거의 한계였다.

아니라고 말해, 시마. 그런 내 마음의 소리가 통한 것일까.

"수업이었어."

시마가 손을 들고 말했다.

"쿠가와 마찬가지로 담당 교수님께 여쭤보면 될 거야."

범인이라고 의심받지 않기 위해 뻔한 거짓말을 하는 게 아닐까. 순간적으로 불안해졌지만 조심스레 넘겨 본 시마의 수첩에는 반듯한 글씨로 분명 '강의'라고 적혀 있었다. 거짓말이 아니었다. 시마에게는 확실한 알리바이가 있었다.

시마는 범인이 아니었던 것이다. 정말 다행이다.

하지만 안도한 것도 잠시였다. 어째서 모두에게 알리바이가 있는 걸까. 생각을 정리하기 위해 의자에 등을 기대고 앉아 숨을 크게 한 번 내쉬려던 바로 그 순간, 나는 스스로가 큰 착각을 하고 있었음을 깨달았다.

아.

귀를 찢는 듯한 화재경보기의 요란한 알람 소리를 들었을 때처럼 가슴이 세차게 뛰기 시작했다. 모두가 나를 쳐다보고 있었다.

"하타노 넌? 4월 20일 오후 2시경에 뭐 했어?"

내게 묻는 하카마다의 목소리가 지나치게 조심스러워서 더 긴장이 되었다. 빨리 대답을 해야겠다고 생각했지만 아, 응…, 하고 얼버무리는 것 외에는 더 이상 아무 말도 할 수가 없었다. 펼쳐 들었던 수첩을 감추듯 덮어버리자 회의실 안 공기가 한층 더 무거워졌다. 뭐라도 말을 해야만 해. 차라리 나도 수업이었다고 말할까 싶은 유혹을 느꼈지만 그것이야말로 결코 해서는 안 될 거짓말이었다. 하지만 그렇다고 해서 솔직히 말하면 어떻게 될까.

나는 범인이 아니다. 그렇다면 범인이 아니라는 것을 논리적으로 설명하면 된다. 하지만 어째서인지 설명이 불가능했다. 내가 느끼는 당혹감과 초조함은 내 태도에 그대로 드러났다. 도

저히 올바른 판단을 할 수가 없었다. 나를 바라보는 모두의 의심 어린 눈동자에 실망하는 기색이 역력했다.

"아무튼," 쿠가가 내게서 눈을 떼지 않은 채 말했다. "우선 모두의 알리바이를 확인해 보자. 한 사람씩 돌아가면서 자신의 알리바이를 입증해줄 사람과 직접 통화하는 거야."

쿠가는 아까 모리쿠보가 한 것처럼 스피커폰 상태로 전화를 걸었다. 부정이 개입할 여지를 없애기 위해 학교 전화번호는 하카마다가 알아보았다. 전화를 받은 직원에게 교수님 연구실로 연결해달라고 부탁하자 얼마 지나지 않아 교수님이 전화를 받았다. 쿠가가 최대한 부자연스러운 느낌이 들지 않도록 조심하며 4월 20일 본인의 출결 상황에 대해 묻자 '출석했다'는 대답이 돌아왔다. 쿠가는 범인이 아니라는 사실이 확인되었다.

이어서 시마가 전화를 걸었다. 그렇게 해서 차례대로 4월 20일 수요일 오후 2시경의 알리바이가 입증되어 갔다. 누군가가 혐의를 벗을 때마다 나는 점점 더 숨이 막혀 왔다. 이상했다. 논리적이고 이성적으로 따져 보려고 했다. 하지만 초조한 나머지 엉킨 실을 힘껏 잡아당기는 듯한 사고밖에 할 수가 없었다. 생각을 하려고 하면 할수록 마음만 더 급해지고 조각 난 사고의 단편들이 머릿속을 헤집고 돌아다녔다. 시선이 불안정하게 흔들렸다. 계속해서 침을 삼켰다. 팔짱을 끼었다가 풀고, 다시 끼었다가 풀기를 몇 번이고 반복했다. 이러면 안 돼. 이러면 진짜 범인 같잖아. 생각은 하지만 몸과 머리가 따라주지 않았다.

무언가 전제가 잘못된 것이 분명했다. 침착하게 잘 생각해보면 알 수 있을 터였다. 난 범인이 아니니까.

범인이 직접 사진을 찍은 게 아닌 걸까? 그렇지는 않을 거다. 쿠가가 설명한 것처럼 사진에 공통적으로 나타나는 얼룩과 검은 점은 세 장의 사진이 동일한 카메라로 찍은 것임을 의미했다. 만약 범인이 제삼자에게 촬영을 부탁했다면 '사진을 찍은 사람이 곧 범인'이라는 공식은 무너지겠지만, 범인이 유독 촬영 작업만을 외부에 맡길 합리적인 이유를 찾을 수 없었다. 차라리 각각의 사진을 고발문에 적힌 정보와 함께 각자의 지인으로부터 제공받았다고 보는 편이 그나마 현실적이었다.

하지만 만약 그렇다면 이번에는 모든 사진을 동일한 카메라로 찍었다는 것이 말이 안 됐다. 쿠가에 대한 정보를 준 사람이 쿠가의 사진을, 야시로에 대한 정보를 준 사람이 야시로의 사진을 찍었을 것이기 때문이다.

역시 사진은 범인이 직접 찍었다고 보는 것이 가장 자연스러웠다. 알리바이를 꾸미기 위해 사진을 조작했을 가능성도 마찬가지로 현실성이 없었다. 세 장의 사진이 동일한 카메라로 촬영되었다는 사실은 어디까지나 쿠가가 우연히 발견한 것이었기 때문이다. 원래대로라면 아무도 눈치채지 못했을 증거를 조작하기 위해 굳이 애쓸 필요가 없었다.

그렇다면 답은 하나. 누군가가 거짓 알리바이를 댄 것이다. 그 외에는 생각할 수 없었다.

"…누군가 거짓말한 거지? 사실은 나 말고도 20일에 아무 일도 없었던 사람이 또 있을 거야."

나의 이 경솔한 발언이 회의실에 울려 퍼진 것은 때마침 나를 제외한 모두가 알리바이를 입증하는 통화를 마쳤을 때였다. 시마와 쿠가는 교수님께, 하카마다와 야시로는 회사 인사 담당자와 통화했다. 누가 봐도 믿을 만한 사람들이 네 사람의 알리바이를 증명하고 있었다. 전화번호도 본인이 직접 누르지 않고 모리쿠보 때와 마찬가지로 다른 사람이 조사해서 전화를 건 다음 통화만 본인이 직접 하도록 했다. 의심이 개입할 여지는 전혀 없었다. 그렇다고 그대로 믿을 수도 없는 노릇이었다.

"…뭔가 수를 써서 거짓 증인을 내세운 걸 거야, 틀림없어."

하지만 내가 하는 말은 마치 유령에게 던진 돌처럼 아무런 반향도 불러일으키지 못한 채 회의실 너머로 흔적도 없이 사라졌다. 침착하게 행동하지 않으면 이대로 범인으로 몰리게 될 판이었다. 나는 혼란스러운 와중에도 어떻게든 미소를 지으며 이 상황을 이론적으로 설명해 보고자 노력했지만 헛수고였다. 마치 나만, 아니면 나를 제외한 모두가 홀로그램 영상이 된 것처럼 내 말은 단 한 마디도 전해지지 않았다.

다섯 명 모두 침울한 표정으로 몸을 웅크리고 있었다.

"야시로."

하카마다가 말했다.

"네가 가진 봉투를 열어 보자. 안에 든 하타노의 사진을 보면 아마 모든 것이… 확실해질 거야."

아까 시마가 봉투를 열었을 때 시마를 고발하는 내용은 내가 가진 봉투 안에 들어 있다는 사실이 밝혀졌다. 그렇다면 나를 고발하는 내용은 야시로가 가지고 있다는 말이었다.

야시로가 가느다란 손가락을 봉투 입구 사이로 넣어 조금씩 개봉하기 시작했다.

그 모습을, 나는 잠자코 바라보았다.

■ 다섯 번째 인터뷰
그룹 토론 참가자, 모리쿠보 키미히코(31세)
2019년 5월 29일(수) 12시 19분~
도쿄 니혼바시역 근처 백반집에서

속는 사람이 나쁜 거 아냐?

응? 뭐냐니, 집단 사기 말이야. 아까 말한 내가 대학생 때 관여했던 사기.

돈 욕심에 눈이 멀어 덥석 무는 사람이 잘못이라고 봐. 한마디로 구제불능이라는 거지. 가만히 앉아만 있어도 돈이 굴러 들어오는 일 같은 게 있을 리 없잖아. 흐리멍덩한 눈을 하고는 돈 벌게 해주겠다는 말에 제대로 따져 보지도 않고 개미 떼처럼 달려드는 사람들에게 동정의 여지 따윈 전혀 없어. 자업자득. 그러니까 속는 거야.

미안한데 거기 이쑤시개통 좀 줄래? 아니, 이쑤시개는 내가 뺄 테니까 통째로. 응, 고마워. 이거 원래 자리에 돌려놔줄래? 미안.

봉투에 들어 있던 내용은 모두 사실이야. 너도 다 알고 있잖아. 응? 괜히 모르는 척하지 않아도 돼. 집단 사기가 어떤 건지는 알지? …그럼 거기서부터 설명해야 되려나.

간단히 말해 실제로는 존재하지 않는 부동산을 사게 하는 부동산 사기랑 비슷한 거야. 할아버지 할머니들이나 입는 완전

촌스러운 조끼를 기능성 건강 기구라고 소개하는 거지. 뭐 일 단 안에 자석이 잔뜩 들어 있으니 입으면 다소 혈액 순환이 좋 아질 수도 있겠지만 과학적인 근거가 있는지 어떤지는 내 알 바 아니니까. 아무튼 그 엉터리 조끼가 3백만 엔 정도 하는데 그걸 노인들한테 사게 하는 거야. 직접 입으라는 게 아니라 일 단 사서 다른 노인들한테 빌려주라고 하면서. 한 달에 1만 엔 정도 받고 빌려주면 연금만 가지고 생활하기는 빠듯한 노인 세 대에 꽤 짭짤한 부수입이 될 테니까. 처음에 3백만 엔을 투자 해서 매월 1만 엔씩 돌려받는 셈이니까 언뜻 보기에는 나쁘지 않은 것 같잖아? 그래도 불안해하는 사람들한테는 중간에 갑 자기 큰돈이 필요해지면 조끼를 되팔면 된다고 말해주는 거지. 중고니까 3백만 엔 다 돌려받긴 힘들지만 보통 2백만 엔 정도 는 받을 수 있다고 적당히 둘러대면 거의 믿고 사더라고. 다들 어쩌나 간단히 믿어버리던지 정말로 지금 한 얘길 믿는 거냐고 되묻고 싶을 정도였다니까. 수십 년 동안 열심히 일해서 받은 소중한 퇴직금을 줄줄이 갖다 바치는 걸 옆에서 보고 있자니 정말로 거저먹는 장사구나 싶더라.

나는 상품의 품질을 보증하는 어드바이저 역할이었어. 가끔 상품 설명을 돕기도 했고. 대학 이름을 대면 신빙성이 높아지 니까 알바로 들어오지 않겠냐고 해서 합류하게 된 거야. 문과 인 내가 잘 알지도 못하는 이과 쪽 이야기를 늘어놓으며 수많 은 할아버지 할머니들의 소중한 노후자금을 쭉쭉 빨아들인 거지. 노인을 등쳐먹는 천하의 나쁜 놈. 짐승만도 못한 놈. 욕먹어 마땅해.

사실 피해자가 나한테 직접 항의하는 일은 거의 없었어. 사무실에서 나가는 길에 한 번 마주친 적이 있었고, 그것 말고는 대학 캠퍼스에서 만난 게 전부야. 그 사진 찍혔을 때 말이야.

아마도 범인이 꼬드긴 거겠지. 몇 월 며칠 몇 시쯤 이 대학 어디로 가면 사기 친 놈을 만날 수 있을 거라고. 타이밍이 너무 완벽했거든. 진짜 깜짝 놀랐어. 상대가 뭐라고 하든 돈에 대해서는 내가 어떻게 할 수 있는 문제가 아니었지만. 돌려드리겠다고도 죄송하다고도 할 수가 없으니 그저 이러시면 곤란하다는 말만 되풀이했던 기억이 나. 페이스북에서 뒤지고 다녔다며? 응? 누구냐니 '범인' 말이야. 내 주위에서 그 일이 잠시 화제가 된 적이 있었어. 나에 관한 나쁜 소문을 캐묻고 다니는 녀석이 있다고. 뭐 이제 아무래도 상관없으려나. 다 지난 일이니까.

그거 넌 필요 없지? 이 가게 할인권. 이제 이런 데서는 밥 안 먹을 거 아냐. 필요 없으면 나 줄래? 2백 엔 할인은 꽤 크다고. 그냥 두고 갈 거면 차라리 나한테 줘.

그건 그렇고 이제 와서 다시 생각해 봐도 정말이지 현실성 없는 그룹 토론이었다고 생각해. 뭔가 위험한 심리 실험, 아니면 좀 어설픈 데스 게임 같은 느낌이었달까. 종이봉투 하나가 회의실에 굴러 들어왔을 뿐인데 난리도 그런 난리가 없었지.

진짜 바보 같아.

솔직히 취업 준비 기간만큼 무의미한 시간도 없다고 봐.

학생들은 회사 마음에 들려고 거짓말을 하고, 회사는 회사대로 자기들한테 유리한 정보밖에 공개하지 않잖아. 예를 들어 내가 지금 다니는 회사는 포장재를 취급하는 상사인데 신입으로 입사했을 때부터 속은 것투성이야. 면접 진행을 담당하는 인사팀 직원이 온화해 보이는 인상의 안경 쓴 마른 남자였는데 이런 사람이 있는 회사라면 사내 분위기도 좋겠다 싶었고 궁극적으로는 바로 그 점 때문에 입사하기로 결정했지. 그런데 막상 들어와 보니 그 직원 같은 타입은 예외 중의 예외더라고. 말단부터 꼭대기까지 너나 할 것 없이 모두가 머릿속까지 근육으로 꽉 차 있는 듯한 운동부 스타일. 이런 분위기라면 그 인사팀 직원은 지내기 힘들지 않을까 싶었는데 아니나 다를까 그 사람, 내가 입사한 해에 바로 퇴사했어. 웃기지? 대학생 때 다른 사람들을 속이며 살았던 업보를 치르는 건지 이번엔 내가 완전히 속아 넘어간 것 같더라니까.

인사팀에서 웃으며 설명해준 '여성이 활약하는 회사'도, '글로벌한 시야를 가진 기업'도, '생일 휴가 등 독특한 직원 복지 시스템'도 다 거짓말이었어. 여자는 영업에 안 맞는다고 죄다 사무직으로 돌리고, 면접 때 토익 점수는 왜 물어봤나 싶을 정도로 회사에서 영어 쓸 일은 전혀 없어. 거의 다 내수 관련이니까. 생일 휴가는 쓰는 사람을 단 한 명도 보지 못했어. 애초에 그런 제도가 있는 줄도 모르더라.

거짓말쟁이 대학생과 거짓말쟁이 회사의 의미 없는 정보 교환. 그게 바로 취업 활동이야.

과연 인사 담당자가 무엇을 기준으로 신입 사원을 뽑았는지 아직도 전혀 모르겠어. 가르쳐준대도 듣고 싶지 않기도 하고.

뭐 그렇단 말이지. 넌? 다른 네 명은 만났어? 흐음, 그래서 어땠는데? 그 그룹 토론에 의문을 제기하는 사람은 없었어? 응? …아니, 됐으니까 우리 좀 솔직해지자. 내 입장도 생각해줘. 소중한 점심시간을 할애해서 이렇게 나왔으니 나도 조금은 얻어 가는 게 있어야 하지 않겠어?

이제 '범인'도 죽었겠다 남은 증거들을 없애려고 온 거잖아.

그룹 토론 끝나고 계속 생각해 봤어. 정말로 '범인'이 세운 작전이 그렇게 허술한 것이었을까에 대해서 말이야. 그날 우리가 본 것들이 정말 진실일까? 전날 밤에 미리 우리 집에 봉투를 놓아두고 갈 정도로 철저하게 자신을 숨기려 했던 '범인'이 과연 그렇게 쉽게 꼬리 잡힐 만한 일을 했을까?

내가 스피라링크스에 들어가지 못한 게 전적으로 그 봉투와 '범인' 탓이라고 할 수는 없겠지. 나도 알아. 그 정도로 객관성이 결여된 인간은 아니니까. 내게 인망이 없었던 건 사실이야. 봉투가 있든 없든 내가 그 여섯 명 가운데 단 한 명의 합격자로 뽑힐 가능성은 없었을 거야. 인정해. 하지만 판을 어지럽히고 나를 가장 유력한 용의자로 만든 '범인'은 솔직히 용서할 수 없었어. 그래서 시간이 지난 후에 그때 회의에서 우리가 범인이 아닌 사람을 '범인'으로 지목했다는 사실을 깨닫고 얼마나 분했는지 몰라.

왜? 목말라? 물 달라고 할까? 사양할 필요 없어.

모두에게 하나씩 다른 사람의 비밀이 담긴 봉투를 나눠준다는 건 얼핏 무슨 게임 같아 보이지만 그건 단순한 연출이 아니야. 그건 회의를 드라마틱한 심리전으로 만들기 위해서가 아니라 '범인'이 합격하기 위해서 준비한, 치밀하게 계산된 획기적인 방법이었어.

그룹 토론에서 자신을 제외한 다섯 명의 어두운 과거를 폭로함으로써 상대의 평판을 떨어트린다. 여기까지는 누구나 생각할 수 있지만 사실 정말 어려운 건 폭로하는 방법이야. 아무리 내용이 사기, 낙태, 그리고 또 뭐가 있더라… 술집 알바랑 학교폭력이었나? 이런 쇼킹한 것들이라 하더라도 '조사해 보니 이런 게 나왔다'는 식으로 말을 꺼낸다면 뒤에서 몰래 소문을 캐고 다닌 본인의 인간성을 의심받겠지. 상대의 평가를 떨어트리는 데 성공한다 한들 자신에 대한 평가까지 떨어트린다면 합격은 물 건너가는 거잖아. 본말전도인 셈이지.

그러니 폭로를 하는 사람은 범인이 아닌 제삼자, 적어도 누군지 알 수 없는 인물이어야 했어. 그래서 '범인'은 봉투를 준비했지. 하지만 커다란 봉투 안에 여섯 명 전원의 비밀을 한꺼번에 넣어 테이블 위에 올려두더라도 그것이 바로 폭로전으로 이어지지는 않을 수도 있었어. 오히려 서로를 위해 그냥 덮자, 버려버리자는 결론이 날 가능성이 높지 않겠어?

그래서 '범인'은 작은 봉투를 여섯 개 준비해서 각자에게 다른 누군가의 비밀을 쥐여주기로 한 거야. 그러다 보니 필연적으로 스스로에 대한 고발문도 준비해야 했을 테고. 총 여섯 명인데 봉투가 다섯 개밖에 없으면 이상할 뿐 아니라 봉투를 다 열었을 때 자기 것만 없으면 그 사람이 곧 범인이라는 말이 되잖아. 그러니 자신에게 마이너스가 되는 정보를 함께 준비하지 않을 수 없었겠지.

당시 그 자리에서 어떤 가설이 나왔었는지 전부 기억나지는 않지만 이거랑 비슷한 이야기를 했던 것 같은데…. '범인'은 둘 중 하나를 선택할 수 있었어. 하나는 거짓이라고 증명 가능한 고발문을 준비하는 것, 다른 하나는 사실이긴 하지만 비교적 죄질이 가벼운 사안을 준비하는 것.

거기서 내가 깨달은 거지. 사실은 가장 좋은 '세 번째 방법'이 있었다는 걸. 그걸 깨달은 순간 어려운 수학 공식을 풀었을 때 같은 성취감이 느껴지는 동시에 다들 보기 좋게 속아 넘어갔구나 싶더라. 알고 보니 이런 방법이 있었는데. 그때는 아무도 눈치채지 못했지만 사실 그리 대단한 것도 아니야. 나 같은 사람은 좀처럼 생각해 내기 힘든 방법이긴 하지만.

자기한테 반한 사람에게 봉투를 맡기는 거지.

그것만으로도 범인 자신에 대한 내용이 폭로되는 사태는 충분히 피할 수 있어. 그래서 누가 누구 사진을 가지고 있는지 알 수 있도록 종이에 '누구 사진은 누가 가지고 있다'는 문장을 적어 놓은 거고. 네가 가진 봉투에는 네가 좋아하는 내 사진이 들어 있다는 걸 미리 알려주는 거지. 그런데 만에 하나라도 이런 전제를 공유하기 전에 상대가 봉투를 열어버리면 곤란하잖아? 그런 상황에 대비하는 것도 사실은 그리 어렵지 않아. 처음부터 '봉투를 열어서는 안 된다'는 입장을 강하게 주장하는 거야. 누구든 자기가 반한 상대의 편을 들고 싶어지기 마련이니까. 자기가 반한 상대가 윤리적으로도 올바른 입장을 고수한다면 동조하지 않을 이유가 없지.

알리바이를 어떻게 조작했는지는 모르겠어. 아무튼 정말 대단해. 축하한다. 멋지게 합격해서 10년 가까이 일했으니 연봉도 꽤 오르지 않았어? 일은 재미있어? 나를 좋아해 준 사람을 짓밟아가면서까지 손에 넣을 만한 가치가 있었던 것 같아? 물론 있었겠지. 있었을 거야. 넌 정말 대단한 행동력의 소유자야.

아, 목마르면 말해. 물 갖다 달라고 할게. 참고로 그 페트병라벨, 우리 회사에서 만드는 거야. 내 담당은 아니지만. 근데예전에도 자주 마시지 않았어, 그 재스민티? 정말 좋아하는구나.

맞지? 시마 네가 '범인'이잖아.

하타노 쇼고는 '범인'이 아니었어.

6

야시로가 봉투에서 꺼낸 사진을 본 순간, 나는 너무 놀란 나머지 의자에서 굴러떨어져 바닥으로 빨려 들어갈 뻔했다. 종이에 인쇄된 사진은 한 장. 현재의 내 심리 상태와 선명한 대조를 이루듯 사진 속 나는 아무런 고민도 없어 보이는 태평스러운 얼굴로 환하게 웃고 있었다. 1학년 때 참가한 신입생 환영회 겸 꽃놀이 자리에서 찍은 사진이었다.

하타노 쇼고는 범죄자. 대학교 1학년 때 동아리 술자리에서 미성년자인데 술을 마셨다. (※야시로 츠바사의 사진은 하카마다 료의 봉투 안에 들어 있음.)

미성년자의 음주는 범죄다. 엄밀히 말해서 해서는 안 되는 일이다. 하지만 확인하고 말고 할 것도 없이 회의실에 있는 모두의 의견은, 나까지 포함해서, 완벽하게 일치했다.
죄라고 하기도 애매한 가벼운 잘못.
동시에 나는 새롭게 깨달은 충격적인 사실에 경악했다. 머리를 얻어맞은 것처럼 정신이 아찔했다. 카메라를 향해 기린 라거 맥주를 들어 보이는, 약간 흔들린 사진 속 나와 눈이 마주친 순간 범인의 정체를 알게 된 것이다.

아, 그래, 그랬구나. 바보 같이 그것도 모르고.

천천히 고개를 들어 범인을 쳐다보았다. 나는 눈빛으로 따져 물었다. 네가 범인이었냐고, 네가 나를 함정에 빠트린 거냐고. 이건 너무하지 않냐고, 나는 너를 진심으로 믿었는데, 그리고 너를 정말, 정말로 좋아했는데. 하지만 범인의 연기는 가히 예술적이라고 해도 좋을 만큼 완벽했다. 내 눈동자를 그대로 거울에 비춘 것처럼 범인은 내게 완전히 똑같은 표정을 지어 보였다. 너였을 줄이야… 너를 믿었는데…. 그렇게 말하듯 눈동자가 쓸쓸하게 일렁였다.

모두 내 말 좀 들어봐. 범인이 누군지 알았어. 이 사람이야. 내가 아니라고.

손가락으로 가리키며 외치고 싶었지만 결국 그러지 못했다. 머릿속이 혼란스럽긴 했지만 여기서 진범을 지적한다고 해서 형세가 역전되리라 믿을 정도로 사고가 마비된 상태는 아니었다. 이제는 아무리 발버둥쳐도 벗어날 길이 없었다. 범인은 아마 내가 진실을 밝히지 못하리라는 점까지 전부 예상했을 것이다. 오직 나를 범인으로 몰아가기 위해 이렇게 치밀하게 준비했으니까. 지금 생각하면 그때 그건 나에 대한 선전 포고였던 셈이다.

"이거… 내 사진 말이야." 야시로가 건물로 들어가는 자신이 찍힌 사진을 손가락으로 가리키며 말했다. "지금 생각났는데 이것도 4월 20일 사진이야. 시간은 오후 4시 50분쯤일 거야."

왜 갑자기 야시로가 사진이 찍힌 날짜와 시간을 기억해 냈는지, 왜 갑자기 지금 그걸 모두에게 말할 생각을 한 건지 알 수 없었지만 이제는 아무래도 상관없었다. 최후의 일격을 맞은 느낌이었다. 다시 수첩을 펼치고, 나를 제외한 모두가 그날 오후 5시 전후에 일정이 있었다는 사실을 확인하는 작업이 이루어졌다. 모리쿠보와 쿠가는 그 시간에 빌린 책을 돌려주기 위해 만나고 있었고, 하카마다와 시마는 아르바이트를 하고 있었다. 두 사람이 각자 아르바이트하는 곳에 전화를 걸어 알리바이를 증명하고 나자 완전히 퇴로가 끊겼다.

마지막 투표 시간을 알리는 알람이 멀리서 들려왔다.

"마지막으로 투표하기 전에…."

나는 절망적인 목소리로 힘겹게 모두에게 물었다.

"내가 범인이라고 생각하는 사람은 손 좀 들어줄래?"

내가 함정에 빠졌다는 것, 그래서 완벽하게 패배했다는 사실을 제대로 확인하지 않은 채 내일을 맞고 싶지 않았다. 모리쿠보와 하카마다가 제일 먼저 손을 들었고, 이어서 야시로와 쿠가가 손을 들었다. 마지막으로 시마가 회의실 안 공기에 떠밀리듯 손을 드는 것을 보고 나는 인형처럼 힘없이 고개를 끄덕였다. 전혀 납득할 수 없었지만 그래도 끄덕였다.

네 명의 경멸하는 듯한 시선, 그리고 한 명의 인위적인 비난 어린 시선을 받으며 나는 지독히도 절망적인 기분을 맛보았다. 눈물을 보이지 않은 것은 내가 강해서가 아니다. 놀라고 절망하기에 바빠 슬퍼할 겨를이 없었을 뿐이다.

마음 같아서는 당장 이 자리에서 뛰쳐나가고 싶었지만 가까스로 정신을 추스르고 이제 어떻게 하는 것이 가장 좋을지 생각해 보았다. 그렇게 온 힘을 다해 마지막 한 수를 생각해 낸 나는 어금니를 꽉 깨물고 천천히 입을 열었다.

"…맞아." 나는 내 앞에 놓인, 시마에 대한 고발문이 들어 있을 봉투를 움켜쥐었다. "모두의 오점을 조사해서 봉투에 넣은 다음 모리쿠보네 집 우편함에 갖다 놓은 건 나야. 내 것만 비교적 가벼운 내용을 적어서 최종 합격자로 뽑힐 수 있도록 조정했지. 너희가 추측한 대로야. 다만 한 가지, 원래는 모두의 잘못을 파헤칠 계획이었지만 시마에 대해서는 결국 아무것도 찾지 못했어. 그래서 시마의 봉투는 내가 갖고 있기로 한 거고. 마지막까지 열지 않으면 이 봉투가 '비었다'는 건 아무도 모를 테니까."

나는 말을 마친 후 들고 있던 봉투를 재킷 안주머니에 쑤셔 넣었다. 그러고는 테이블 위에 꺼내 놓은 수첩을 비롯한 소지품을 전부 가방에 쓸어 담았다. 회의가 끝나지도 않았는데 방에서 나갈 준비를 하는 나를 아무도 막지 않은 것은, 불쌍한 범인에게 마지막 온정을 베푼다는 의미는 물론 아니었다. 그들은 그들대로 합격자를 가리기 위한 마지막 투표를 서둘러야 했을 뿐이다.

"나는 시마에게 투표할게."

구두로만 전하고 거수에는 참가하지 않았다.

투표 결과는 굳이 확인할 필요도 없었다.

■ 제6회 투표 결과

| 시마 5표 | 쿠가 1표 | 하타노 0표 | 하카마다 0표

| 모리쿠보 0표 | 야시로 0표

■ 현재까지의 총 득표수

| 시마 12표 | 하타노 11표 | 쿠가 8표 | 하카마다 2표

| 야시로 2표 | 모리쿠보 1표

축하해, 시마. 멋진 직장 생활 보내길 바랄게.

나는 회의실 문을 향해 손을 뻗었다. 손잡이를 돌리면 문이 열린다, 그런 당연한 사실에 새삼 놀라며 회의실 밖으로 한 발 내디뎠다. 얼굴에 부딪히는 공기는 시리도록 차갑고 신선했으며 해방감으로 가득했다. 스스로가 얼마나 폐쇄된 공간에 갇혀 있었는지, 얼마나 비정상적인 세계에 감금되어 있었는지 실감이 나 불현듯 눈시울이 뜨거워졌다. 뒤늦게 슬픔이 차올랐다. 눈물 대신 콧물을 훌쩍이며 복도를 걸어갔다.

옆 방에서 코가미 부장님이 나왔다.

코가미 부장님은 내게 무언가 말을 건네려는 듯 입을 열었으나 이내 다시 입을 다물었다. 그룹 토론을 잘도 망쳐놓았다고 욕을 먹어도 어쩔 수 없다고 생각했지만 코가미 부장님은 끝내 아무 말도 하지 않았다. 무슨 말을 하면 좋을지 막막했을 것이다. 나도 마찬가지였으니까. 사과인지 감사인지 작별인사인지 모를 인사를 꾸벅 해 보이고는 그대로 출입구 쪽으로 향했다.

주머니에 넣어두었던 방문자 카드를 안내 데스크에 던지듯 반납하고 엘리베이터에 올라탔다.

엘리베이터가 하강을 시작하자 눈물이 왈칵 쏟아졌다. 취업용 정장이 더러워지는 것도 아랑곳하지 않고 그 자리에 주저앉아 건물 전체가 떠나가라 울부짖었다.

엘리베이터는 언제까지고 하강을 계속했다.

AND THEN

제 2 부 : 그리고 그 후

1

◎ **모리쿠보 키미히코**
현재 포장재를 다루는 상사에서 근무 중. 하타노 쇼고는 범인이
아니며 내가 범인이라고 주장함.

더 쓸 말이 생각나지 않아 스마트폰을 가방에 집어넣었다. 차도 옆에 서서 일반 택시를 세 대 정도 그냥 보낸 뒤 슬라이딩 도어로 된 택시를 멈춰 세웠다. 스피라링크스 본사가 있는 신주쿠 소재 건물의 이름을 댄 다음 달리기 시작한 차의 관성에 이끌리듯 뒷좌석에 몸을 맡겼다.

회사가 몰려 있는 지역이라 거리는 정장을 입은 사람들로 가득했다. 이렇게나 많은 사람들이 일할 공간이, 일이, 세상에 존재한다는 사실이 왠지 믿기지 않아 택시 기사에게 들리지 않도록 작게 한숨을 내쉬었다. 요시에한테 연락을 해야 할까. 문득 그런 생각이 들었지만 서둘러 전해야 할 내용은 아무것도 없다는 사실을 곧 깨달았다. 게다가 이렇게 신경이 곤두선 상태에서 누군가에게 전화를 한다는 것은 좋은 생각이 아니었다. 가슴을 틀어막고 있는 불쾌한 감정을 씻어내리듯 재스민티를 한 모금 마셨다. 깜찍한 보태니컬 문양이 그려진 페트병 라벨이 괜히 눈에 거슬려서 절취선을 따라 깨끗이 벗겨내 가방에 넣었다.

과거 스피라링크스의 인사 담당이었던 코가미 부장님을 포함해 총 다섯 명의 인터뷰를 마쳤지만 성취감은 전혀 느껴지지 않았다. 성과라고 할 만한 것도 없었다. 나는 생각을 멈추고 오후 일정을 머릿속으로 다시 한번 확인하며 천천히 눈을 감았다.

스피라링크스의 업무 강도가 높은지 어떤지는 비교 대상이 없는 나로서는 알 길이 없다. 아침에는 8시 반까지 출근했고, 퇴근은 보통 밤 9시에서 11시 사이였다. 좋은 업무 환경이라고 보기는 어려울 수도 있겠지만 연봉을 생각하면 타당한 수준이라고 생각되었고, 무엇보다 우는소리 할 시간이 있으면 그 시간에 좀 더 노력해서 하루라도 빨리 제 몫을 하는 직원이 되고 싶었다.

사무직 신입은 나밖에 없었지만 기술직으로 채용된 이과 계열 대졸자와 대학원 출신이 몇 명 있었고, 디자인 쪽도 전문대 졸업생을 중심으로 몇 명이 뽑혀 총 여덟 명이 내 입사 동기가 되었다. 신입 사원 수가 적다 보니 다른 회사에 들어간 친구들에 비하면 연수 기간이 짧았던 것으로 기억한다. 처음에 배속된 부서는 당시 사업의 주축을 담당하고 있던 SNS '스피라'의 영업 부문이었다. 이벤트 등 고객을 끌어모으기 위한 기업 광고를 스피라의 커뮤니티 기능과 어떻게 결합시킬 수 있을 것인가 하는 제안형 영업이 내게 맡겨진 업무였다. 신입 사원 환영회 자리에서 어떤 기획을 하고 싶냐고 상사가 묻길래 입사 전부터 생각해 왔던 아이디어를 꺼내 놓자 내일부터라도 당장 시작해 보라며 어깨를 두드려주었다. 신입인 나는 의욕은 넘치지만 노하우가 없었다. 당연히 처음에는 누군가가 지도해주리라 기대했지만 신입을 맨투맨으로 가르칠 여유가 있는 직원은 한 명도 없었다. 지금이라면 말도 안 되는 방임주의라고 냉정하게 지적할 수 있지만 분위기에 취한 애송이였던 나는 이것이 스피라링크스라는 일류 기업의 방식이라고 멋대로 넘겨짚고 불안함은 한쪽에 밀어둔 채 부조리한 상황에 나를 끼워 맞췄다. 물론 내게 맡겨진 모든 일을 완벽하게 척척 해냈다고는 하기 어렵다. 그래도 주위의 예상보다는 훨씬 빠른 속도로 신입에서 전력으로 한 단계 올라섰다는 확신은 들었다.

3년 차 때 당시 막 생겨난 '링크스' 부문으로 옮겨 갔다. 링크스는 스마트폰을 기반으로 한 메시지 애플리케이션으로, 뛰어난 사용 편의성과 무료 통화 기능이 소비자들로부터 큰 호응을 얻어 출시 첫해에 이미 5천만 다운로드를 기록하며 스피라링크스를 대표하는 주력 서비스로 자리 잡았다. 이제는 링크스가 깔리지 않은 스마트폰을 찾는 게 더 어려울 정도다. 내가 담당한 업무는 여기서도 영업이었다. 주로 링크스 앱에서 사용할 수 있는 제휴 이모티콘을 기업에 제안하는 일을 했다.

회사 이름이 스피라링크스라서 새 서비스에 '링크스'라는 이름을 붙인 것이었는데 안타깝게도 SNS '스피라' 쪽은 다른 SNS들이 치고 올라오면서 거의 숨이 끊어진 상태였다. 젊은 층을 대상으로 한 서비스다 보니 소비자의 관심이 한번 떠나면 되살리기는 쉽지 않았다. 하지만 스피라의 쇠퇴가 조금도 신경 쓰이지 않을 정도로 링크스는 계속해서 눈부신 성장세를 이어 나갔다. 기업 규모는 강력한 공기 주입기로 바람을 불어 넣는 거대한 풍선처럼 나날이 커져만 갔다.

스피라링크스가 성장할 수 있었던 것이 다 내 덕분이라고 착각할 정도로 바보는 아니었지만 그래도 역시 급성장하는 회사에 적을 두고 있다는 사실은 스스로를 기쁘게 했고, 일본이라는 나라를 하나의 기차에 비유한다면 나는 그중 선두 차량에 타고 있다는 자부심과 만족감을 느꼈다.

본사가 신주쿠로 이전한 것은 2년 전 일로, 그와 동시에 나도 간편 결제 서비스 부문으로 발령이 났다. 거의 유명무실해졌던 회사명의 앞 단어 '스피라'도 '스피라페이'라는 QR코드 결제 서비스를 새로 출시하면서 되살아났다. 링크스와 달리 스피라페이는 출시와 동시에 폭발적인 반응을 얻지는 못했지만 현재 국내 모바일 결제 시장에서 높은 시장 점유율을 자랑하고 있다.

서비스 특성상 획기적인 신기능을 개발해 시장 점유율을 끌어올릴 가능성은 희박했기 때문에 우리 영업부가 하는 일은 주로 꾸준히 발품을 파는 것이었다. 영업부는 중소 규모 음식점 등을 열심히 돌아다니며 '스피라페이를 도입해 보지 않으시겠습니까?'라고 권하는 테리토리 부대와, 백화점이나 대형 마트 등을 방문해 전 점포 도입을 권하는 메이저 어카운트 부대로 나뉘었는데, 나는 후자에 속해 있었다.

그런 내가 과거로의 여행을 시작하지 않을 수 없게 된 계기는 모리쿠보 키미히코를 인터뷰한 날로부터 약 3주 전으로 거슬러 올라간다. 입사 경위나 그룹 토론의 기억이 먼 옛날, 그야말로 유치원 발표회 때 추었던 춤만큼이나 아련한 세피아색으로 물들어 가던 어느 날의 일이었다.

"사과하라는 게 아니잖아."

내 목소리가 약간 날카로워진 데 겁을 먹었는지 스즈에 마키는 여덟 번째로 죄송하다는 말을 했다. 그러고는 또 죄송하다고 말한 것을 반성하듯 얼굴을 찡그리더니 풀죽은 표정으로 고개를 떨구었다.

"메일은 기본적인 틀을 만들어두면 복사 붙여넣기로 바로 보낼 수 있으니까 너무 시간 들이지 말라고 하는 거잖아. 메일 쓰는 데 지나치게 오래 걸리는 거 본인도 알고 있지?"

"…네."

"간단한 업무에 시간이 걸리면 정말로 시간 들여서 해야 하는 일을 할 수 없게 되니까 되도록 빨리빨리 처리하는 게 좋아."

"알겠습니다."

이 '알겠습니다'가 문제다. 마키는 대답도 잘하고 성격도 좋은 편이지만 일이 너무 느렸다. 애초에 그 부분을 개선할 의지가 있는지도 의문이었다. 상대방에게 호통을 칠 정도로 내가 대단한 사람이 아니라는 건 잘 알고 있기 때문에 적당한 선에서 끝낼 생각이었지만 얼굴에서 점점 미소가 사라져가는 것이 느껴졌다. 인사팀에서 신입 사원 OJT 중이니 최대한 일을 시켜달라고 하길래 가장 무난한 메일 작성을 부탁한 것이었는데 참는 데도 한계가 있었다.

"시마 씨, 부탁 하나만 해도 될까?"

손에 들었던 업무용 스마트폰을 내려놓고 뒤를 돌아보자 미안하다는 듯한 표정을 한 매니저가 서 있었다. 이런 얼굴을 하고 있다는 건 보통 그리 반갑지 않은 부탁을 할 거라는 의미다.

"전화 중이었어?"

"걸려던 참이었는데 괜찮습니다."

"병원?"

"네."

"아직 하루밖에 안 지났잖아. 하루 정도 더 텀을 두는 게 어때? 병원들도 사내 절차 같은 게 있을 테니 준비할 시간을 좀 주는 편이 좋을 것 같은데. 어차피 고객 등록용 준비서류 보내달라는 거잖아."

"말씀하신 것처럼 서류 한 장 보내달라는 것뿐이니까 잊기 전에 처리해달라고 하려고요. 저희한테는 중요한 일이지만 병원들한테는 단순 잡무에 불과하잖아요. 그건 그렇고, '부탁'이라뇨?"

"아, 그게 말이지, 인사팀에서 연락이 왔는데 우리 팀에서 면접관을 한 명 보내달라고 하네."

"면접관이요? 채용 면접 말씀하시는 건가요?"

"응, 신입 공채에서 집단 면접을 할 거래. 다음 달 6일이었나? 그래서 팀마다 에이스를 한 명씩 보내 달라는데 우리 팀은 역시 시마 씨한테 부탁하는 수밖에 없겠다 싶어서…"

"어렵겠는데요."

에이스라는 말로 어르고 달래서 승낙하게 만들려는 속셈이 뻔히 들여다보였다. 매니저는 사람은 나쁘지 않은데 시중에 나온 자기계발서를 그대로 따라 하는 것 같은 뻔한 말과 행동 때문에 영 신뢰가 안 갔다. 40대 중반 남성치고는 꽤나 깔끔하고 세련된 인상이기는 했다. 마른 체형에 정돈된 턱수염, 최신 트렌드를 반영한 동그란 안경 등은 회사의 중간관리직이라기보다는 잘나가는 크리에이터에 가까운 느낌이었고, 외모적으로 봤을 때 마이너스 요인은 전혀 없었다. 하지만 그럼에도 불구하고, 아니 그래서 더 겉보기와 달리 내실은 보잘것없다는 사실이 필요 이상으로 눈에 띄었다.

하지만 면접관 의뢰를 거절한 것은 매니저에 대한 개인적인 감정 때문은 아니었다. '싫은데요'라고 하지 않고 '어렵겠는데요' 라고 대답한 것은 말 그대로 내 수용량이 한계치에 달해 더 이상 업무를 늘릴 수 없는 상황이었기 때문이다. 간편 결제 시스템을 도입하기가 가장 어렵다고 알려진 업계가 바로 병원을 비롯한 의료계였다. 의료 쪽에서는 보험이 적용되는 환자는 수수료 문제 때문에 신용카드 결제도 불가능한 경우가 많은데 포인트 할인 및 우대기간 조정 여부에 따라 부분적으로 스피라페이를 도입해도 괜찮겠다는 단계까지 와 있었다. 의료법인 중에서는 업계 최고 규모로 알려진 세 군데 병원에서 조만간 답을 줄 예정이었다. 의료계를 뚫는 데 성공한다면 그야말로 엄청난 쾌거라고 할 수 있었으며, 모바일 결제 시장에서 스피라페이의 입지는 더욱 굳건해질 터였다. 그 작업이 막바지에 접어들고 있었다. 면접관 같은 데 할애할 시간이 있을 리 없었다. 그건 매니저가 누구보다 잘 알고 있었다.

마키가 나를 찾는 전화가 왔다며 대화에 끼어들었지만 나중에 다시 걸 테니 이름하고 연락처만 메모해달라고 부탁하고 매니저와의 대화를 이어 나갔다. 애매한 상태에서 대화를 끊으면 매니저는 곧잘 내 대답을 자기한테 편한 쪽으로 해석하는 경향이 있기 때문이다.

"아무튼 다른 사람으로 해주세요. 전 정말 불가능해요."

"음, 그래, 역시 그렇지? 그럴 것 같기는 했어."

이야기는 거기서 끝이었지만 매니저는 그러고도 한참을 어떻게 해야 할지 고민하며 내 앞에서 떠나려고 하지 않았다. 나한테 떠넘기는 게 가장 손쉬운 방법이라는 건 나도 이해 못 하는 바가 아니었다. 하지만 이렇다 할 대안이나 보상을 제시하는 것도 아니면서 그저 어정쩡한 태도로 앞을 가로막고 서 있는 것이 썩 기분 좋지는 않았다. 고민하는 모습을 보이면 내가 생각을 바꿀 거라고 기대하는 걸까. 한 번 더 어렵다고 말하자 그제야 알겠다는 듯 힘없이 자기 자리로 돌아갔지만 이대로라면 며칠 있다가 똑같은 얘기를 다시 해 올 가능성이 높았다. 머리가 지끈거렸다.

설령 시간적인 여유가 있다 하더라도 내가 면접관을 맡을 수 있을 리가 없지 않은가.

나는 아까 걸려온 전화에 답을 하기 위해 마키의 자리로 찾아갔다. 더듬더듬 자판을 두드리며 메일을 쓰고 있는 마키에게 다가가자 우리 팀에 온 지 얼마 되지 않은 것치고는 책상 위가 상당히 화려하게 꾸며져 있었다. 딱히 그걸 가지고 트집을 잡으려는 게 아니라 그냥 배짱 좋은 신입이구나 싶었다.

말을 걸려는 순간 "아" 하고 나도 모르게 소리가 새어 나온 것은 책상 위에 놓인 한 장의 사진 때문이었다.

"아, 시마 선배." 고개를 돌린 마키가 나를 발견하고는 내 시선을 따라갔다. "누군지 아세요?"

"…사가라 하루키잖아."

좋아한다는 말도 싫어한다는 말도 하지 않았는데 마키는 동지를 만난 듯 눈동자를 반짝이며 내게 말했다. "저 완전 팬이거든요."

나의 시큰둥한 반응은 전혀 개의치 않는 듯했다.

"노래도 잘하지만 무엇보다 귀엽잖아요. 성격도 좋고, 하나부터 열까지 다 너무 좋아요."

"아…, 응."

"음악방송에서 하는 말 같은 거 들어 보면 인간성 좋다는 게 느껴지더라고요."

"하지만," 신나서 재잘대는 마키에게 괜한 심술을 부리고 싶어졌다. "지금은 다들 잊어버린 것 같은데 이 사람 예전에 마약 한 적 있잖아. 그런데 성격이 좋다고 할 수 있나?"

"아…, 그건 그렇지만 옛날에 그랬다는 거니까…."

"그래도 사실이잖아. 본인하고 만난 적도 없으면서 성격이 좋다고 넘겨짚는 건 좀 섣부른 판단 같아 보이는데."

여기까지 말하고는 스스로 어른스럽지 못하다는 생각에 내심 반성하며 아까 걸려온 전화에 대해 물었다. 마키가 건넨 메모에는 이름과 전화번호만 있고 회사명이 적혀 있지 않아서 그 부분을 지적하자 마키는 당황한 목소리로 변명했다.

"아, 죄송해요. 회사 이름을 말하지 않길래 잘 아시는 사이인가 보다 싶어서 다시 묻는 걸 깜박했어요."

항상 이런 식이다.

다음부터는 제대로 확인하라고 하고 내 자리로 돌아왔다.

어느 회사인지 알아보기 위해 전화번호를 구글에서 검색해 보았으나 아무것도 나오지 않았다. 전화를 건 사람도 전혀 모르는 이름이었기에 그냥 무시해버릴까 싶기도 했지만 이쪽에서 다시 걸겠다고 말해놓은 이상 그럴 수는 없었다.

어쩔 수 없이 전화를 걸자 신호음이 네 번 울린 다음 상대방이 전화를 받았다.

"안녕하십니까? 스피라링크스의 시마라고 합니다. 조금 전에 전화주셨다고 들었습니다만 요시에 님 계신가요?"

"…시마 씨 본인이신가요?"

"네, 제가 시마입니다."

"시마 이오리 씨?"

"그렇습니다만…."

뭔가 이상한 느낌에 잠시 뜸을 들이자 상대가 이름을 밝혔다.

"저는 하타노 요시에라고 합니다."

"아, 네, 안녕하세요." 반사적으로 대답했지만 역시 전혀 짚이는 데가 없었다. 대체 당신은 누구냐고 물어봐야 하나 고민하고 있는데 상대가 먼저 입을 열었다.

"하타노 쇼고의 여동생입니다."

"하타노… 쇼고 씨… 말씀이신가요?"

여전히 짚이는 데가 없기는 마찬가지였다. 어디선가 들어 본 적이 있는 듯도 했지만 누구인지 도통 기억이 나지 않았다. 어릴 때 본 만화영화 주인공 이름 같기도 하고, 중학교 때 같은 반이었던 친구 이름 같기도 하고, 아니면 전생에 연인이었던 사람 이름인가 싶기도 했다. 실례되는 말을 해서는 안 된다는 생각에 열심히 머릿속을 뒤지고 있는데 요시에의 한마디가 기억의 방아쇠를 당겼다.

"입사 면접 준비를 같이 하셨다고 들었어요."

멀게만 느껴지던 거리가 한순간에 사라지고 8년 전 기억이 선명하게 되살아났다.

하타노 쇼고. 그룹 토론, 최종 전형, 회의실, 그리고 봉투.

기억의 연쇄 작용이 일어나기 시작하자 온몸에서 땀이 배어 나왔다. 그날 일을, 그 당시 일들을 잊고 있었던 것은 아니다. 기억하지 않으려고, 기억하지 않기 위해 필사적으로 기억을 봉인했다. 머리가 어지럽고 여기가 어디인지조차 헷갈릴 지경이었다. 내가 지금까지 스피라링크스에서 몇 년간 일해왔다는 사실조차 잊어버릴 것만 같았다. 그때였다.

"오빠가 죽었어요."

오빠가. 앵무새처럼 머릿속으로 따라 한 다음 그 말이 의미하는 바를 확인하듯 천천히 중얼거렸다. "하타노가…."

"네. 두 달 전에요." 요시에가 대답했다. "집에서 유품을 정리하다가 오빠가 시마 씨에게 남긴 물건이 있길래 일단 알고는 계셔야 할 것 같아서 회사로 전화를 드렸어요. 언제든 편하실 때 한번 들러주시겠어요? 그냥 버려도 상관없다 하시면 저희

쪽에서 알아서 처분하겠습니다."

사이타마에 있는 요시에네 집에 도착한 것은 그날 밤 9시가 넘은 시각이었다. 생각 같아서는 좀 더 빨리 찾아가고 싶었지만 바로 처리하지 않으면 안 되는 견적서 작업이 잇따라 들어오는 바람에 늦어져버렸다. 한 번도 만난 적 없는 타인의 집을 방문하기에 적당한 시간은 아니었지만 이렇게 동요한 상태로 오늘을 넘길 자신이 없었다.

하타노는 나에게 대체 무엇을 남긴 걸까.

아사카다이에 위치한 아파트 14층, 1401호에 '하타노'라고 적힌 문패가 걸려 있었다. 현관문을 열어준 요시에의 얼굴을 본 순간 기억 속 안개가 걷혔다. 하타노 쇼고의 얼굴을 선명하게 기억해낸 것이다. 홑꺼풀이지만 자기주장이 강한 눈동자와 갸름한 얼굴형이 하타노를 떠올리게 했다. 집 안에는 불단은 없지만 고인의 사진과 향이 놓여 있었다. 사진 속 하타노는 머리 모양이 조금 달라진 것만 빼면 거의 내가 알던 모습 그대로였다. 향을 올리고 물러서자 거실에서 나온 부모님이 내게 고개 숙여 인사했다. 아들을 위해 일부러 이렇게 와주셔서 감사합니다. 자식을 잃은 슬픔이 느껴지기는 했지만 나를 대하는 두 사람의 태도는 호의적이었다. 전후 사정을 모르는 듯했다. 최악의 상황까지 각오하고 있었는데 당장은 괜찮겠다 싶어 가슴을 쓸어내렸다.

요시에의 안내를 받아 하타노가 쓰던 방으로 향했다.

"병으로 죽었어요."

요시에가 방의 불을 켜면서 내가 좀처럼 묻지 못하고 있던 부분에 대해 알려주었다. "평소 몸이 약한 편은 아니었는데 악성림프종이 발견돼서…. 인정머리 없어 보이겠지만 사실 저도 몇 년이나 얼굴 볼 일이 없었기 때문에 아직 실감이 잘 안 나요."

"하타노는 가족들과 같이 살지 않았나요?"

"독립한 지 몇 년 됐어요. 히로시마에 있는 히지야마라는 곳 아세요?"

"아니요."

"저도 가본 적은 없는데 원폭 돔 근처래요. 시내라고는 하더라고요. 아무튼 그 동네로 전근을 가게 되면서부터는 거기서 집을 구해 혼자 살았어요. 따로 나가 살기 시작한 건 제가 더 먼저였지만요. 저는 에도가와구에서 공무원으로 일하고 있는데 오빠랑 떨어져 산 지는 한 4년쯤 됐어요. 아무튼 그래서 이 방은 몇 년 동안 쓸 일이 없었기 때문에 보시는 바와 같이 이런 상태에요."

방에서는 생활감이 느껴지지 않았다. 침대 위에는 매트리스 대신 먼지 쌓인 공기청정기와 실내 자전거가 떡하니 자리를 차지하고 있었고, 책상 위에는 대량의 책과 사용하지 않는 쓰레기통이 놓여 있었다. 요시에는 책상 서랍을 뒤지며 말을 이어나갔다.

"남겨둘 것과 버릴 것을 구분하려고 청소를 하고 있었어요. 연차까지 써서. 그런데 이런 게 나와서…. 잠시만요, 금방 찾아 드릴게요. 엉뚱한 데 두지는 않았을 테니까…. 아, 거기 방석에 앉으시면 돼요."

방석에 앉는 건 불편해서 사양하고 싶었지만 괜히 신경 쓰게 하고 싶지도 않아서 그냥 앉았다. 천천히 자리에 앉는데 다리가 부들부들 떨리는 것이 느껴졌다. 떨고 있다는 사실을 자각한 순간 감정의 동요가 심장에까지 미쳤다. 심박 수가 빨라졌다. 뭐가 나올까. 생각하면 할수록 '그것'밖에 없다는 확신이 들었다.

긴장을 감추기 위해 손님용으로 내온 차를 단숨에 들이켰다.

"찾았다, 이거예요."

요시에가 맞은편 방석에 앉으며 투명한 클리어 파일 하나를 내밀었다. 안에 종이가 몇 장 들어 있었다. 받아 들어 파일을 내려다본 순간 안쪽에 비쳐 보이는 내용에 숨이 멎는 줄 알았다.

"오빠한테는 아무 말도 못 들었어요."

요시에의 표정이 돌변했다. 두 눈에는 지금까지 감추고 있던 의심과 의혹이 가득했고, 그와 동시에 방 안 조명까지 갑자기 어두워진 듯한 느낌이 들었다. 지금까지 보여준 친절한 태도는 절대로 빠져나올 수 없는 모래구덩이로 나를 끌어들이기 위한 교묘한 위장이었던 걸까.

하타노 본인이 알아보기 위해 적어놓은 것일까. 파일 첫 장에는 검은색 매직으로 이렇게 적혀 있었다.

— 범인, 시마 이오리에게 —

멍한 표정으로 앉아 있는 나를 똑바로 쳐다보며 요시에가 입을 열었다.

"대학 졸업반이던 오빠가 취업 활동을 하던 어느 날, 어느 회사 면접이었는지는 모르겠지만 취업용 정장 차림으로 집에 돌아와 난리를 피운 적이 있었어요. 잔뜩 흥분해서 뭐라고 소리소리 지르며 화를 내다가 갑자기 조용해져서는 방으로, 이 방으로 들어가서 문을 걸어 잠그더니 이번에는 낮게 흐느끼는 소리가 들리더라고요. 농담이 아니라 정말로 오빠가 사람을 죽인 게 아닌가 싶었어요. 이유를 물어도 말을 안 하니…. 밥 먹을 때 말고는 방에서 나오지도 않고, 그러다 결국 아직 아무 데도 합격하지 않았는데 취업 준비를 그만둬버렸어요. 이 파일을 발견할 때까지는 그런 일이 있었던 것도 까맣게 잊고 있었네요."

클리어 파일에는 메모가 끼워져 있었다. 엷은 선이 그어진 종이의 크기는 대학노트보다 약간 작았다. 수첩에서 한 장 뜯어낸 걸까. 손글씨로 '득표수'라고 적은 아랫줄에 쿠가 소타, 하카마다 료…, 잊은 줄만 알았던 여섯 명의 이름이 차례대로 적혀 있었다. 회의에서의 투표 결과를 적은 종이였다. 누가 몇 표를 얻었는지가 바를 정(正) 자로 표기되어 있었다. 그리고 내 이름에만 강조하듯 빨간펜으로 동그라미 표시가 되어 있었다. 동그라미 옆에는 '12표, 합격'이라는 글씨가 광기 어린 다잉 메시지처럼 덧붙여져 있었다.

파일에는 그것 말고도 당시 대학생들에게 나누어주었던 스피라링크스의 신규 채용 안내 책자가 들어 있었다. 종이가 너덜너덜해지도록 열심히 들여다본 기억이 났다. 강한 기시감에 눈앞이 핑 도는 듯한 현기증을 느꼈다. 떨리는 손가락으로 파일을 열어 안에 든 것을 확인해 보았다. 종이류는 더 없었고, 아래쪽에 딱딱한 것이 만져졌다. USB 메모리와 작은 열쇠가 들어 있었다.

"무슨 열쇠인지는 모르겠어요."

요시에가 USB를 달라고 하더니 책상에 놓인 노트북을 가져와 연결했다. 동작이 익숙해 보이는 것으로 미루어 보아 이 방에 방치되어 있던 하타노의 유품은 아닌 듯했다. 요시에가 평소 들고 다니는 것이리라. 이윽고 화면에 표시된 USB 안에는 텍스트 파일과 압축 파일이 하나씩 담겨 있었다. 텍스트 파일의 제목은 '무제(無題)'. 압축 파일의 제목은 아까 본 '범인, 시마 이오리에게'.

"압축 파일 쪽에는 암호가 걸려 있더라고요. 파일을 열기 위해서는 암호를 입력해야 하는데 세 번 틀리면 데이터가 날아가게 되어 있어요. 텍스트 파일은…."

요시에가 '무제'를 더블클릭하자 하타노가 쓴 문장이 화면에 표시되었다.

이제 아무래도 상관없는 과거가 아니냐고 한다면 정말 그럴지
도 모르겠다.

그래도 나는 다시 한번 진지하게 '그 사건'과 마주하고 싶었다.
믿을 수 없을 정도로 바보 같고, 동시에 그 어느 때보다 절실했던
2011년 취업 활동 중에 일어난 '그 사건'과.

조사 결과는 여기 모두 모아 놓았다. 범인이 누구인지는 알고
있다. 이제 와서 범인을 추궁할 생각은 없다.

나는 그저 그날의 진실을 알고 싶었을 뿐이다.

다름 아닌 나 자신을 위해서.

하타노 쇼고

정신을 차려 보니 손으로 입을 막고 화면을 뚫어져라 응시하
고 있었다. 한 줄 한 줄 문장을 뜯어보듯 정독했지만 자꾸 단
어를 하나씩 빠트렸다. 머릿속이 혼란스러웠다. 몇 줄밖에 되지
않는 텍스트를 몇 번씩 왔다 갔다 하며 겨우 의미를 이해했을
때, 요시에가 노트북을 껐다.

"오빠가 어떤 사건에 휘말렸다는 의미로 읽히더군요."

요시에는 이제 나를 향한 적개심을 숨기려 하지 않았다.

"그리고 오빠는 그 사건의 범인이 당신, 시마 이오리라고 확
신했고요. 메모에 '합격'이라고 적혀 있는 걸 보고 어쩌면 스피

라링크스에 재직 중일 수도 있겠다 싶었어요. 물론 아닐 가능성도 있으니 큰 기대는 하지 않고 일단 전화를 걸어 봤죠. '시마 이오리라는 분 계신가요?' 회사 안에서 전화를 돌리고 돌려서 마침내 당신과 연락이 닿았을 때 뭐라고 말을 해야 할지 모르겠더군요. 반대로 시마 씨가 오빠한테 하고 싶은 말은 없나요? 대체 오빠에게 무슨 짓을 한 거죠? 뭔가 사과하지 않으면 안 될 일이…."

"자, 잠깐만 생각할 시간을 좀 주세요."

"싫어요. 도대체…."

"시간을 달라니까요! 저도 잘 모르겠다고요!"

수많은 영상이 플래시백처럼 눈앞을 스쳐 지나갔다. 회의가, 최종 전형인 그룹 토론이 시작되고 봉투가 등장했다. 누군가가 그걸 열어서 서로의 민낯이 드러나기 시작했다. 누가 범인인지를 추리하는 과정에서 서로가 서로를 의심했다. 결국 마지막에는 하타노가 자신이 범인임을 자백하고 회의실을 떠났다. 분명히 기억하고 있다. 틀림없었다. 투표에서 가장 많은 표를 얻은 나는 그토록 바라던 합격을 거머쥐었지만, 문제는 그게 아니었다.

나도 모르게 입에서 흘러나온 말은 놀란 내 심정을 대변하고 있었다.

"하타노가… **범인이 아니었다니.**"

"네?"

"범인은 하타노였어요. 적어도 저는 지금까지 그렇게 믿으며 살아왔어요."

나는 요시에에게 스피라링크스 최종 면접에서 발생한 사건의 개요를, 내가 기억하는 범위 내에서 최대한 자세하게 설명했다. 설명하면 할수록 정말로 그런 일이 있었다는 사실이, 내가 직접 겪은 일이라는 사실이 믿기지가 않았다. 게다가 그것이 내 사회생활의 출발점이었다니 판타지 소설보다도 더 현실성이 없었다. 마치 어젯밤 꿈에서 본 내용을 이야기하고 있는 듯한 허무함이 몰려왔다. 어린아이가 지어낸 이야기 같았다. 실제로 어린아이나 다를 바 없는 대학생이 생각해 낸 치졸한 계획이었다. 나는 하타노가 스스로 범인임을 인정하고 회의실을 나가버렸다는 부분까지 전부 빠짐없이 전했다. 요시에는 처음에는 반신반의하는 분위기였지만 이윽고 내 말이 거짓이나 조작이 아니라는 사실을 깨달았는지 굳은 표정으로 입술을 깨물었다.

'범인이 누구인지는 알고 있다. 이제 와서 범인을 추궁할 생각은 없다.'

'범인, 시마 이오리에게'

이런 말을 남겼다는 건, 믿기지 않지만 하타노는 범인이 아니었다는 말이었다. 하지만 그렇다고 해서 왜 내가 범인 취급을 당해야 한단 말인가. 내가 왜 그런 사건을 일으킨단 말인가.

하타노, 범인은 네가… 아니었다니.

솔직히 자세한 내용은 기억나지 않았다. 하지만 그날의 모든 증거가, 정보가, 상황이, 그가 범인이라고 말해주고 있었다. 틀림없이 범인은 하타노였다. 물론 처음에는 믿기지 않았다. 하타노는 정말로 친절하고 믿을 수 있는 사람이라고, 그룹 토론이 시작되기 전까지는 그렇게 생각했다. 범인이라는 사실이 밝혀진 후에도 마음속 어딘가에서는 그를 믿고 싶었다. 하타노가 그럴 리가 없다고…. 하지만 결국 최종적으로는 그의 인간성이 아니라 현장에서 제시된 증거를 믿은 것이다.

겉보기에는 존경받아 마땅한 인격자 같아 보이는 사람도 속으로는 무슨 생각을 하고 있는지 알 수 없는 법이니까. 부처님 같은 얼굴로 웃고 있지만 마음속에서는 악마를 키우고 있는 사람이 적지 않다. 아니, 오히려 모두가 가면을 쓰고 살아가고 있다고 하는 편이 더 정확할 것이다. 그 사실을 가르쳐준 것이 다름 아닌 그때의 그 그룹 토론이었다.

하지만 진범은 하타노가 아니었다.

그렇다면 누가.

"제가 좀 만져 봐도 될까요?" 나는 양해를 구한 뒤 요시에의 노트북을 다시 켰다. USB 안에 들어 있는 압축 파일을 더블클릭하자 요시에가 말한 것처럼 암호를 입력하는 창이 떴다.

— **암호는 범인이 좋아한 것 (남은 입력 횟수 제한: 2/3회)** —

"두 번 남았네요."

"죄송해요." 요시에가 고개를 숙였다. "제가 건드리다가 엔터키를 눌러버렸어요. 그랬더니 암호 입력 오류라고 뜨더라고요."

특수한 잠금 설정 애플리케이션을 사용한 것 같았다. 프리웨어인 듯한데 구조가 너무 단순해서 오히려 잔재주를 부릴 여지가 없었다. 팝업창에 적힌 힌트를 고민하기 전에 일단 입력란에 마우스를 가져갔다. 커서가 깜박이는 것을 쳐다보며 암호가 무엇일지 천천히 머리를 굴려 보았다. 범인이 좋아한 것이라는 말은 곧 나, 시마 이오리가 좋아한 것이라는 뜻이겠지.

나는 뭘 좋아했을까.

그리고 이 압축 파일 안에는 대체 무엇이 들어 있는 걸까. 나는 어떤 단어를 입력하면 좋을지 고민하며 그 상태로 수십 초 정도 묵묵히 생각에 잠겨 있었다.

"필요하면 가져가세요. 원래부터 시마 씨 앞으로 남긴 거니까요."

요시에는 폴더를 닫고 USB 메모리를 꺼내더니 클리어 파일에 다시 넣어 나에게 내밀었다.

"여러모로 무례하게 굴어서 죄송했습니다. 혹시 오빠에 대해 뭔가 기억나는 게 있으면, 그러니까 제가 알아야 할 것 같은 무언가를 알게 된다면 연락주세요."

생각해 보고 말고 할 것도 없이 취업 활동은 이미 먼 옛날 일이었다. 무사히 스피라링크스에 합격해서 잘 다니고 있는 내 입장에서 보면 모든 것은 하타노가 남긴 메시지처럼 '이제 아무래도 상관없는 과거'였다. 신경 쓸 필요는 전혀 없었다.

하지만 나는 요시에가 건네는 파일을 받아 들었다. 그리고 내가 적극적으로 나서서 8년 전 진범을 찾아야겠다고 결심했다.

이유는 오직 하나.

그룹 토론 이후 계속 마음에 걸리는 것이 있었기 때문이다. 일부러 생각하지 않으려 했다. 하타노가 말한 대로 다 믿기로 했다. 하지만 그의 고백이 거짓이었다는 사실을 알게 된 이상 나는 그 문제와 다시 한번 마주하지 않을 수 없었다.

하타노가 가져간 **봉투**.

무슨 이유인지는 알 수 없으나 그는 봉투 안에 아무것도 들어 있지 않다고 주장하며 회의실을 떠났다. 범인이라면 당연히 봉투에 뭐가 들었는지 알았겠지만 범인이 아니라면 알 수 있을 리 없었다. 즉 봉투에는 분명 무언가가 들어 있었을 것이다.

요시에와 처음 통화했을 때, 나는 가장 먼저 하타노가 가지고 있던 봉투를 떠올렸다. 하타노가 가지고 있던 봉투에는 모두와 마찬가지로 나에 대한 고발문이 들어 있었고, 유족들이 그것을 발견한 것이라고. 고발문에 내 이름이 적혀 있으니 본인에게 전해줘야겠다고 판단해서 내게 연락을 한 것이라고. 하지만 아니었다.

봉투의 행방은 여전히 묘연했다.

그렇다면 봉투의 내용물은….

나는 손에 들고 있던 클리어 파일을 가방에 집어넣고 다시

한번 그때 그 회의실로, 악몽과도 같았던 2011년의 그룹 토론
으로 돌아가게 되었다.

집에 오는 지하철을 탈 때까지도 낮에 모리쿠보에게 범인 취
급을 당한 억울함이 마음 한구석에 남아 있었다. 설마 하타노
외에도 내가 진범이라고 생각하는 사람이 있었을 줄이야. 몸도
마음도 천근만근이었다. 유일하게 한 자리 빈 노약자석이 눈에
들어왔다. 그냥 모른 척 앉아버릴까 싶기도 했지만 결국 손잡
이를 잡고 서 있기로 했다. 눈을 감고 집에서 가장 가까운 역
에 도착했다는 안내방송이 나오기만을 기다렸다.

대체 하타노는 무엇을 조사했다는 걸까. 범인이 나라고 확신
했다면 더 조사하고 말고 할 것도 없지 않은가. 이해할 수 없었
지만 모든 것은 암호만 풀면 해결될 문제였다. 하지만 남의 눈
에 내가 무엇을 좋아하는 것 같아 보였을지 알아내는 것은 생
각보다 쉽지 않았다. 남은 암호 입력 횟수는 여전히 2/3였다.
무엇을 넣어 볼지 고민하고 있는 것이 아니라 그 이전 단계부
터 막힌 상태였다. 이렇다 할 후보가 전혀 떠오르지 않았다.

평소보다 훨씬 더 무거운 발걸음으로 개찰구를 빠져나와 폐
점 시간이 임박한 슈퍼에서 저녁으로 먹을 샐러드를 구입했다.

집에 돌아와 거실 소파에 털썩 주저앉으니 댐의 방수가 시작
된 것처럼 하루 종일 쌓인 피로가 한꺼번에 몰려들었다. 눈꺼
풀이 참을 수 없이 무거웠다. 바로 앞 테이블에 놓인 샐러드가

아득히 멀게만 느껴졌다. 화장도 지우지 않은 채 잘 수는 없었다. 알고는 있지만 몸이 말을 듣지 않았다.

8년 전 봉투 사건의 범인은, 물론 나는 아니었다. 그리고 하타노도 아니었다.

그렇다면 당연히 쿠가 소타, 하카마다 료, 야시로 츠바사, 모리쿠보 키미히코 이 네 명 중 누군가라는 말인데 내가 보기에는 어느 누구도 수상한 구석이 없었다. 네 명 중 한 명은 자신의 죄에 대해 시치미를 떼고 거짓말을 한 것이 분명한데 나는 낌새조차 느끼지 못했다. 그 사실이 소름 끼치도록 무섭고 불쾌했다. 8년도 더 지난 일이다. 강도나 살인사건도 아니었다. 이제 와서 자신이 범인이라고 밝힌다 한들 형사 처벌을 받을 일도 아닌데 범인은 정체를 드러내려 하지 않았다. 모리쿠모를 제외한 모두가 한 치의 의심도 없이 하타노가 범인이라고 믿고 있었다.

그룹 토론을 녹화한 영상 파일은 코가미 부장님이 말한 대로 인사팀에 이야기하니 바로 찾아주었다. USB 메모리에 옮겨 담아 이미 두 번 정도 보았다. 인사팀 직원은 절대 외부로 새어 나가면 안 된다고 신신당부를 하면서 당시 여섯 명의 입사지원서도 함께 내주었다(주소 등 개인정보는 지운 상태였다). 범인을 찾는 데 도움이 될지는 알 수 없었지만 판단 재료는 많을수록 좋았다. 처음에는 꼼꼼히 살펴보려고 했지만 읽다 보니 머리와 마음이 복잡해져 결국 클리어 파일에 다시 넣어버렸다.

쿠가 소타의 입사지원서는 그나마 괜찮은 편이었지만, 하카마다 료는 스스로 밝힌 바와 같이 '술집 아르바이트 리더와 자원봉사 동아리 회장으로 일한 경험을 통해 갈고닦은 리더십이 자신의 가장 큰 강점'이라고 뻔뻔하게 거짓말을 하고 있었고, 야시로 츠바사 역시 '패밀리 레스토랑에서 아르바이트를 하면서 사람 대하는 기술을 익힐 수 있었다'고 적어 놓았다. 사기 행각에 가담했던 모리쿠보 키미히코의 입사지원서 자기PR란에는 '거짓말을 싫어하는 정직한 성격'이라고 적혀 있었으며, '취업에 대비해 14개 회사에서 인턴으로 일했다'는 과장된 경력이 덧붙여져 있었다. 고인이 된 하타노 쇼고의 입사지원서는 미안해서 도저히 읽을 수가 없었다. 내가 쓴 입사지원서는 쳐다보기만 해도 심각한 자기혐오에 빠질 것 같아 아예 눈길조차 주지 않았다.

결과적으로 관계자 인터뷰, 그룹 토론 녹화 영상, 여섯 명의 입사지원서, 이 세 가지 정보를 종합해 보아도 진범에 대해 새롭게 알게 된 사실은 전무했다. 당시 범인이 모두의 과거를 조사하기 위한 수단으로 믹시나 페이스북 같은 SNS를 이용했다는 점, 그리고 증거 사진을 주고받는 데 지하철역 물품보관함을 이용했다는 점은 새로운 발견이라고 할 수 있겠지만 범인이 어떻게 증거를 입수했는지 알게 되었다고 해서 그것이 범인의 정체를 밝히는 실마리가 되어주지는 못했다. 10년 전 물품보관함을 지금 다시 조사해 본들 범인의 지문이 나올 리도 없었고,

그 당시 SNS에서 주고받은 메시지를 이제 와서 다시 살펴본다는 것도 지나치게 비현실적이었다.

범인의 목적은 스피라링크스에 합격하는 것. 그것 말고는 생각할 수 없었다. 그렇다면 합격하기 위해 범인이 세운 계획을 역으로 되짚어가다 보면 자연스럽게 범인이 누구인지 알게 될 터였는데 이게 말처럼 쉽지 않았다.

쿠가와 하카마다는 각자의 고발문에 담긴 내용이 지나치게 심각했을 뿐만 아니라 두 사람 모두 그것이 루머라고 부정하는 데에도 실패했다. 야시로는 종이에 적힌 내용이 사실이라고 인정했지만 이미지에 큰 타격을 입었다. 모리쿠보는 고민할 필요조차 없었다. 봉투를 회의실에 가지고 온 장본인이라는 사실이 카메라에 똑똑히 찍혀 있었고, 봉투에 들어 있던 고발문 내용도 결코 가볍지 않은 점으로 미루어 보아 가장 범인이 아닐 것 같은 인물이라고 할 수 있었다.

회의 막판에 쟁점이 된 사진들의 공통점, 즉 사진 속 얼룩과 검은 점은 녹화 영상에서도 확인할 수 있었다. 영상에 보이는 세 장의 사진은 같은 위치에 얼룩과 검은 점이 찍혀 있었고, 따라서 모두 동일한 카메라로 촬영한 것으로 추정되었다.

그렇다면 필연적으로 범인인지 아닌지를 판단할 수 있는 가장 유력한 근거는 사진이 찍힌 4월 20일의 알리바이였다. 나는 2011년 4월 27일 그룹 토론에서 나눈 이야기를 다시금 떠올려 보았다. 그날 알리바이가 있는 사람은 나를 포함한 다섯 명이었고, 유일하게 알리바이가 없는 사람이 하타노였다. 그러니 범인은 하타노.

그런데 하타노는 범인이 아닙니다. 다음으로 수상한 사람은 누구입니까? 이런 질문을 받는다면 나 역시 모리쿠보와 동일한 결론을 내리지 않을 수 없었다. 하타노 다음으로 수상한 사람은, 비밀을 폭로당하지 않고 무사히 스피라링크스에 합격한 나였다.

짧은 진동음에 정신이 들었다. 깜빡 졸았던 모양이다. 벽시계는 11시 반을 가리키고 있었다. 거실 테이블 위에 놓인 스마트폰을 집어 들어 확인하니 대학 동기로부터 문자가 와 있었다.

'다음 주 저녁, 역시 시마 너도 오지 않을래? 상대편 남자들 나름 엄선했다고^^'

소파 위에 스마트폰을 내려놓고, 일어난 김에 늦은 저녁을 먹기로 했다. 눈가를 손가락으로 가볍게 마사지하며 재스민티를 가지러 부엌으로 향했다.

시마, 이제 슬슬 진지하게 상대를 찾지 않으면 매일 어두운 방 안에서 혼자 쓸쓸하게 저녁을 먹게 될 거야. 끔찍하지 않아? 언제까지나 주위에 남자가 있을 거라고 생각하면 큰 착각이야. 미래를 위해서 지금 노력해야지. 안 그래도 시마 너 회사 들어가고부터 좀 어두워진 것 같아.

두 달 전, 방금 문자를 보내온 친구가 한 말이었다. 방의 밝기는 조명으로 해결되는 문제잖아, 내 방도 불 켜면 밝아,라고 대답했지만 확실히 이 방은 어두웠다. 애초에 전체적으로 집이 좀 넓은 탓도 있었다. 혼자 사는 데 집 안 조명을 전부 켜둘 일은 거의 없었으니까. 부엌에 있으면 거실은 어두웠고, 거실에 있으면 부엌이 어두웠다. 침실에 틀어박혀 있으면… 필연적으로 항상 어딘가가 어두웠다.

외롭다는 감정을 1년 365일 24시간 단 한순간도 느껴본 적이 없다고 허세를 떨 생각은 없다. 맑은 날이 있으면 흐린 날도 있는 법. 가끔 맘 편히 기대어 쉴 버팀목이 있으면 좋겠다고 생각한 적은, 물론 전혀 없지는 않았다. 하지만 1년에 몇 번 있을까 말까 한 그런 날들 때문에 이성과의 관계를 항시적으로 유지해야 할 필요성은 느끼지 못했다. 무엇보다 자신의 절반을 내맡길 정도로 신뢰할 수 있는 사람은 전 세계 어디에도 존재하지 않을 것 같았다.

연애를 부정할 생각은 없다. 사회인이 된 후 두 명의 남성과 교제했었다. 연애를 했다기보다는 교제를 했다는 표현이 더 잘 어울리는 관계였다. 같이 밥 한번 먹자는 말에 딱히 거절할 이유도 없어서 별생각 없이 응했고, 좋아하지는 않지만 싫지도 않으니 뭐… 하는 느낌으로 컨베이어벨트에 실려 가듯 단계를 밟아 나가던 관계는 두 번 다 신기할 정도로 똑같은 방식으로 막을 내렸다. 남자들은 자기가 생각했던 이미지와 다르다느니 사실은 자기를 별로 안 좋아하지 않느냐느니 하는 말을 늘어놓았고, 결국은 바람피우다 나한테 들켜서 관계가 끝났다.

열렬하게 사랑하는 사이는 아니었지만 배신당하면 남들만큼은 상처를 받았다. 주어야 할 것을 충분히 주지 못한 반동이라는 사실은 이해했지만 이럴 거면 처음부터 내버려두지 그랬냐고 상대를 비난하고 싶어졌다. 스스로도 말이 안 된다는 생각은 했지만 마음에는 갑옷을 두를 수 없다. 아무 생각 없이 받아든 채권이 나도 모르는 사이에 부실채권이 되어 빚을 떠안게 된 듯한 기분을 반복해서 경험한 끝에 선택한 자구책은 홀로 어두운 방 안에 앉아 슈퍼마켓에서 사온 샐러드를 먹는 것이었다.

강한 척하는 것이 아니라 실제로도 마음은 더할 나위 없이 평온했으며, 남들 보기에 어떻든 매일매일은 알차고 보람 있었다. 일 덕분이기도 했다. 일이 바쁘다는 것은 사회가 나를 필요로 한다는 증거였고, 내가 아직 이 세계에 존재해도 된다는 의미였다. 어쩌면 친구 말대로 20년 후에는 절망적인 미래가 기다리고 있을지도 모른다. 하지만 현재로서는 이걸로 충분했다.

샐러드를 다 먹고 휴지로 입가를 닦으며 낮에 모리쿠보에게 들은 말을 떠올렸다.

— 일은 재미있어? 나를 좋아해 준 사람을 짓밟아가면서까지 손에 넣을 만한 가치가 있었던 것 같아?

범인이라고 오해받은 것은 아무래도 상관없었다. 중요한 것은 하타노가 과연 나를 좋아했는가 하는 부분이었다.

싫어하지는 않았던 것 같다. 나도 싫지는 않으니까. 적어도 그룹 토론이 시작되기 전까지는. 하지만 그것이 과연 연애 감정으로 이어지는 호의였는지는 확실하지 않았다. 어쩌면 그건 그와 만난 것이 취업 활동 중이었기 때문인지도 모른다.

범인이 누구인지는 알고 있다.

하타노는 그렇게 단언하고 내가 범인이라고 오해한 채 눈을 감았다. 만약 그가 정말로 나를 좋아했다면, 좋아하던 상대에게 배신당했다고 깨달은 순간 느낀 충격은 얼마나 컸을까. 상상해 보려고 했지만 잘 상상이 되지 않았다.

어느 정도 배가 부르자 다시 졸음이 몰려왔다.

'고마워. 하지만 사양할게. 당분간은 어두운 방 안에서 혼자 샐러드나 먹고 있을래.'

답문을 보내고 거실 커튼을 걷었다. 아파트지만 1층이라서 창밖은 베란다가 아니라 작은 뜰로 이어졌다. 샌들을 신고 뜰에 내려섰다. 바깥 공기를 크게 한 번 들이마시고 하늘을 올려다보았다. 움푹 파인 그믐달을 쳐다보며 문득 이런 생각을 했다.

역시 범인은 하타노였던 게 아닐까.

생각은 날이 갈수록 강해졌다.

사실 하타노가 범인이 아니라는 증거는 어디서도 찾아볼 수 없었다. 그가 남긴 USB 메모리에서 진범은 따로 있다는 문장이 발견되었을 뿐, 그것 말고 그의 결백을 증명하는 것은 아무것도 없었다. 참고할 수 있는 자료가 범인의 자진 신고밖에 없는 상황이었다.

그렇다면 역시 범인은…. 한번 그렇게 생각하자 봉투 사건에 대한 집착은 서서히 옅어지기 시작했다. 하타노는 범인이었다. 그 사실이 들통나자 분한 마음에 거짓 메시지를 남긴 것이다. 누군가에게 보여주기 위해서가 아니라 자기 자신을 납득시키기 위해서 USB 메모리에 텍스트 파일을 저장해둔 것이다. 충분히 있을 법한 일이었다. 적어도 남은 네 명 중에 진범이 있다는 것보다는 훨씬 더 논리적인 설명이라고 느껴졌다.

무엇보다 그렇게 생각하는 편이 내 정신 건강에 좋았다. 하타노가 범인이라면 그가 가지고 있던 봉투는 실제로 비어 있었을 것이다. 그렇다면 나에 대한 고발문은 처음부터 존재하지 않았다고 믿어도 된다는 말이었다.

조사는 교착 상태에 빠졌다. 애초에 8년 전 작은 회의실에서 발생한 사건의 진상을 밝히겠다고 나선 것 자체가 무모한 짓이었다.

회사에서 사가라 하루키의 팬인 마키에게 업무를 가르쳐야 할 기회가 두 번 세 번 늘어감에 따라 봉투 사건의 진범 찾기는 내 안의 우선순위에서 차츰 뒤로 밀리기 시작했다.

잊은 것은 아니었다. 하지만 이대로 서서히 잊혀 갈 거라고, 마음 한구석에서는 마치 남 일처럼 그렇게 확신했다. 말하자면 유통기한이 지난 조미료를 대하는 자세와 비슷했다. 어떻게든 처리해야 한다고는 생각하면서 사용하지도, 버리지도 못한 채 그냥 모르는 척 냉장고 안에서 천천히 완전한 죽음을 맞이하기를 기다릴 뿐. 이제는 정말 어쩔 도리가 없다고 모두가 인정하는 수준까지 부패가 진행되기를 마음속 어딘가에서 기대하면서.

그렇게 될 때까지 마냥 무시하고 있을 수만은 없게 된 것은 요시에의 전화 때문이었다.

"부탁이 하나 있는데요."

요시에에게는 일단 내가 봉투 사건에 대해 다시 조사하기 시작했다는 말은 해두었다. 그 말을 들은 요시에가 무슨 일이 있어도 오빠와 우리 집안의 오명을 씻어 주세요,라고 눈물 섞인 애원을 한다거나 하는 일은 물론 없었다. 조사하고 싶으면 좋을 대로 하라는 정도의 반응이었기 때문에 그쪽에서 다시 연락이 오리라고는 전혀 예상하지 못했다. 저녁 무렵 사무실로 걸려온 뜻밖의 전화를 받으며 나는 당황해서 목소리가 살짝 떨렸다.

"부탁이요?"

"일전에 영상이 있다고 말씀하셨잖아요."

"영상…이라면 그룹 토론 녹화 영상 말인가요?"

"네, 그거요."

"아, 네."

"저도 좀 볼 수 있을까요?"

무슨 의도인지 알 수 없어 잠자코 있자 잠시 머뭇거리던 요시에가 다시 입을 열었다.

"생전 오빠를 찍은 영상은 거의 없어서… 제가 보지 못한 오빠의 모습을 볼 수 있다면 봐두고 싶어서요."

얼마든지 보라고 흔쾌히 빌려줄 수는 없었다. 고작 신입 사원 채용 시험 현장을 찍은 영상이긴 하지만 엄연히 대외비 자료였기 때문이다. 그렇다고는 해도 고인을 내세워서 하는 부탁을 사무적인 멘트로 딱 잘라 거절하기는 어려웠다. 그냥 빌려줄까. 아니 내 쪽에서 그렇게까지 해줄 이유는 없지 않나. 물론 요시에가 영상을 악용할 우려는 없었다. 하지만 그렇다고 해서 규칙을 어기면서까지 편의를 봐줄 필요가 있을 것인가. 어떻게 대답해야 할지 갈피를 잡지 못하고 스마트폰을 손에 든 채 고민하며 애매한 대답으로 시간을 끌었다.

고민 끝에 내가 내린 타협안은 문제가 없는 부분만을 취합한 요약본이라면 보여줘도 되지 않겠나 하는 것이었다. 예를 들어 하타노가 회의실에 들어오는 장면, 짧게 인사하는 장면, 웃으며 발언하는 장면. 편집 작업은 2~3분 정도면 충분할 터였다. 회의 주제와 직접적인 관계가 없는 장면이라면 보여줘도 문제가 없을 것 같았다. 물론 회사에 알려지면 주의를 받게 되겠지만 내가 말하지 않으면 문제가 불거질 일은 없었다.

"요약본이라도 괜찮다면 보여줄 수 있을 것 같기는 한데…"

요시에는 그리 매력적이라고 볼 수 없는 내 제안을 반기는 기색이었다.

"꼭 좀 부탁드릴게요."

남은 일을 서둘러 처리하고 저녁 7시에 회사를 나와서 집으로 돌아와 영상을 편집했다. 다 모으면 30분 정도는 될 줄 알았는데 '문제없음'으로 판단되는 장면은 생각했던 것보다 훨씬 짧았다. 아무리 긁어모아도 전체 영상 길이가 3분 정도밖에 되지 않아 머리를 싸매고 고민했지만 이제 와서 다른 방법을 생각할 시간은 없었다. 요시에와 약속한 시간이 다가오고 있었다. 머릿속으로 변명을 준비하며 태블릿 PC를 들고 집에서 가까운 카페로 향했다.

약속 시간에 늦지는 않았지만 요시에는 먼저 와서 기다리고 있었다. 나를 보고 자리에서 일어나 살짝 고개를 숙이며 인사했다.

"갑자기 연락드려 죄송해요."

"아니에요. 저야말로 큰 도움이 못 돼서 죄송해요."

요시에는 당치도 않다는 듯 손을 내저었다.

"스스로도 좀 의외긴 하거든요."

"의외라니요?"

"오빠 영상이 보고 싶다는 게 말이에요."

일단 앉으라는 말에 요시에의 맞은편에 앉았다. 요시에는 자문자답하듯 내가 묻지도 않았는데 현재 자신의 심경을 털어놓기 시작했다.

"몇 년이나 따로 살기도 했고, 딱히 자랑스러운 오빠였던 것도, 사이가 좋은 남매였던 것도 아닌데…. 왠지는 모르겠는데 막상 두 번 다시 못 만난다고 생각하니까 뭔가 추억의 파편을 모으고 싶어졌어요. 내가 몰랐던 오빠를 차곡차곡 모아서 내 안에서 정리하고 싶어졌달까요." 거기까지 말한 다음 요시에는 쑥스러운 듯 얼굴을 붉혔다. "나도 참, 시마 씨한테 무슨 말을 하는 건지 모르겠네요."

요시에는 내가 적당히 맞장구를 치며 이 상황을 웃어넘기기를 바라는 듯했지만, 웃으며 화제를 바꾸기에 적합한 상황은 아니었다. 나는 잠자코 뒤에 이어질 말을 기다렸다.

"오히려 짜증나는 구석이 더 많았는데…. 같이 살 때는 진짜 많이 싸웠거든요. 그럴 때마다 친구한테 오빠 욕하고. 그런데 또 그걸 들은 친구가 '너무했네. 너네 오빠 진짜 나쁘다' 이러면 내가 먼저 말했으면서 내 편 들어주는 친구한테 화가 나기도 하고. 반대로 '얼마 전에 요시에 너네 오빠 만났는데 진짜 좋은 분이더라' 이러면 그건 그것대로 마음에 안 들고. 그런 식으로 나 자신도 이해할 수 없는 모순된 감정을 느낄 때마다 역시 오빠는 가족이구나, 다른 누구랑도 비교할 수 없는 특별한 존재였구나 싶어서…. 아마 그래서였을 거예요. 오빠 유품에서 그 클리어 파일이랑 USB 메모리를 발견했을 때 시마 씨한테 복잡한 감정이 든 것도. 왠지 그때는 정말이지 오빠의 원수를 찾아낸 것 같은 기분이었거든요. 뚜렷한 이유도 없이 무례하게

굴어서 정말 죄송했어요. 그래서 더 오늘 이렇게 시간 내주신
데 진심으로 감사드려요. 아무리 짧은 영상이라도 오빠 얼굴
을 잠깐이라도 볼 수 있다면…."

"우리 집으로 갈래요?"

"네?"

"집에서라면 원본 영상을 보여줄 수 있거든요."

뜻밖의 제안을 하면서 스스로도 놀랐다. 나는 남을 집에 들
이는 것은 좋아하지 않는다. 오히려 가장 싫어하는 일 중 하나
라고 할 수 있다. 그럼에도 불구하고 요시에를 초대한 것은 그
녀에게 강하게 공감했기 때문이다. 요시에의 정리되지 않은 말
한마디 한마디가 가슴 깊숙이 파고들었다. 사정이 딱하다거나
친구가 되고 싶다고 생각한 것은 아니었다. 그저 내가 도와줄
수 있는 부분이 있다면 최선을 다해 도와주고 싶었다. 나 역시
오빠가 있기에 자연스럽게 그런 생각이 들었다.

"청소를 해야 하니 여기서 15분만 기다려줄래요?"

나는 요시에를 카페에 남겨둔 채 집으로 돌아가 밖에 나와
있는 옷들을 옷장에 집어넣고 간단히 집 안을 정리했다. 영상
을 볼 준비를 마치고 요시에에게 전화를 걸어 집 주소를 알려
주었다.

"집이 좋네요. 역시 좋은 회사에 다녀서 그런가."

"그렇지도 않아요. 항상 어딘가는 불이 꺼져 있어서 어둡기
도 하고요."

"네?"

"아, 아니에요. 딱히 의미 있는 이야기는 아니었어요."

술을 안 마셔서 포도 주스밖에 없다고 양해를 구하며 냉장고에 들어 있던 웰치스를 와인잔에 담아 건넸다. 대학생 때 바를 겸하는 카페에서 아르바이트를 했었기에 컵이나 잔은 신경 써서 고르는 편이었다. 술은 안 마시지만 술 마시는 사람들이 좋아할 만한 물건들은 거의 다 갖추고 있었다. 잡화 수집에 가까운 소소한 취미였다.

보기 편하게 노트북은 TV 화면과 연결해 놓았다. 술안주 같은 것을 상비해두지는 않기 때문에 찬장에 들어 있던 쿠키를 종이 접시에 조금 덜어 거실 테이블로 가져갔다.

요시에의 바람은 어떤 형태로든 살아생전 오빠의 모습을 한 번 더 보고 싶다는 것이었다. 고인과 대면하는 자리에 나란히 앉기는 망설여져서 나는 조금 떨어진 부엌 식탁에 앉기로 했다. 요시에가 미안해하지 않도록 일부러 태블릿 PC를 가져다 놓고 회사에서 다 못한 일을 처리하는 척했다.

요시에가 제일 먼저 한 말은 "와, 젊다"였다.

나도 모르게 미소가 지어졌다. 이윽고 그룹 토론이 시작되고, 하타노가 자신감 넘치는 목소리로 투표 방법에 대해 제안하는 장면이 이어졌다.

"이런 식으로 말하는 건 처음 봤어요."

요시에가 진심으로 놀랐다는 듯 내 쪽을 쳐다보았다.

"제 기억 속 하타노는 항상 이런 식으로 말했던 것 같은데 집에서는 달랐나 보네요."

"전혀 달랐어요. 이렇게 말을 잘하는 사람이었다니… 오빠가 아닌 것 같아요."

"입사 시험이니까요. 기합도 좀 들어갔겠지요."

"집에서는 늘 실없는 소리만 했어요. 맨날 거실 바닥에 누워서 게임이나 하고…. 역시 가족이어도, 아니 가족이어서 더 알지 못하는 부분이 있었나 봐요. 뭔가 오빠한테 미안해지네요. 좀 더 제대로…."

거기서 말이 끊겼다. 요시에는 억지로라도 웃음을 지어 보이려 했지만 결국 참지 못하고 울음을 터트렸다. 이 상황에 포도 주스를 권하는 건 뭔가 아닌 것 같아 재스민티를 잔에 따라 테이블 위에 내려놓았다. 구석에 있던 갑 티슈도 가져왔다. 요시에는 한참을 흐느껴 울었다.

미안한 얘기지만 나에게 하타노 쇼고라는 이름은 취업 활동이 끝난 그 시점에 이미 귀적에 든 것이나 마찬가지였다. 이제 와서 죽었다는 말을 들어도 실감이 잘 나지 않았다. 어렴풋한 상실감을 느꼈지만 그것은 어디까지나 과거 좋아했던 가수의 은퇴 소식을 접했을 때와 비슷한 간접적인 아쉬움에 불과했다.

하지만 요시에 입장에서는 그렇지 않았다. 그녀로서는 친오빠가 죽은 것이 겨우 몇 달 전 일이었다. 나는 요시에의 떨리는 등을 부드럽게 살살 쓸어내렸다. 조금 안정이 된 듯했다.

"하타노는 어느 회사에 다녔나요?"

너무 감상적인 질문을 하면 또 눈물샘을 자극하게 될까 봐 일부러 무미건조한 질문을 했다. 솔직히 궁금하기도 했다.

"그해에는 결국 못 들어가고 1년 더 준비했어요."

그 말을 듣고 기대치가 매우 낮아졌던 터라 이어서 요시에가 일본에서 가장 유명한 IT 대기업 이름을 댔을 때 나는 진심으로 놀랐다. 본인은 이미 이 세상에 없는데도 대단하다는 감탄사가 절로 나왔다.

"회사에서 무슨 일을 했는지는 모르겠지만 생각보다 잘 맞았는지 엄청 열심히 일했어요. 결혼식이나 장례식 같이 친척들 다 모이는 자리에도 얼굴을 비추지 않을 때가 많아서 그럴 때마다 엄마가 전화기 너머로 버럭 화를 내곤 했어요. '말로는 일 때문이라고 하지만 사실은 노느라 못 온 거지?' 이러면서. 하지만 정말로 일하느라 못 왔다는 걸 엄마도 알고 있었을 거예요. 병이 발견된 후에도 마지막까지 회사에 나갔다고 하더라고요. 진짜 신기해요. 정말이지 오빠 같은 사람이 회사에서 무슨 일을 했다는 건지…. 일할 때는 어떤 얼굴을 하고 있었을까요?"

멈춰 놓았던 영상을 다시 틀었다. 묵묵히 화면을 바라보다가 25분 정도 지난 시점에서 나는 다시 정지 버튼을 눌렀다.

"여기까지인가요?" 요시에가 아쉽다는 듯 물었다.

"아직 뒤가 더 있기는 한데 여기서부터는 뭐랄까, 분위기가 완전히 달라지거든요." 이제 곧 봉투가 등장하는 장면이었다.

어떻게 설명해야 좋을지 몰라 신중하게 말을 골랐다. "게다가 전부 보려고 하면 2시간 반이나 걸려요. 그래도 상관없다면 말리지는 않겠지만…."

"볼게요. 오빠의 싫은 모습을 보게 될지도 모른다는 건 각오하고 왔으니까요. 남의 집에 늦게까지 있는 게 실례라는 건 알지만… 괜찮다면 보고 싶어요."

나는 살짝 고개를 끄덕인 뒤 재생 버튼을 눌렀다.

화면 속에서 내가 문 가까이 놓인 봉투를 가리키며 뭔가 말하고 있었다. 나는 다시 식탁으로 돌아가 태블릿 PC를 들여다보았다. 영상을 보기 싫었던 것은 믿었던 팀원들이 서서히 변해 가는 모습을 차마 볼 수 없어서가 아니다.

화면 속 내가 지금의 나와 전혀 다른 사람이었기 때문이다.

진심으로 모두를 믿고, 봉투를 열 때마다 드러나는 비밀에 일일이 놀라고 상처받으면서도 절대로 그럴 리가 없다고 부정하는 나. 일부러 순진한 척했던 건 아니다. 당시에는 진심이었다. 영상에는 세상 물정 모르는 스물한 살짜리 여자아이가 서서히 벼랑 끝으로 몰려 마침내 절망을 맛보게 되는 과정이 담겨 있었다. 그리 재미있는 볼거리는 아니었다.

갓 태어난 아기가 열 살이 될 때까지 겪는 변화는 기적과도 같으며, 열 살짜리 아이가 스무 살이 되는 과정에서 겪는 변화도 가히 혁명적인 수준이라 할 만하다. 하지만 스무 살에서 서른 살 사이에는 기껏해야 OS 업데이트 정도의 미세한 수정이 이루어지는 데 불과하다고 생각했는데 실제로는 이 과정에서 일어나는 변화 또한 꽤나 극적이었다.

이 시마 이오리는 언제 죽은 걸까.

언제부터 이렇게 사람을 믿지 않게 된 걸까.

언제부터 사람들이 여러 가지 얼굴을 자유자재로 나누어 사용하고 있다는 사실을 깨닫게 된 걸까.

이윽고 영상은 하타노의 퇴장으로 막을 내렸다. 시계는 밤 11시를 가리키고 있었다.

요시에는 영상이 끝나고도 한동안 아무 말도 없이 새까만 화면을 바라보고 있었다. 하타노가 결백하다고 믿는 사람에게 이 2시간 30분짜리 영상은 비극 이외의 아무것도 아니었다. 자기 오빠가 나를 포함한 다섯 명에게 범인 취급당하며 한마디 변명도 하지 못하고 회의실을 뛰쳐나갔으니 여동생으로서는 화가 나는 게 당연했다.

하지만 요시에는 긴 한숨을 내쉬더니 한결 홀가분해진 표정으로 내게 "고맙습니다"라고 인사했다.

뭐라 대답하면 좋을지 망설이는 사이에 요시에가 혼잣말처럼 내게 물었다.

"저는 공무원 시험을 쳐서 일반적인 취업 활동은 하지 않았지만 다들 이런 느낌인 걸까요?"

"설마요." 그렇지 않다고 대답하려 했는데 선뜻 말이 나오지 않았다. 어쩌면 이렇게 알기 쉬운 형태로 표면화되지 않았을 뿐, 모든 취업 활동은 알고 보면 다 이런 느낌인지도 모른다. 그런 생각이 문득 뇌리를 스치고 지나갔다.

"제일 범인일 것 같은 사람은 누구예요?"

네 오빠, 라고 할 수는 없었다. 전혀 모르겠다고 대답한 후에 서둘러 덧붙였다.

"영상을 봤으니 알겠지만 역시 4월 20일의 알리바이가 제일 중요하지 않나 싶어요. 하지만 거기서 뭘 더 어떻게 알아봐야 할지 감이 안 잡혀서…"

나는 그렇게 말하며 여섯 명의 알리바이를 하나의 표로 정리한 종이를 요시에에게 건넸다.

	하타노	쿠가	하카마다	야시로	모리쿠보	나
오후 2시	-	수업	면접	면접	〔학교〕	수업
오후 4시	-	〔수업〕	-	-	면접	-
오후 5시	-	책 반납	알바	〔알바〕	책 회수	알바

괄호 안 굵은 글씨는 각자의 증거 사진이 찍힌 시간대였다. 각각의 알리바이에 믿을 만한 증인이 있다는 점을 고려하면 표를 본 순간 범인이 누구인지 알 수 있었다. 세 장의 사진을 모두 찍을 수 있는 사람은 하타노뿐이었다. 나는 요시에에게 잔인한 현실을 들이민 셈이었다. 역시 오빠가 범인이었네요, 하고 요시에가 오빠의 숨겨진 이면을 받아들이기를, 그리고 이 집에서 조용히 나가주기를 마음속 어딘가에서 기대하고 있었

다.

상심한 그녀에게 어떤 말을 건네야 할지 고민하고 있는데 요시에가 종이를 휙 넘겼다. 스테이플러로 찍혀 있는 두 번째 장부터 일곱 번째 장까지는 외부인에게 보여주면 안 되는 여섯 명의 입사지원서였다. 내 실수였다. 보면 안 된다고 버럭 소리를 지를 뻔했지만 애초에 그 상태로 건넨 내 잘못이었기 때문에 무턱대고 화를 낼 수도 없었다. 미안하지만 뒷장은 좀…, 하고 요시에에게 종이를 돌려달라는 뜻을 넌지시 내비치며 오른손을 내밀었지만 그녀는 손에 든 여섯 장의 입사지원서를 차례대로 천천히 훑어보았다.

"잠깐만요."

"미안하지만 뒷장은 대외비 자료거든요. 이만 돌려줄래요?"

"아니, 그게 아니라…."

요시에는 다시 한번 알리바이가 적힌 표를 내려다보았다.

"불가능하지 않나요?"

"불가능하다니요?"

"이 세 장의 사진을 한 사람이 찍는 건 불가능해요. 거리상 무리가 있는걸요."

나는 요시에에게서 종이를 돌려받아 한 번 더 살펴보았다.

"불가능하지 않아요. 히토츠바시대학은 구니타치에 있고, 게이오대학은 미타, 미타에서 긴시초로 가면 되니까…. 셋 다 멀지 않은 거리에 있어서 작은 삼각형이 만들어지잖아요."

"여기 쿠가라는 분 입사지원서에 게이오대학 종합정책학부라고 적혀 있잖아요."

"그런데요?"

"종합정책학부는 도쿄가 아니라 가나가와현에 있어요."

무슨 말인지 이해하지 못하는 나를 위해 요시에가 설명을 덧붙였다.

"미타 캠퍼스가 아니라 쇼난후지사와 캠퍼스라고요. 제 고등학교 동창도 거기 출신이라 확실해요."

절대로 풀리지 않을 것만 같았던 퍼즐의 첫 번째 조각을 찾은 기분이었다.

평소 지나는 길에 게이오대학 미타 캠퍼스가 있었던 것이 문제였다. 택시로 그 앞을 지날 때마다 멍하니 캠퍼스를 쳐다보며 나도 모르는 사이에 '게이오대학 = 미타 캠퍼스'라는 선입관을 갖게 된 것이다. 식탁에 놓아둔 태블릿 PC를 가져와 지도 앱을 켰다. 검색해 보니 오후 2시에 히토츠바시대학 구니타치 캠퍼스를 출발할 경우, 게이오대학 쇼난후지사와 캠퍼스까지는 대중교통으로 2시간 가까이 걸린다고 나왔다. 사실 여기까지는 괜찮았다. 오후 2시에 구니타치에서 모리쿠보의 사진을 찍고 오후 4시에 쇼난후지사와에서 쿠가의 사진을 찍으면 되니 좀 빠듯하기는 해도 불가능하지는 않았다. 그러나 쇼난후지사와에서 긴시초까지 1시간 만에 이동하는 것은 절대로 불가능했다. 앱에서 검색한 결과에 따르면 대중교통으로 1시간 40

분이 걸린다고 나왔다. 차로 가더라도 고속도로를 타고 1시간 반. 어느 쪽이든 불가능했다.

세 장의 사진은 사진을 찍힌 세 사람이 증언한 일정에 맞추어서는 결코 찍을 수 없었다.

셋 중 누군가가 거짓말을 했다는 말이었다.

하지만 그건 그것대로 이상했다. 촬영 일시가 틀렸을 가능성에 대해서는 이미 몇 번이나 검토해 보았다. 전제가 잘못되지는 않았는지 따져본 것이다. 그리고 절대 그럴 리는 없다고 결론을 내린 것은, 거짓 일정을 주장하는 의미와 그로 인해 얻게 되는 메리트가 전혀 없었기 때문이다. 거짓 일정으로 이득을 보는 사람은 그 시간에 알리바이가 있는 범인이지 거짓말을 하는 사람 본인이 아니었다. 게다가 사진을 찍힌 당사자는 사진에 찍혔다는 사실만으로도 이미 알리바이가 입증된 셈이었다.

누군가가 거짓말을 했다면 이유는 단 하나, 범인을 **숨겨주기 위해서**일 터였다.

"공범이었던 걸까요?"

요시에의 말에 온몸에 소름이 돋았다.

쿠가 소타, 야시로 츠바사, 모리쿠보 키미히코, 이 세 사람이 뒤에서 몰래 결탁하고 있었다는 건가. 하타노가 4월 20일에 하루 종일 일정이 없다는 정보를 사전에 입수하고 셋이서 그를 범인으로 몰기 위해 거짓 증언을 했다고? 상상하는 것만으로도 소름 끼치는 가설이었지만 실제로 그랬을 가능성은 낮았다. 그러길 바라서가 아니라 논리적으로 생각해 보면 충분히 알 수 있는 사실이었다.

만약 세 사람이 사전에 만나 의견 조율을 했다면 훨씬 더 효율적인 방식으로 회의의 흐름을 장악할 수 있었을 것이다. 합격이 목적이라면, 그래서 셋 중 누군가를 합격하게 만들어주기로 했다면, 훨씬 더 확실하고 직접적인 방법이 얼마든지 있었다. 복잡하게 생각할 것 없이 밀어주기로 한 사람에게 표를 몰아주면 끝날 일이었다. 여섯 명 중 세 명이라면 실질적으로 전체 표의 절반을 마음대로 움직일 수 있다는 말이었으니까 보다 평화적이고 효율적인 방식으로 회의를 이끌어 나갈 수 있었을 것이다. 셋이 한패라면 굳이 이렇게 멀리 돌아갈 이유가 없었다. 그러니 역시 단독범의 소행으로 보는 것이 합당하다고 여겨졌다.

그렇다면 이 세 사람은 왜 거짓말을 한 걸까.

그때 갑자기 야시로가 한 말이 생각났다.

"**협박**당했을지도…."

"협박이요?"

"범인한테요."

나는 TV와 연결된 선을 뽑고 노트북을 가까이 가져와 음성 파일이 들어 있는 폴더를 열었다. 'yashiro_20190524'라는 제목의 파일을 더블클릭. 다섯 명을 인터뷰한 내용은 각자에게 양해를 구한 다음 스마트폰으로 녹음해두었다. 음성이 흘러나오기 시작했다. 희미한 기억을 토대로 마우스를 움직여 가며 3분 정도 뒤진 끝에 겨우 원하는 부분을 찾아냈다.

— 나도 '범인'의 협박 때문에 회의에서 아무렇지 않게 거짓말을 했으니까. 응? 듣고 보니 그렇네. 그런 기억이 있는데 기분 탓인가? 뭔가 다른 회사에도 사진을 뿌리겠다, 그게 싫으면 이렇게 말해라, 하고 협박당한 기억이 있는데…. 다시 생각해 보니 그땐 그럴 시간도 기회도 없었지? 뭐지, 내가 착각한 건가? 기억력이 안 좋아서 모두의 이름도 생각해 내지 못할 정도니까 뭐, 하하 —

원래라면 범인 편을 들어줄 이유는 없었다. 오히려 모두 힘을 합쳐 범인을 찾아내는 것이 훨씬 효율적이고, 무엇보다 윤리적이었다. 하지만 약점을 잡힌 상태라면 이야기가 달라졌다. 범인이 하는 말을 들을 수밖에 없었을 것이다. 여기서 말하는 약점은 다름 아닌 봉투의 내용물이었고, 채용 절차가 진행 중인 다른 회사에도 비밀을 폭로하겠다는 범인의 협박은 곧 범인이 세 사람의 생명줄을 틀어쥐고 있다는 말이나 마찬가지였다.

대략적인 틀은 파악했지만 이번에는 범인이 어떻게 협박을 했느냐는 것이 문제였다. 당연히 직접 만나서 지시할 수는 없었을 것이다. 회의 중에 핸드폰으로 문자를 보내는 것도 그다지 현실적인 방법이 아니었다. 무엇보다 알리바이를 증명하기 전까지는 아무도 핸드폰을 만지지 않았다. 어떻게든 자신이 범인임을 들키지 않으면서 상대에게 날짜와 시간을 거짓으로 말하라고 협박할 방법이 없을까.

힌트가 될 만한 것이 없을까 싶어 회의 영상을 다시 튼 순간, 정답을 깨달았다.

"아!"

알고 보면 단순하기 그지없는 방법이었다.

쿠가가 처음으로 봉투를 여는 장면을 확인해 보았지만 잘 보이지 않았다. 그런 것 같기는 한데 결정적인 순간이 찍혀 있지 않았다. 내가 잘못 짚은 걸까. 다행히도 그 불안감은 모리쿠보가 봉투를 여는 장면에서 해소되었다.

"여기, 이상하지 않아요?"

"그러게요. 잘 보면…." 요시에는 화면에 얼굴을 가까이 가져다 대고 확신하듯 고개를 끄덕였다.

"봉투에서 종이를 **두 장** 꺼내는데요."

모리쿠보는 쿠가를 공격하기 위해 스스로 봉투를 열었다. 그리고 봉투에서 꺼낸 종이를 그대로 테이블 위에 내려놓고는 아직 안에 무언가 들어 있는 것 같다고 느꼈는지 봉투 안을 힐끔거렸다. 다른 사람들은 모두 종이에 적힌 내용을 읽느라 눈치채지 못한 듯했다. 주의 깊게 관찰하지 않으면 모르고 지나칠 정도로 미미한 움직임이었다. 하지만 분명히 모리쿠보의 시선은 순간적으로 봉투 안으로 향했고, 봉투에서 떼어내듯 두 번째 종이를 꺼내는 모습을 영상에서 확인할 수 있었다. 두 번째 종이는 상당히 작았다. 신용카드만 한 크기였다.

2배속으로 빠르게 돌아가는 화면 속에서 모리쿠보가 다른 다섯 명의 눈을 피해 종이에 적힌 내용을 힐끗힐끗 살폈다. 야시로가 범인 후보는 한 사람밖에 없다고 호언장담하는 장면 즈음에서 다 읽었는지 서둘러 종이를 구겨 쥐는 모습이 포착되었다. 화면상으로는 종이에 적힌 글자까지는 판독할 수 없었지만 대충 이런 내용이었을 것이다.

— 본인의 사진이 나오면 4월 20일 오후 2시경에 찍힌 사진이라고 증언할 것. 증언하지 않을 경우, 사진을 현재 채용 절차가 진행 중인 다른 회사에도 보낼 예정임.

야시로가 가진 봉투에는 하타노를 고발하는 내용이 들어 있었고, 봉투가 개봉된 것은 회의가 거의 끝나갈 무렵이었다. 영상에서는 모리쿠보 때와 마찬가지로 야시로가 봉투에서 두 번째 종이를 몰래 꺼내는 장면이 확인되었다. 야시로는 회의 종료까지 시간이 얼마 남지 않아서인지 이야기의 흐름과 전혀 상관이 없음에도 불구하고 갑자기 자신의 사진이 찍힌 날짜와 시간에 대해 언급했다. 당시에는 왜 저 타이밍에 굳이 저 이야기를 하는 것인지 이해가 되지 않았다. 사진이 공개되고 시간이 꽤 흐른 후에 갑자기 세부 사항을 기억해 낸다는 것이 좀 생뚱맞다고 느꼈는데 이제야 그 수수께끼가 풀린 셈이었다.

쿠가 소타, 모리쿠보 키미히코, 야시로 츠바사, 이 세 사람은 범인의 협박 때문에 일정과 관련해 거짓말을 했다. 그렇다면 이제 사건을 해결할 일만 남았다. 이런 행복한 착각은 아주 잠깐 나를 기분 좋게 만들어주었지만 이내 내 생각이 잘못되었음을 깨달았다. 내게는 다음 수가 없었다. 아직 누가 범인이라고도, 누가 범인이 아니라고도 단정할 수 없었다. 하카마다가 모든 것을 꾸몄다고 생각하는 것이 가장 손쉬운 방법이긴 했지만, 거짓 증언을 한 세 사람 중 누군가가 자신도 피해자인 척하며 자기 봉투에 두 장의 종이를 넣어두었을 가능성도 전혀 없다고는 할 수 없었다. 거짓 증언을 했다는 점을 통해 알 수 있는 사실은 오직 하나뿐이었다.

하타노 쇼고는 결백하다는 것.

이것은 나로서는 굉장히 충격적인 사실이었다. 하타노가 남긴 메시지는 거짓이 아니었다. 그리고 하타노가 범인이 아니라면 역시 '그 봉투'에는 내 비밀이 들어 있었다는 말이었다.

내가 받은 충격을 요시에가 눈치채기 전에 도망치듯 부엌으로 빠져나와 동요를 가라앉히기 위해 냉장고에서 꺼낸 재스민 티를 마셨다.

컵에서 입을 떼고 문득 시계를 올려다보자 시곗바늘이 이제 곧 자정을 넘어가려 하고 있었다. 영상을 끝까지 보겠다고 한 것은 요시에 본인의 의사였지만, 그 후에 이어진 추리는 순전히 내 문제였다. 막차 시간을 묻자 요시에는 웃으며 아직 괜찮다고 대답했지만 좀 더 일찍 물어보았어야 했다는 후회가 몰려왔다.

내가 미안해하는 기색을 보이자 요시에는 거실 테이블 위에 놓인 종이 접시를 정리하며 말했다.

"시간이 많이 늦었으니 이만 일어날게요. 집으로 초대해주시고 이렇게 늦게까지 머물게 해주셔서 정말 감사했습니다."

"천만에요. 접시는 그냥 두세요. 어차피 쓰레기통에 넣기만 하면 되니까요."

"아니에요. 이 정도는 제가 할게요."

뒷정리를 마친 요시에는 현관 앞에서 내게 다시 한번 인사했다.

"여러 가지 생각이 많았는데 역시 영상을 보길 잘한 것 같아요."

"그렇다면 다행이네요."

"여러모로 신경 써주셔서 정말 뭐라고 감사를 드려야 할지 모르겠네요. 이렇게 친절한 분인데 오빠는 왜 시마 씨가 범인이라고 오해한 걸까요?"

나는 아무 대답도 하지 못했다.

"실례지만 하나만 더 여쭤봐도 될까요? 그냥 궁금해서요."

"뭔데요?"

"오빠가 가지고 돌아간 봉투, 그러니까 시마 씨에 대한 고발문에는 무슨 내용이 담겨 있었을까요?"

말문이 막혔다. 억지웃음도 지어 보이지 못한 채 그 상태로 굳어버렸다.

내 반응을 본 요시에는 가볍게 해도 되는 질문이 아니라는 사실을 깨달았는지 곧 미안하다고, 잊어달라고 하며 집을 나섰다. 문 너머 들리는 소리로 요시에가 돌아갔다는 사실을 확인한 후 나는 그녀의 질문을 머릿속에서 지워버리려 애쓰며 천천히 현관문을 걸어 잠갔다.

침대에 누웠지만 잠이 올 것 같지 않았다. 머리가 완전히 깨어 있었다.

페트병에 담긴 재스민티와 노트북을 들고 뜰로 나갔다. 정원용 의자와 테이블에 내려앉은 밤이슬을 간단히 손으로 훔치고 걸터앉았다. 처음 이사 왔을 때는 매일같이 뜰에 나와 앉아 있을 생각이었는데 막상 살아 보니 뜰은 아무짝에도 쓸데없는 군더더기 같은 공간이었다. 바람이 불면 흙먼지가 날리고, 울타리 너머로는 통행인들이 만들어 내는 소음이 끊이지 않았으며, 야외에서 쾌적하게 지낼 수 있는 계절은 생각보다 훨씬 짧았다. 그런데도 굳이 때때로 이렇게 뜰에 나와 있는 것은 가구점에서 2시간이나 들여서 의자와 테이블을 고른 스스로에 대한 속죄라고 할 수 있었다. 아주 가끔은 밤바람이 기분을 부드럽게 어루만져주기도 했다.

노트북에 하타노가 남긴 USB 메모리를 꽂고 압축 파일을 더블클릭했다. 밤의 어둠 속에서 지나치게 밝은 화면 위로 입력창이 떴다.

― 암호는 범인이 좋아한 것 (남은 입력 횟수: 2/3회) ―

가만히 화면을 응시하며 재스민티를 마셨다. 암호를 입력할 기회는 두 번뿐이었다. 실수하면 안 된다는 두려움 때문에 입력 횟수는 처음에 USB를 받아 왔을 때 상태 그대로였다. 생각나는 단어는 일단 다 메모장에 적어두긴 했지만 아직까지 딱 이거다 싶은 단어는 찾지 못했다.

출구가 보이지 않는 미로를 헤매고 있으려니 아까 요시에가 한 말이 떠올랐다.

― 오빠는 왜 시마 씨가 범인이라고 오해한 걸까요?

나도 동감이었다. 모리쿠보도 나를 범인으로 지목했지만 그는 내가 하타노의 연심을 이용했으리라는 추측을 근거로 나를 의심한 것이었다. 그렇다면 하타노는 어땠을까. 하타노는 정말로 나를 좋아했고, 그 감정을 내게 충분히 전했다고 생각했으며, 내가 그걸 알면서 그룹 토론에서 자기 마음을 이용했다고 직감한 것일까. 나를 사람 마음을 가지고 노는 나쁜 여자라고 순간적으로 판단해버린 것일까.

마음속 깊은 곳에서 뭐라 설명하기 어려운 감정이 끓어올랐다. 억울했다. 정확히 무엇이 억울한지는 잘 모르겠지만 아무튼 억울했다. 마음을 가라앉히기 위해 구글에서 하릴없이 '하타노 쇼고'를 검색해 보았다. 딱히 뭔가를 기대한 것은 아니었다. 그냥 심심풀이로 한번 해 본 것이었는데 막상 입력하고 나니 '하타노 쇼고'가 일본에 몇천 명씩 있는 흔한 이름도 아닌

만큼 어쩌면 정말로 내가 아는 하타노 쇼고에 관한 정보가 나올 수도 있겠다는 생각이 들었다. 엔터키를 누르자 아니나 다를까 그와 관련된 홈페이지가 나왔다.

— '산책 동아리: 걷는 사람들' OB 소개 —

처음 방문하는 곳임이 분명한데도 어딘지 모르게 향수를 자극하는 촌스러운 사이트였다. 10년 전에도 이미 멸종 위기종이었을 듯한 레이아웃으로 미루어 보건대 초보적인 HTML 기술만 가지고 대충 만든 것 같은, 하나부터 열까지 모든 것이 아마추어스러운 홈페이지였다. 그래서 더 호감이 갔다. 나이를 먹는 것은 인화된 사진만이 아니다. 인터넷에 굴러다니는 정보도 시대의 흐름 속에 홀로 남겨져 천천히 늙어가고 있었다.

'OB No.065 하타노 쇼고: 2012년 졸업. 좋은 사람 같아 보이지만 사실은 음험 대마왕.'

아마도 같은 동아리 회원이 쓴 것으로 추측되는, 전혀 어울리지 않는 소개 문구에 한숨이 나왔다. 장난스러운 표정을 한 하타노의 사진 몇 장과 함께 자기소개란에 '감동적인 순간들에 감사합니다. 걷는 사람들이여, 영원하라!' 같은, 외부인 입장에서는 딱히 뭐라고 코멘트하기 어려운 문장이 적혀 있었다. 아마도 대학교 4학년 때 찍은 사진인 듯하니 우리가 만났을 때와 비슷한 시기일 텐데 홈페이지 사진 속 하타노는 내 기억 속 하타노보다 훨씬 태평해 보이는 얼굴을 하고 있었다. 과연 이런 오빠라면 매일같이 거실 바닥에 드러누워 게임을 하고 있는 장면이 쉽게 상상이 되었다.

　페이지 상단에 '추억'이라는 항목이 있어서 클릭해 보니 2006년부터 2015년까지 연도별로 선택할 수 있게 되어 있었다. 별생각 없이 2011년을 클릭하자 어마어마한 분량의 사진이 화면 가득 표시되었다. '신입생 환영회', '5월 고마고메~스가모', '7월 닛포리~센다기', '여름 합숙: 오헨로' 등 행사별로 사진이 분류되어 있었다. 사진으로 보기에는 정기적으로 장거리 산책 행사를 개최하며 비교적 활발히 활동하는 동아리인 듯했다. 사진에는 하타노의 모습도 보였다. 남의 추억을 들여다보는 것은 그 정도면 충분했기에 슬슬 창을 닫으려는데 문득 하타노의 고발문 내용이 떠올랐다. 하타노의 죄목은 미성년 음주였다. 그렇다면 범인도 이 홈페이지에서 증거 사진을 찾아낸 것이 아닐까.

　하타노가 대학교에 입학한 연도인 2008년을 클릭하자 예상대로 '신입생 환영회' 코너에서 술을 마시는 그의 모습이 찍힌 사진을 발견할 수 있었다. 미성년자 주제에 아무런 거리낌 없이 해맑게 웃으며 비닐 시트 위에 앉아 술을 입으로 가져가고 있었다. 너무나도 무방비한 모습에 할 말을 잃었다. 하기야 이렇게 작은 개인 홈페이지를 돌아다니며 미성년 음주를 적발하는 사람은 없겠지만 아무리 그래도 너무 경계심이 부족한 게 아닌가 싶었다. 정말이지 대학생답다고 쓴웃음을 지으며 이번에야말로 창을 닫으려는데 불현듯 강한 위화감이 들었다.

나는 화면 가까이 얼굴을 가져가 하타노의 음주 사진을 뚫어지게 쳐다봤다.

이런 사진이었나?

위작을 보고 있는 듯한 기분이었다. 고발문에 인쇄된 사진도 하타노가 비닐 시트 위에서 술 마시는 사진이기는 했지만 이렇게 화질이 선명하지는 않았던 것 같았기 때문이다. 그 사진은 초점이 흔들려서 전체적으로 흐릿한 인상이었다. 게다가 여기서 하타노가 들고 있는 술은 스미노프 보드카지만 회의실에서 본 사진에 찍힌 술은 스미노프가 아니었다.

혹시나 싶어 영상을 다시 확인해 보니 역시 내 기억이 맞았다. 다른 사진이었다. 하타노가 입고 있는 옷은 똑같으니 같은 날 찍은 사진은 맞는 것 같았지만 구도나 자세가 미묘하게 달랐다. 영상 속에서 하타노가 손에 들고 있는 술은 스미노프가 아니라 기린 라거 맥주였다. 산책 동아리 홈페이지로 돌아와 한 장 한 장 다시 확인해 보았지만 영상에 나온 사진은 찾을 수 없었다. 어떻게 된 영문인지 의아해하며 화면을 스크롤해 내려가니 페이지 제일 하단에 'B컷 모음'이라는 코너가 보였다. 클릭해서 들어가 보니 이전 페이지와는 비교도 되지 않을 만큼 많은 사진이 보관되어 있었다. 딱히 사진에 대해 일가견이 있다거나 한 건 아니지만 왜 B컷으로 분류되었는지 충분히 이해가 가는, 한눈에 보기에도 어딘가 문제가 있는 사진들이었다. 초점이 맞지 않거나 손이 흔들리는 등 기술적인 문제로 B

컷이 된 사진이 있는가 하면 애초에 무엇을 찍고 싶었던 것인지 의도를 알 수 없는 사진들도 많았다.

그런 사연 있는 사진 더미 속에서 하타노가 기린 라거 맥주를 마시는 사진을 발견했다.

역시 범인이 증거 사진을 가져온 출처는 이 사이트였던 것이다.

소소한 성취감에 기분이 좋아졌지만 동시에 위화감의 정체를 알고 싶어졌다.

어째서 범인은 스미노프 보드카 사진을 사용하지 않고 굳이 B컷 코너에 있는 기린 라거 맥주 사진을 가져온 것일까. B컷 코너에 있으니 당연한 얘기지만 기린 라거 맥주 사진은 결코 잘 찍힌 사진이 아니었다. 피사체가 하타노라는 사실은 충분히 알아볼 수 있었지만 전체적인 윤곽이 상당히 흐릿했다. 카메라의 초점이 인물 뒤에 있는 나무에 맞춰졌기 때문이다. 당시라면 아마도 디지털카메라로 찍은 것일 텐데 카메라 자체가 약간 기울어진 상태였다. 맥주도 캔 디자인이 워낙 독특해서 기린 맥주라고 알아볼 수 있었던 것이지 솔직히 그다지 선명하게 찍힌 편은 아니었다.

한편 스미노프를 마시는 사진은 내가 보기에도 추억 코너에 정식으로 게재되기에 부족함이 없었다. 의심할 여지 없이 기린 맥주 사진에 비해 훨씬 퀄리티가 높은 사진이었다. 렌즈 초점이 인물을 정확하게 포착하고 있었고, 스미노프 술병도 로고

부분이 선명하게 찍혀 있었으며, 카메라가 기울지도 않았다.

　내가 범인이라면 이쪽 사진을 사용하지 않을 이유가 없었다. 범인이 사진 페이지에서 이 사진만 발견하지 못하고 넘어갔을 가능성은 낮았다. 페이지 링크가 '추억', '2008년', 'B컷 모음' 순으로 이어지기 때문에 기린 맥주 사진까지 도달하려면 반드시 스미노프 사진을 거쳐야만 했기 때문이다. 그러니까 범인은 스미노프 사진을 발견하지 못한 것이 아니라 일부러, 의도적으로 두 장의 사진 중 기린 맥주 쪽을 선택했다는 말이었다.

　단순히 개인의 취향이라고 보기에는 지나치게 부자연스러웠다. 두 사진에서 다른 점이라고는 사진의 퀄리티 외에는 하타노가 마시고 있는 술의 종류뿐이었다.

　그 말은 곧.

　그러니까.

　순간 머릿속에서 작은 불꽃이 타다닥 튀었다.

　성급히 결론을 내리려 드는 마음을 진정시키기 위해 재스민 티를 한 모금 마셨다. 뚜껑을 닫으려는데 자꾸 손이 미끄러졌다. 나는 내 추측이 틀리지 않았음을 확신했다. 지극히 사소하고 보잘것없는 사실이었지만 덕분에 두 가지 의문이 한 번에 해소되었다.

　어째서 하타노가 나를 범인이라고 착각했는지.

　그리고 진짜 범인은 누구인지.

2

범인과 어떻게 맞설지 신중하게 판단할 필요가 있었다.

내 추측이 맞다는 확신은 들었지만 그래도 어디까지나 추측에 불과했기 때문이다. 단도직입적으로 네가 범인이냐고 묻는다 한들 본인이 아니라고 잡아떼면 나로서는 더 이상 할 말이 없었다. 내가 가지고 있는 것은 CCTV 영상이나 GPS 위치 정보 등을 기반으로 한 결정적인 증거가 아니었다. 범인에게로 이어지는 이 가느다란 선 한 줄기는 힘껏 잡아당기면 바로 부서져 버릴 유리로 된 실이었다.

그러니 궁극적으로는 범인의 자백을 받아내는 수밖에 없었다. 자연스럽게 유도해서 돌이킬 수 없는 지경이 될 때까지 정보를 뱉어내게 한 다음 단숨에 몰아붙여야 했다. 조금이라도 도망칠 구멍을 남겨두면 범인의 자백은 영영 받아내지 못할 것이다. 그렇게 되면 자동적으로 봉투 사건의 진상도 어둠 속에 묻혀버릴 터였다.

고민 끝에 내가 선택한 방법은 범인을 제외한 팀원들로부터 다시 한번 어떤 증언을 받아내는 것이었다. 범인이 도망가지 못하도록 사방을 단단히 포위해야만 했다.

나는 스피라페이 도입과 관련해서 의견을 조율 중인 병원 측과의 연락을 마친 뒤 쿠가 소타에게 전화를 걸었다. 얼마 전

만났을 때 명함을 주고받았기에 업무용 핸드폰 번호를 알고 있었다.

"그 봉투 사건의 범인, 하타노가 아니었던 것 같아."

내 말에 놀랐는지 쿠가는 한동안 아무 말이 없었다.

"…정말? 그럼 누군데?"

"아마도…."

이름을 말해도 될지 잠시 고민했지만 결국 밝히기로 했다.

"하카마다."

"하카마다라면… 고등학교 때 야구부였던?"

"응. 그것 때문에 확인하고 싶은 게 있는데 시간 좀 내줄 수 있어? 한 시간이면 충분할 거야."

"글쎄, 지금 좀 바빠서…. 혹시 가능하다면 오늘 오후 1시까지 우리 회사로 와줄 수 있어? 그러면 한 시간 정도는 비울 수 있을 것 같은데. 오늘은 하루 종일 본사에 있거든."

나는 컴퓨터 화면 상단에 띄워둔 일정표를 확인하며 잘만 조정하면 가능하겠다는 결론을 내렸다. 아마도 야근을 하게 되겠지만 상관없었다.

시간 맞춰 택시를 타고 쿠가네 회사가 있는 롯폰기로 향했다. 회사 근처까지 갔을 때 쿠가에게서 전화가 왔다.

"우리 회사 옆 건물 1층에 있는 카페에서 기다려줄래?"

쿠가가 말한 카페로 가서 블렌드 커피를 주문했다. 테라스석도 있길래 그쪽에 앉았다. 매장 안에서 기다리는 것보다 쉽게 찾을 수 있을 것 같아서였다. 예상대로 쿠가는 금방 나를 발견했다.

"갑자기 장소를 변경해서 미안. 우리 회사는 28층인데 거기까지 올라오라고 하기 미안해서. 나도 마실 것 좀 사올게."

쿠가가 매장 안으로 사라지자 건물 맞은편에서 한 무리의 검은색 집단이 이쪽을 향해 걸어왔다. 머리끝부터 발끝까지 검은색으로 차려입은 그들은 물론 가장행렬 같은 것은 아니었다. 취업 준비생들이었다. 표정이 비교적 밝은 걸 보면 면접을 마치고 나오는 길 같았다. 여섯 명의 남녀가 서로 애매하게 떨어져서 걸어오더니 이윽고 내가 앉은 곳에서 좀 떨어진 테라스석에 자리를 잡았다.

"면접 시즌인가 보네." 쿠가가 한 손에 아이스커피를 들고 돌아왔다. "우리 때는 지금쯤이면 대충 다 끝났던 것 같은데 그때랑 지금이랑 비교해서 어느 쪽이 더 좋은지는 모르겠다."

그러게, 정도는 대답을 해주어도 좋았겠지만 잡담을 이어 나가기에는 마음의 여유가 부족했다. 내가 약간 예민한 상태라는 사실을 알아챈 쿠가는 진지한 표정으로 의자에 앉아 바로 본론으로 들어갔다.

"범인은 하타노가 아니었다고?"

나는 고개를 끄덕이며 어제까지 있었던 일을 간단히 설명했다. 하타노가 죽고 그가 남긴 유품에서 나, 시마 이오리가 진범이라는 문장을 발견했다. 하지만 나는 범인이 아니다. 그래서 8

년 전 진범을 찾기 위해 당시 인사 담당이었던 코가미 부장님을 비롯해 총 다섯 명을 만나 이야기를 들어 보았다. 그 결과 드디어 진범을 알아냈다. 하지만 범인의 자백을 받아내기 위해서는 범인을 제외한 나머지 팀원들의 증언이 필요한 상황이다.

"그러니까 나한테도 증언을 해달라는 말이지?"

"이것 좀 봐 봐."

나는 클리어 파일을 가방에서 꺼내 쿠가 앞에 내려놓았다. 쿠가가 서류를 꺼내 읽기 시작한 것을 확인하고 다시 가방에 손을 넣었다. 수첩을 잡은 채로 가방 안을 쳐다보다가 수첩을 원래 있던 자리에 돌려놓았다. 이번에는 페트병을 잡고 가방 안을 쳐다보다가 다시 내려놓았다. 실패한 걸까. 일이 생각대로 풀리지 않을 수도 있었다. 불안함을 숨기기 위해 아무렇지도 않은 척하며 기도하는 마음으로 다시 한번 수첩을 향해 손을 뻗은 순간.

"이거 잘못된 거 아냐?"

쿠가의 말에 가방에서 고개를 들었다.

"뭐?"

"이거."

쿠가는 하타노가 신입생 환영회를 겸한 꽃놀이에서 찍은 사진을 가리켰다.

"비슷하긴 한데 그룹 토론 때 봉투에서 나온 사진이랑은 다른 거잖아."

쿠가가 무방비한 얼굴로 말을 이어 나갔다.

"손에 든 게 술도 아니고."

나는 커피잔을 들었다. 잔을 입으로 가져갔지만 금방이라도 손에 힘이 풀려버릴 것만 같았다. 기울이는 각도가 부족했는지 입안에 아무것도 머금지 못한 채 결국 잔을 다시 내려놓았다.

쿠가가 한 말을 음미할 시간이 필요했다.

1분 가까이 시간을 들여 찬찬히 되짚어 보았지만 문제가 되는 부분은 아무것도 없었다.

괜찮아, 자백할 거야.

쿠가 소타는 틀림없이 자신의 죄를 인정할 것이다.

"그러고 보니 쿠가는 술 안 좋아한다고 했지? 그래도 보통 이 정도는 다들 알던데."

"무슨 소리야?"

"그거 술이야. 스미노프라는 보드카."

쿠가는 아직 상황을 제대로 파악하지 못한 듯했다. 아마도 발포주와 맥주의 차이를 몰랐던 것처럼 이번에도 뜻하지 않게 자신의 무지를 드러냈다고 생각했는지 부끄러운 듯 쓴웃음을 지었다.

"이게 그렇게 유명해?"

"유명하다고 할 수 있지. 적어도 하카마다랑 야시로랑 모리쿠보는 알고 있었으니까."

세 명의 이름을 대자 쿠가가 살짝 얼굴을 찌푸렸다. 조금씩 경계심을 느끼기 시작한 듯했으나 아직 내가 여기 온 의미를 완벽하게 이해하지는 못한 것 같았다.

"그 세 사람과는 이미 한 번 만났다는 거야?"

"응." 내가 대답했다. "쿠가 네가 마지막이야."

"그렇다는 건… 무슨 뜻이지?"

"하카마다가 의심스럽다는 건 거짓말이고, 사실은 쿠가 네가 범인이라고 생각한다는 거지."

"아… 내가 속았다는 거네."

"맞아, 그때의 우리처럼."

조각상에 처음 칼을 대는 듯한 긴장감이 느껴졌다. 일단 건드리면 그걸로 끝이었다. 두 번 다시 돌이킬 수 없었다. 원래 있던 분위기, 원래 있던 상태, 원래 하던 이야기로 돌아가는 것은 불가능했다. 한 걸음 내디딘 이상 그대로 나아가는 수밖에 없었다. 일단 기세에서 밀리는 일이 없도록 나는 의식적으로 눈에 힘을 주었다.

"의심의 근거를 설명하라고 하면 얼마든지 설명해줄게. 하지만 가능하면 8년도 더 지난 일에 대해 시치미를 떼지는 말았으면 좋겠어. 솔직하게 전부 얘기해주었으면 해."

쿠가는 난감한 표정으로 씩 웃더니 고민스럽다는 듯 팔짱을 꼈다.

자신이 범인이 맞다고 순순히 자백하려는 것처럼 보이기도 했고, 어떻게 하면 내 생각이 오해라는 걸 밝힐 수 있을지 고민하는 것 같기도 했다. 화약 장전은 마쳤다. 폭파 버튼도 눌렀다. 이제 남은 건 균형을 잃은 대형 건조물이 오른쪽과 왼쪽 중 어느 쪽으로 무너지는지 지켜보는 일뿐이었다. 나는 기도하는 심정으로 쿠가가 입을 열기를 기다렸다.

내 추리는 간단했다.

범인이 하타노의 증거 사진을 왜 굳이 'B컷 모음' 코너에서 골랐는지를 생각하면 답은 하나뿐이었다. 스미노프가 아닌 기린 맥주 사진을 고른 이유는, 스미노프가 술인 줄 몰랐기 때문에.

하타노는 8년 전 그룹 토론에서 자기 사진을 본 순간 바로 알았을 것이다. 자신이 속한 산책 동아리 홈페이지에서 가져온 사진이라는 걸. 그리고 동시에 이상하다고 생각했을 것이다. 왜 범인이 굳이 B컷 코너에 실린 흐릿한 사진을 골랐는지. 거기서부터 나와 동일한 방식으로 추리를 해 나간 하타노는, 안타깝게도 마지막에 잘못된 결론을 내렸다.

당시 여섯 명 중에서 술을 못 마신다고 밝힌 사람은 나밖에 없었다. 범인은 술에 대해 잘 모르는 사람. 그렇다면 범인은 시마 이오리임이 틀림없다. 그렇게 생각했을 것이다.

— 범인이 누구인지는 알고 있다. 이제 와서 범인을 추궁할 생각은 없다. —

수수께끼가 하나 풀렸다. 나로서는 그다지 달갑지 않은 오해였지만 그렇게 생각할 만도 했다. 가능하다면 해명을 하고 싶었지만 죽은 사람과 이야기할 방법은 없었다.

술을 못 마시는 사람은 시마 이오리 단 한 명뿐이라고, 당시에는 나 역시 그렇게 생각했다. 하지만 사실은 술자리에서 술을 한 모금도 마시지 않은 사람이 나 말고 한 명 더 있었다. 단지 술을 못 마신다는 이유만으로 내가 범인이라고 보는 것은 지나치게 성급하고 단편적인 해석이었다.

평소에 술을 전혀 마시지 않는 사람이라 하더라도 스미노프 술병을 보면 어쨌거나 주류라는 것 정도는 알아보기 마련이다. 자동차에 관심이 없어도 일상생활을 하다 보면 자연스럽게 경차와 일반 승용차를 구별하게 되고, 일렉 기타와 일렉 베이스 정도는 대충이나마 알아볼 수 있게 되는 것처럼. 스미노프가 술이라는 걸 모를 수도 있다는 게 잘 이해가 되지 않았지만 발포주와 맥주가 어떻게 다른지도 모르는 사람이라면 그럴 수도 있겠다 싶었다. 그런 내 예상은 조금 전 확신으로 바뀌었다. 충분히 방심하게 만든 다음 소리 없이 놓은 아주 작은 덫. 쿠가가 별생각 없이 내뱉은 한마디에 모든 가설이 사실임이 확인되었다.

— 손에 든 게 술도 아니고.

하지만. 내가 가진 카드는 **이것뿐**이었다.

범인이 누군지 아는 상태에서 영상을 다시 보니 지금까지 보이지 않았던 것들이 눈에 들어왔다.

회의실에 갑자기 나타난 의문의 봉투. 평소 주의 깊고 신중한 쿠가의 성격대로라면 즉시 인터폰으로 인사팀에 연락해 가져가달라고 했을 텐데 그는 누구보다 먼저 봉투를 열어 보았다.

왜냐하면 봉투를 여는 순서가 정해져 있었기 때문이다.

'쿠가 소타의 사진은 모리쿠보 키미히코의 봉투 안에 들어 있다' 이런 메시지를 보면 모리쿠보 입장에서는 당연히 자신의 합격 가능성을 높이기 위해서라도 자기가 가진 봉투를 열어 보고 싶어진다. 비밀을 폭로당한 하카마다 역시 더 이상 잃을 것이 없으니 자기 봉투를 열고 싶어진다. 마찬가지로 비밀이 드러난 야시로도 자기만 당하기는 억울하다고 생각하게 된다. 하나둘씩 고발문이 개봉되어 이윽고 피해자가 다수파가 되면 남은 봉투를 모두 열어야 한다는 의견에 힘이 실릴 것이고 눈 깜짝할 사이에 회의는 봉투를 중심으로 돌아가게 된다.

하지만 순서가 바뀌면 모든 것이 달라질 터였다. 예를 들어 처음에 하타노의 미성년 음주 사진이 나왔다면 어땠을까. 다들 한바탕 웃고 그걸로 끝이었으리라. 하타노 본인도 별 충격을 받지 않았을 것이고, 다른 팀원들도 과거의 치기 어린 행동을 웃어넘기며 나머지 봉투는 거들떠보지도 않았을 것이다. 쿠가는 처음부터 누구에게 누구의 비밀이 담긴 봉투를 쥐여줄 것인지 치밀하게 계산해서 실행에 옮긴 것이었다.

또 모리쿠보와 야시로가 가진 봉투에는 사진이 찍힌 일시에 대해 거짓말을 하도록 지시하는 두 번째 종이가 들어 있었던 반면 쿠가는 봉투에서 두 번째 종이를 꺼내지 않았다. 그는 누구의 지시도 받지 않고 증거 사진이 찍힌 날짜와 시간을 토대로 자신이 추론한 바를 설명하기 시작했다. 사진 우측 상단의 얼룩과 좌측 하단의 검은 점을 제일 먼저 지적한 사람도 쿠가였다. 애초에 세 장의 사진이 찍힌 날짜와 시간에 대해 논의하도록 분위기를 몰아간 사람이 쿠가였던 것이다.

이처럼 시종일관 토론을 주도하고 자신에게 유리한 방향으로 이야기를 끌고 갔음에도 불구하고 쿠가가 범인일 것이라고 생각하지 못한 이유는 명백했다. 하나는 그가 그룹 토론 전부터 우리 모두에게 좋은 리더로서의 모습을 보여주었다는 점, 다른 하나는 증거 사진으로 인한 이미지 타격이 너무 커서 쿠가가 합격하는 것은 도저히 불가능하다고 모두가 확신했기 때문이다.

이런 짓을 해서 쿠가가 얻을 수 있는 것은 아무것도 없었다.

어쨌거나 이처럼 사후검증식으로 다양한 고찰을 해 보면 범인은 쿠가일 수밖에 없었다. 하지만 이것은 어디까지나 정황 증거에 불과했다. 내가 내놓을 수 있는 근거는 아까 쿠가가 멋모르고 한 실언, 그 한마디밖에 없었다. 하카마다, 야시로, 모리쿠보 세 사람에게도 동일한 질문을 한 건 사실이었다. 세 명 모두 사진 속 스미노프를 알아보았고, 스미노프가 술이라는 것도 알고 있었다. 그건 틀림없는 사실이었지만 쿠가가 범인임을 입증하기에는 여전히 부족했다.

근거는 하나뿐.

긴 침묵 끝에 쿠가는 천천히 팔짱을 풀었다. 그러고는 입을 축이려는 듯 빨대로 아이스커피를 한 모금 마시더니 웃으며 양손을 활짝 펴 보였다.

"글쎄."

나는 잠자코 다음 말을 기다렸다.

"뭐라고 해야 할지 모르겠네."

쿠가는 아이스커피를 한 모금 더 마시고 먼 곳으로 시선을 돌렸다. 별 의미 없는 행동이라고 생각했는데 시선을 따라가 보니 아까 본 취업 준비생들을 보고 있는 것이었다. 아마도 대학교 졸업반이겠지. 남녀가 함께 카페에 모였는데 큰 소리로 떠들지도 않고, 신나게 이야기꽃을 피우는 것도 아니고, 무슨 롤플레잉을 하는 것처럼 서로 안 어울리는 존댓말을 주고받고 있었다.

"시마 네 목적이 뭔지는 대충 알겠어."

긍정하거나 부정하는 대답을 예상했기 때문에 완벽하게 허를 찔린 기분이었다. 동요를 감추기 위해 빌딩 사이로 불어오는 바람에 헝클어진 앞머리를 조심스레 쓸어내렸다.

"이제 와서 천국에 있는 하타노에게 사과하라는 건 아닐 테고."

침착해.

스스로를 다독이며 신중하게 방금 쿠가가 한 말을 곱씹어 보았다. 의심할 여지 없이 명백한 자백이었다. 첫 번째 장애물을 넘었다는 생각에 안도의 한숨을 내쉴 뻔했지만 정말로 궁금한 것은, 그리고 내 진짜 목적은 여기서부터였다. 나는 작게 헛기침을 한 번 하고 양손으로 컵을 감싸 쥐었다.

"왜 그런 거야? 그런 짓을 해서 합격할 수 있을 리 없었잖아."

"그래서 말했잖아, 뭐라고 해야 할지 모르겠다고."

"무슨 뜻이야?"

"합격 따위는 안중에도 없었으니까. 아무래도 상관없었어."

"그럼 처음부터 하타노를 음해하려는 목적이었다는 거야?"

"그럴 리가. 오해하지 마. 그런 게 아냐. 그냥 뭐랄까 그땐 나도 어렸으니까. 말로 설명하기는 어려운데… 굳이 말하자면 엄청나게 **화가 난 상태**였거든."

쿠가는 귀신이 떨어져 나가기라도 한 것처럼 홀가분한 미소를 지어 보였다.

"얼마 전에 만났을 때도 말했잖아. 취업 준비 기간은 인생에서 가장 혼란스러운 시기인 것 같다고. 지금의 나라면 아마 그런 생각을 하더라도 실행으로 옮기지는 않을 거야. 하지만 그 당시에는 달랐어. 머리보다 몸이 먼저 움직였지. 지금 생각하면 너무 경솔했고 잘못된 행동이었다고 봐. 시간을 거슬러 올라갈 수 있다면 과거의 나에게 그러지 말라고 말해주고 싶어. 하지만 말이야, 그때 내가 느꼈던 분노가 잘못되었다고는 생각하지 않아. 8년… 아니 9년 전인가? 취업 활동을 하면서 느낀 분노는 100% 정당한 감정이었다고 지금도 확신해. 아니 어쩌면 그 분노의 불길은 지금도 내 안에서 조금씩 커져가고 있는지도 몰라."

"…뭐가 그렇게 화가 났는데?"

"전부 다. 일전에도 말했지만 당시 스피라링크스에는 친구랑 같이 지원했었거든. 아쉽게도 그 녀석은 2차에서 바로 떨어졌지만."

쿠가는 그렇게 말하며 갑자기 오른손 검지를 치켜들었다. 처음에는 주의를 환기하기 위한 강조의 제스처인 줄 알았는데 뭔가 의도가 있는 것 같았다. 쿠가는 저기를 좀 보라는 듯 그대로 오른손을 위로 찌르는 시늉을 했다. 그가 가리키는 것은 등 뒤로 우뚝 솟은 거대한 빌딩이었다.

"저 건물 28층에 지금 내가 다니는 회사가 있어. 올해로 창립 4주년. 직원은 230명이 넘고, 도쿄증권거래소는 아니지만 일단 상장도 했고, 작년도 매출은 350억 엔이 넘어. CEO는 카와시마 카즈야. 이름까지 기억할 필요는 없지만 아무튼 대단한 녀석이야. 대학 때부터 실력이 남달랐지. 같은 학회였는데 발표 스킬하며 이야기에서 결론을 도출해 내는 논리정연함하며 뭐 하나 뛰어나지 않은 구석이 없었어. 문과 출신인데도 애플리케이션 설계부터 간단한 프로그래밍까지 못 하는 게 없었다니까. 카와시마랑은 비교해 볼 생각 자체를 안 하게 돼. 비교하면 할수록 나만 더 비참해진다는 걸 아니까. 그 녀석한테 같이 회사 하나 만들어보자는 제안을 받았을 때는 정말 기분이 좋더라. 남자들은 끊임없이 자신을 다른 사람과 비교해서 누가 더 나은지 확인하고 싶어 하는 어리석은 생물이다 보니 보통 동급생이라고 하면 그냥 다 라이벌이나 마찬가지거든. 친구인 것과는 상관없이 절대 질 수 없다며 투지를 불태우기 마련이지. 하지만 그 녀석만은 예외야. 친구인 동시에 선망과 존경의 대상이라고 할 수 있지."

나는 갑작스러운 화제 전환에 당황했다.

"아직도 모르겠어?"

쿠가는 내 반응이 재미있다는 듯 미소를 지으며 혼자 고개를 끄덕이더니 커피를 한 모금 더 마시고는 테이블 위에 팔꿈치를 얹었다.

"스피라링크스 2차 면접에서 떨어졌다는 친구가 바로 **그 녀석**이야."

나는 반사적으로 쿠가의 눈길을 피했다. 딱히 볼 것도 없는데 괜히 왼쪽을 봤다가 다시 오른쪽을 봤다가 의미 없이 코를 만지작거렸다.

"믿기지가 않더라." 쿠가는 크게 한숨을 내쉬었다. "말하자면 거기서부터 모든 것이 시작되었다고 할 수 있지."

뭔가에 감명을 받은 듯한 감탄사가 들렸다. 물론 쿠가가 한 말에 누군가가 맞장구를 친 건 아니었다. 아까 본 취업 준비생들이 모여 있는 자리에서 난 소리였다. 이야기의 내용은 들리지 않았지만 한 남학생이 진지한 표정으로 뭔가 말을 하고 있었다. 듣고 있던 여학생이 예의 바른 미소를 지으며 크게 고개를 끄덕였다.

나는 도망치듯 커피를 들이켰다.

"더 믿을 수 없는 건 카와시카가 떨어졌는데 나는 계속 다음 단계로 넘어간다는 사실이었어. 내가 카와시마보다 더 우수해서 그렇다고는 생각할 수 없었어. 카와시마는 정말로 최고였으니까. 이 얘기를 하면 다들 카와시마가 스티브 잡스 같은 타입일 거라고 생각하더라. 실력은 뛰어나지만 인성에 문제가 있는 거 아니냐고. 단언컨대 절대 그렇지 않아. 카와시마가 얼마나 성격이 좋은데. 뭐 그 녀석 얘기는 이 정도로 하자. 아무튼 여기서 나는 커다란 의문을 품게 되었지. '기업들은 정말로 우수한 학생을 뽑고 있는 걸까?' 하고 말이야. 더 근본적인 부분까지 파고들면 이건 곧 '신입 공채 시스템은 제대로 기능하고 있는가'라는 질문과도 통한다고 볼 수 있어."

쿠가는 남은 커피를 한입에 털어 넣었다.

"정신을 차려 보니 나는 카와시마가 떨어진 스피라링크스의 최종 전형까지 살아남아 있었어. 그 사실만으로도 기업의 채용 시스템에 문제가 있다는 건 충분히 증명된 것 같았지만 한편으로는 한 가지 사례만 가지고 전체를 일반화하는 건 문제가 있지 않나 싶기도 했어. 인생에서 가장 혼란스러운 시기를 지나고 있는 취업 준비생치고는 그래도 비교적 이성적인 사고를 한 셈이지. 좀 더 신중하게 판단할 필요가 있겠다 싶었어.

시부야에 있는 스피라링크스 본사에서 우리 여섯 명이 처음 만났을 때, 얼핏 보기에도 다들 똑똑해 보였어. 대화에서 느껴지는 인상도 나쁘지 않았고. 하지만 그 누구도 카와시마보다 더 우수한 인재라는 생각은 안 들더라. 그러던 중에 하루는 고등학교 동창들과 만나 밥을 먹을 일이 있었어. 시기가 시기다 보니 그 자리에서도 취업 얘기가 나왔고, 나는 스피라링크스 최종까지 올라갔다는 이야기를 했지. 대충 이런 사람들이랑 한 팀이 되어서 그룹 토론을 준비하고 있다고. 그랬더니 그중 한 명이 깜짝 놀라더라.

'걔 그거 아냐? 노인들 대상으로 사기 친 놈.'

당연히 나도 놀랐지. 동시에 마음 한구석에서는 역시나 싶기도 했고. 역시나 쓰레기 같은 놈이 하나 섞여 들었구나, 하고. 그리고 깨달았지. 사실 인간쓰레기는 그 사기꾼 하나만이 아니라는 걸, 나도 마찬가지라는 걸 말이야. 왜 그 야구부 출신에 덩치 큰… 하카마다였나? 그 녀석 말이 맞아. 나는 콘돔도 제대로 사용할 줄 모르는 '살인자'였으니까. 어이가 없기도 하고 시간이 지날수록 점점 짜증이 치밀어 오르더라. 인사팀이 정말로 우수한 인재는 떨어트리고 대신 인간 말종을 두 명이나 최종까지 남겨 두었다는 게. 그런 내 생각이 강한 확신으로 바뀐 건 술자리에서 벌어진 '디캔터 소동' 때였어."

"디캔터 소동이라니?"

"시마 너도 기억하지? 그룹 토론 참가자 여섯 명이 몇 번인가 모여서 회의를 하던 중에 다 함께 술 한번 마시자는 얘기가 나왔었잖아. 오래전 일이라 기억이 가물가물하긴 한데 그날 내가 다른 일 때문에 조금 늦게 갔던 건 기억해. 장소가 대학생이 많이 가는 저렴한 술집이 아니라 분위기 좋은 스페인 바였다는 것도. 다들 꽤 친해진 상태였기 때문에 어느 정도 시끌벅적할 거라고는 예상했지만 막상 도착해서 너희가 소란을 피우고 있는 광경을 목격하니 구역질이 나더라. 백번 양보해서 술 좋아하는 사람들이 취해서 떠들어대는 거라면 좋을 대로 하라고 내버려 두겠지만 술을 못 마시는 네 앞에 커다란 디캔터를 갖다 놓고 너한테 그걸 다 마시게 할 거라고 했잖아. 말은 안 했지만 나도 술은 좋아하지 않다 보니 그걸 본 순간 정나미가 뚝 떨어지더라. 그 유치하고 한심하고 저급한 행동에. 취업용 정장을 갖춰 입고 우수한 예비 사회인인 척하지만 사실은 머리가 텅텅 빈 바보 대학생들의 모습에."

"그런 일이 있었나?"

"그렇게 그로테스크한 장면을 잊을 리가 없잖아. 만약 네가 기억하지 못한다면 그날 술을 너무 많이 마셔서 필름이 끊긴 걸 거야. 정말이지 최악의 술자리였으니까. 스피라링크스에서 그룹 토론 방식을 변경한다는 연락이 온 건 그 술자리가 끝난 직후였어. 혼자서 그 문자를 몇 번이나 다시 읽으면서 결심했지. 유치하지만 말이야. 한 방 먹여주겠다고, 내가 똑똑히 보여주겠다고. 여기 있는 여섯 명 모두 최종 전형까지 올라올 자격이 없는 인간쓰레기들이라고. …누구한테? 당연히 무능한 '인사팀', 그리고 이 '사회'한테지.

시마 넌 어땠어? 농담이 아니라 당시 난 진심으로 인사팀이라는 부서는 회사에서 제일 실력이 뛰어나고 잘나가는 사람들, 엘리트 중의 엘리트들만 모인 곳이라고 믿어 의심치 않았어. 지금 생각하면 웃긴 얘기지만 회사 설명회 같은 자리에서 보는 인사팀 직원들의 거만한 태도를 보면 그렇게 생각할 수밖에 없잖아. 그래서 입사한 후에 인사팀이 사내에서 어떤 위치에 있는지 알게 되었을 때는 정말 놀랐어. 인사팀이 엘리트 부서라고 생각하는 사람은 아무도 없달까 오히려… 여기까지만 할게. 아무튼 이런 사람들이 내 생사여탈권을 쥐고 있었다고 생각하니 진짜 분노가 치밀어 오르더라. 사람 볼 줄도 모르면서 다 안다는 듯 거들먹거리는 오만한 태도. 인사팀은 대체 무엇을 보고 판단하는 건지 나 나름대로 필사적으로 이해해 보려고 했어. 요전에도 말했듯이 분명 만화에 나오는 것처럼 획기적이고 확실하며 절대적인 지표가 있을 거라고 믿어 보려 했지. 한 치의 실수도 용납하지 않는 전설의 비기 같은 게 말이야.

근데 없더라. 그런 게 있을 리가 없지.

마치 뫼비우스의 띠 같지 않아? 학생들은 좋은 회사에 들어

가려고 온갖 거짓말을 늘어놓고, 인사팀은 인사팀대로 회사의 나쁜 점은 감추고 좋은 점만 포장해서 듣기 좋은 거짓말로 학생들을 끌어들이지. 면접을 보긴 하지만 사람을 제대로 보지 못하니 이상한 놈들이 버젓이 합격하는 일이 벌어지고. 운 좋게 회사에 발을 들여놓게 된 학생들은 그제야 회사가 거짓말을 했다는 사실을 깨닫고 분노하고, 회사 인사팀도 막상 뽑아놓고 보니 자기들이 생각했던 인재가 아니었다는 사실에 당황해하지. 오늘도 내일도 앞으로도 영원히 이런 일이 되풀이되는 거야. 거짓말로 속이고, 거짓말에 속고. 서로 자기가 이긴 줄 알았는데 사실은 진 사람밖에 없는 게임. 이런 사회 시스템 전체에 제대로 한 방 먹여주고 싶었어. 화가 나서 견딜 수가 없었거든. 그래서 '그런 짓'을 한 거야.

물론 그런 짓을 한다고 사회가 변할 리 없지. 고작해야 스피라링크스 인사팀과 최종 전형 참가자들만 좀 놀라는 정도로 끝나리라는 건 예상하고 있었어. 하지만 나로서는 할 수밖에 없었어. 나는 어렸고, 혼란스러웠고, 매우 화가 난 상태였고, 카와시마를 떨어트린 스피라링크스에 들어갈 생각은 눈곱만큼도 없었고, 그때 이미 네 군데 회사에 합격한 상태였으니까. 조사해 보니 잘만 나오더라, 모두가 숨기고자 했던 더러운 과거의 행적들이. SNS를 통해 정보를 모은 다음 사기 피해자에게 학교로 찾아가 보라고 부추기기도 하고, 인화한 사진에 얼룩과 검은 점을 추가해서 같은 날 찍은 사진인 것처럼 꾸미고, 하타노가 아무 일정도 없었던 날에 찍힌 사진이라고 증언하게 만들고… 이런저런 준비를 했지. 토론 당일에는 일부러 전면에 나서지 않고 봉투는 버려야 한다고 주장했어. 그렇게 하는 편이 봉투에 집착하는 모두의 추악한 민낯이 더 잘 드러날 거라고 생각했으니까. 실제로 너랑 하타노 외에는 모두 본모습을 적나라하게 드러내 보였잖아. 뭐 바보 같은 짓이긴 했지. 지금은 그렇게 생각해. 하지만 당시에는 그렇게 생각하지 않았어. 내가 나서야겠다는 생각뿐이었지. 이 한심한 사회의 결함투성이 시스템에 어떤 문제가 있는지 내가 다 까발려줘야겠다고 말이야. 그게 당시 혼란스러운 취업 준비생이었던 내가 생각해 낸 가장 '페어'한 방법이었어. 반대로 나도 한번 물어보자. 시마 넌 어땠어?"

듣기만 하는데도 왠지 숨이 찼다. 목덜미에 배어 나오는 땀을 손수건으로 살며시 닦아냈다. 평범하게 대답을 하려는데 나도 모르게 목이 가느다랗게 떨렸다. 마음을 진정시키고자 커피를 한 모금 마시려다가 이미 다 마셔버렸다는 사실을 기억해 냈다. 나는 심하게 동요하고 있었다.

"어땠냐니?"

"오랜만에 만났다며, 그룹 토론 팀원들이랑."

"그게 뭐?"

"인상이 달라졌어?" 쿠가는 미남 배우처럼 달콤한 미소를 지으며 내게 물었다. "8년 만에 다시 보니 아, 이 사람들 원래는 정말 좋은 사람들이었구나, 하고 생각이 바뀌었어? 내 생각에 그렇지는 않았을 것 같은데. 나를 포함해 그 토론에 참가한 여섯 명 모두 구제불능의 인간쓰레기들이었으니까. 범인으로 만들기 위해 하타노의 봉투에는 상대적으로 가벼운 신입생 환영회 때 사진을 넣었지만 당연히 그것 말고 더 심한 잘못도 있었어. 안심해도 돼, 여섯 명 모두 하나같이 다 한심한 인간들이었으니까. 물론⋯."

쿠가는 거기서 한 번 말을 끊고 지금 상황에 전혀 어울리지 않는 상쾌한 미소를 지어 보였다.

"시마 너도 포함해서 말이야."

뭐라도 말을 해야 하는데.

하지만 생각과는 다르게 목구멍이 막힌 것처럼 소리가 나오지 않았다. 하고 싶은 말이, 해야 하는 말이 분명 있는데 말을 할 수가 없었다. 몇 번이고 침을 삼키고 입을 벌렸다가 말을 하는 대신 숨만 들이마신 다음 다시 입을 닫는 동작을 반복했다. 이대로는 안 돼. 마음을 굳게 먹고 눈에 단단히 힘을 주어 쿠가를 마주 보았다.

"내⋯." 목소리가 떨리지 않도록 조심하며 말했다. "내 봉투⋯."

"깜짝 놀랐어." 쿠가는 내 말을 가로막더니 아이스커피가 들어 있던 컵을 점검하듯 손에 들고 천천히 살펴보기 시작했다. "설마 시마 네가 그럴 거라고는 상상도 못 했으니까. 봉투에 뭐가 들어 있었는지는 당연히 알겠지?"

"봉투 안에는…."

"물론 비어 있지는 않았어. 이유는 모르겠지만 그때 하타노
는 비었다고 하면서 가져가버렸지만 말이야. 분명히 그 봉투에
도 고발문이 들어 있었어. 뭐라고 적었는지도 기억하고 사진
파일도 아직 집에 남아 있는걸. 그 자리에서 사실이 밝혀졌다
면 어떻게 됐을까? 아마도 시마 네가 합격하는 일은 없지 않았
을까? 만약 그랬다면 과연 누가 합격했을까?"

"…돌려줘."

쿠가는 컵을 내려놓더니 마치 한 번도 들어본 적 없는 언어
를 처음 들은 사람처럼 신기하다는 표정으로 나를 쳐다보았
다.

"데이터가 아직 남아 있다면 돌려줘. 그게 어렵다면 하타노
가 가져간 봉투 안에 무슨 내용이 들어 있었는지만이라도 알
려줘."

내 말이 끝나자 쿠가는 작게 웃었다.

"역시 그게 목적이었구나?"

나는 애원하는 듯한 눈빛으로 쿠가를 바라보았다.

하지만 쿠가는 마치 방금 돌발적인 기억 상실로 인해 내 존
재를 잊어버리기라도 한 것처럼 한동안 아무 의미도 없는 행
동을 이어갔다. 컵 주변에 맺힌 물방울을 닦고, 빨대가 들어 있
던 종이 껍질의 주름을 펴고, 눈이 피로하다는 듯 눈을 감고

미간에 손가락을 가져갔다가 가볍게 손을 털고 한숨을 내쉬며 손목시계로 시간을 확인했다.

초조해진 내가 다시 입을 열려고 한 순간.

"그러지 말자."

시야가 흐릿해지고 끝도 없이 추락하는 듯한 기분이 들었다. 서서히 정신이 아득해져갔다. 의자에서 굴러떨어지지 않도록 온몸의 힘을 억지로 끌어모았다.

쿠가는 컵을 손에 들고 자리에서 일어났다.

"시마 네가 합격할 수 있었던 건 말하자면 내 덕분이잖아. 모두가 지저분한 과거를 폭로당했는데 유일하게 너 혼자만 아무 상처도 입지 않고 그룹 토론을 마쳤으니까. 그 봉투들 덕분에 넌 스피라링크스에 합격한 거야. 그러니 이 정도 장난은 용서해줘. 너도 이 정도는 감수해야 비로소 '페어'하다고 할 수 있지 않겠어?"

말을 마친 쿠가는 쓰레기통 쪽으로 향했다. 움직임이 너무 자연스러워서 당연히 컵을 버리고 다시 자리로 돌아올 줄 알았는데 그는 그대로 회사 쪽으로 걸어가기 시작했다. 작별인사 정도는 하겠지. 10미터 가까이 거리가 벌어질 때까지도 그렇게 생각했지만 쿠가는 단 한 번도 이쪽을 돌아보지 않았다.

정말로 이게 마지막이라는 생각이 들었다.

쫓아가야 하는데, 불러 세워야 하는데. 그렇게 생각은 했지만 내게는 체력도 기력도, 쿠가에게서 봉투의 내용물을 돌려받을 무슨 뾰족한 수도 없었다. 답답함과 절망감이 가슴을 옥죄어왔다. 자리에서 한 발자국도 움직일 수 없었다.

"저는 통찰력이 뛰어나고 자기 분석에 능한 편입니다."

마이크를 들고 말하는 것처럼 맑고 깨끗한 여자 목소리가 선명하게 들려왔다. 목소리의 주인이 누구인지는 금방 알 수 있었다. 아까부터 계속 눈길을 끌던 취업 준비생, 취업용 정장을 입고 있는 여학생이었다. 멀리서 봐도 눈에 들어오는 눈 밑 점이 인상적인 그녀는 등을 곧게 펴고 앉아서 넘치는 자신감을 숨기려고도 하지 않고 당당하게 말했다.

"자기 자신에 대해서도 회사에 대해서도 마음의 눈을 열고 찬찬히 살펴보면 제대로 파악할 수 있어요. 인사팀이 괜히 우리를 골탕 먹이려고 하는 것도 아닐 테니 취업 활동은 딱히 엄청나게 어렵거나 부담스러운 일은 아니라고 생각해요."

나는 한동안 그녀의 눈동자와 눈 밑 점을 물끄러미 바라보았다.

회사로 돌아온 후의 기억은 거의 없다. 누군가에게 걱정을 끼치지도 않고 질책을 당하지도 않았으니 겉보기에는 평소와 크게 다르지 않았던 모양인데 아무튼 전혀 기억이 나지 않는다. 흐릿했던 의식이 조금씩 또렷해지기 시작한 것은 밤 11시경이었다. 나는 달리는 택시 안에 앉아 있었다. 아직 막차 시간까지는 여유가 있었지만 역까지 걸어갈 자신이 없었던 거겠지. 마치 남 일처럼 그런 생각을 했다.

문득 요시에에게 연락해야겠다는 사명감에 스마트폰을 꺼내 들었다. 이 시간에 전화하는 것이 얼마나 비상식적인 행동인지 깨달은 것은 요시에가 전화를 받은 후였다. 나는 밤늦게 전화해서 미안하다고 황급히 사과했지만 그녀는 조금도 불편한 기색을 보이지 않았다.

"원래 늦게 자는 편이라 괜찮아요. 혹시 암호 걸린 파일이 열렸나요?"

"아… 그건 아니고요."

나는 진범이 쿠가 소타였다는 사실을 전했다. 생각해 보면 요시에 입장에서는 범인이 하타노나 내가 아니라면 누구여도 상관없을 테니 진범을 알았다고 해서 굳이 연락할 필요는 없었다. 아, 네… 그랬군요, 그 잘생긴 사람 말이죠? 예상을 벗어나지 않는 요시에의 담담한 반응에 나는 이런 일로 괜히 전화한 것이 미안해졌다. 어색한 분위기를 감지했는지 요시에가 내게 말을 걸었다.

"다행이네요, 범인을 찾아서."

"그렇게 말해줘서 고마워요. 일단 요시에한테도 알려줘야겠다 싶어서요. 밤늦게 전화해서 미안해요."

"봉투에 들어 있던 내용물은 돌려받지 못했나 보네요."

"…네?"

"목소리에 기운이 없어서요."

요시에가 눈치채고 있었다는 사실에 놀라 순간 온몸이 딱딱하게 굳었다. 아무 말도 하지 못하는 내게 요시에는 위로하는 듯한 말투로 덧붙였다.

"시마 씨는 그게 신경 쓰였던 거잖아요. 봉투에 뭐가 들었을지 짐작이 가니까 그걸 돌려받고 싶었던 거죠? 그게 아니라면 8년 전 사건에 이제 와서 목을 맬 이유가 없죠. 봉투에 뭐가 들어 있었는데요? 몇 년이 지났더라도 반드시 돌려받아야만 할 정도로 불편한 진실이 들어 있었던 건가요? 시마 씨가 과거에 저지른 잘못은 지금도 여전히…."

"모르겠어요."

듣고도 이해하지 못한 건지, 아니면 제대로 듣지 못한 건지 요시에는 "네?" 하고 반문하더니 그대로 입을 다물었다.

"모르겠으니까 더 무서운 거예요. **전혀 짐작이 안 가니까** 무서워서 어떻게 해야 할지 모르겠어요."

성실하게 살아온 편이었다.

어려서부터 혼나는 일보다는 칭찬받는 일이 훨씬 더 많았다. 좋은 고등학교에 들어가고 좋은 대학에 들어가고 좋은 회사에 들어가려고 열심히 노력했다. 입사 시험에서는 생각지도 못한 사건에 휘말렸지만 결과적으로는 굉장히 좋은 회사에 들어갔다. 좋은 사원이 되고자 노력했다. 스스로가 좋은 사람이라고 믿었고, 앞으로도 계속 좋은 사람이기를 희망했다. 나 자신을 믿어 의심치 않았다.

그런데 내가 좋은 사람이 아니라고 주장하는 사람이 나타난 것이다.

하타노가 가져간 봉투가 실제로는 빈 봉투가 아니었다면…. 그럴 가능성에 대해서는 벌써 몇 번이나 생각해 보았다. 봉투 안에 나에 대한 고발문이 들어 있었다면 대체 뭐라고 적혀 있었을까. 머리를 싸매고 고민했다. 그것 때문에 뜬눈으로 밤을 지새운 날도 많았다. 나는 대체 무슨 잘못을 저지른 걸까. 그럴 때마다 괜찮다고 스스로를 억지로 납득시켰다. 범인인 하타노가 비었다고 했으니 그 봉투는 빈 거라고, 시마 이오리는 나쁜 짓을 한 적이 없다고. 하지만 더 이상 그런 식의 자기 합리화는 불가능했다.

당시 취업 준비생이었던 나는 그룹 토론에 함께 참가하게 된 팀원들을 마음속 깊이 신뢰하고 존경했다. 일류 기업의 최종 전형까지 살아남은 사람들은 역시 다르구나. 물론 모두 우수한 학생들이었지만 단지 그뿐만이 아니었다. 모두가 상냥하고 친절하고 배려심이 넘쳤다. 나 역시 그 팀의 일원이었다. 유치한 표현이지만 그야말로 최고의 동료들이라고 확신했다. 그랬기에 회의에서 봉투를 통해 그들 각자의 민낯을 보게 되었을 때 세계가 뒤집힌 듯한 충격을 받았다.

그룹 토론에서 나는 봉투를 열지 말자고 울면서 애원했다. 더는 누군가에게 배신당하고 싶지 않았다. 봉투가 하나씩 열릴 때마다 칼로 피부를 도려내는 듯한 아픔을 느꼈다. 하타노가 범인이라고 자백했을 때, 내 마음은 더 이상 견디지 못하고 산산조각이 났다. 타인에 대한 믿음을 담당하는 회로가 과열되어 완전히 끊어져버렸다.

2시간 30분짜리 그룹 토론이 끝난 후 내 인생은 크게 변했다. 스피라링크스에 합격했기 때문만이 아니다. 그 회의실에서 나온 뒤부터 나는 다른 사람은 물론 자기 자신조차 믿지 못하게 되었다.

모두가 자기 안에 '봉투'를 감추고 있다. 들키지 않게 주위를 감쪽같이 속이고 있을 뿐이다.

나 역시 예외는 아니었다.

"시마 씨?"

통화 중이었다는 사실을 기억해 내고 침묵을 메우기 위해 서둘러 미안하다고 짧게 사과한 다음 전화를 끊었다. 택시가 다시 달리기 시작했다. 눈을 감으면 쓸데없는 생각을 하게 될 것 같아서 창문 밖으로 흘러가는 밤거리 풍경을 잠자코 멍하니 바라보았다.

"시마 씨, 잠깐 시간 괜찮아?"

좋지 않은 예감이 들었지만 그렇다고 무시할 수도 없었다. 다음 날 아침, 출근하기가 무섭게 내게 다가온 매니저는 스즈에 마키와 함께였다.

"일전에 얘기했던 면접관 말인데."

엊그제 있었던 일처럼 대수롭지 않게 말하지만 실제로는 이미 몇 주나 지난 이야기였다. 아직까지 해결하지 못했다는 사실이 이해가 되지 않았다. 살짝 짜증이 났지만 무조건 맡기 어렵다고만 하는 것도 설득력이 없겠다 싶어서 현재 내가 담당하고 있는 병원 관련 업무에 대해 다시 한번 자세히 설명했다.

"그래, 그러니까 말이야."

"뭐가 '그러니까'라는 건데요?"

"내가 아주 획기적인 아이디어를 생각해 냈거든."

매니저는 대단한 신제품을 소개하듯 마키를 가리켰다.

"시마 씨가 담당하는 병원 세 군데 중 두 군데를 이 기회에 차세대를 대표하는 신예 마키 씨에게 맡겨 볼까 해."

어이가 없어서 말이 안 나왔다. 설마 농담이겠지. 이 업무는 나밖에 못 한다고 억지를 부릴 생각은 없었다. 하지만 상대 측과의 인간관계를 제로부터 쌓아 올린 사람은 다름 아닌 나였고, 막판에 와서 담당이 바뀌면 저쪽에서도 과히 유쾌하지는 않을 터였다. 만약 나보다 윗선인 매니저가 대신 맡아준다면 그만큼 이 안건을 중요하게 보고 있다는 말이니 불만이 없겠지만, 아직 OJT 중인 입사 1년 차 신입이 담당하게 된다면 상대로서는 의아하게 생각할 수밖에 없다. 병원 업무는 우리가 상상도 못 할 만큼 수직적인 구조로 되어 있어서 작은 일 하나를 처리하는 데에도 수많은 담당자가 관여한다. 동의를 구해야 할 사람의 수가 비정상적으로 많다는 말이다. 받아온 명함

더미를 쳐다보기만 해도 머리가 지끈거릴 정도였다. 매니저는 정말로 이 아이에게 맡길 생각인 걸까. '견적 의뢰하신 건은 확인했습니다. 빠른 시일 내에 작성해 보내드리겠사오니 조금만 기다려주시기 바랍니다'라는 메일을 보내는 데 1시간 반이나 걸리는 사람한테 이런 섬세한 작업을 맡겨도 되겠다고 판단한 걸까.

"마키 씨는 최근 몇 주 사이에 눈에 띄게 실력이 늘었고 나도 뒤에서 서포트할 거니까. 좋은 기회라고 봐."

질리도록 보아 온 매니저의 공허한 칭찬에 마키는 순진하게 웃으며 고개를 끄덕였다. 나는 이 모든 상황이 믿기지가 않았다. 난색을 표하며 납득하기 어렵다는 입장을 내비쳤으나 이미 그렇게 하기로 결정했으니 제발 따라 달라는 매니저의 부탁에는 속수무책이었다. 두 사람은 할 말을 마치고 재빨리 자리로 돌아가버렸다.

실패할 게 불 보듯 뻔했다. 병원 측에 처음 이 이야기를 듣고 갔던 게 몇 년 전이었던가. 몰려오는 허무함에 가슴이 답답해졌다. 실적을 빼앗기는 것이 싫어서가 아니었다. 가져갈 수만 있다면 얼마든지 빼앗아가도 상관없었다. 반대로 만약 이 일이 잘 풀리더라도 내가 막대한 인센티브를 챙기게 되는 건 아니었으니까. 다만 이대로 가면 모두가 후회하게 될 것이 분명했다. 나도, 매니저도, 그리고 나 대신 일을 맡게 된 스즈에 마키도.

얼마 전 코가미 부장님을 만나 인터뷰했을 때 나눈 대화가 떠오르려고 해서 황급히 기억을 봉인했다. 그것만은 절대로 기억해 내선 안 돼.

잠시 후, 내가 면접관을 맡게 될 일정과 인사팀이 주최하는 사전 강습회 일정을 매니저가 메일로 보내 왔다. 그 순간 면접을 진행하는 내 모습이 머릿속에 뚜렷하게 그려졌다. 면접관 자리에 앉아서 마치 판사 같은 얼굴로 학생들을 쳐다보는 내 모습이.

— 사람 볼 줄도 모르면서 다 안다는 듯 거들먹거리는 오만한 태도 —

갑자기 손이 떨렸다. 서둘러 화장실로 뛰어 들어가 거울 속 한심한 여자를 쳐다보며 괜찮아, 괜찮아 하고 위로의 말을 건넸다. 지금까지 잘 해 왔잖아. 앞으로도 괜찮을 거야. 이번에도 언제나처럼 냉정하고 쿨하게 아무 문제 없이 해낼 수 있을 거야. 하지만 거울 속 여자는 나를 보며 날카롭게 쏘아붙였다. 자기 자신도 제대로 알지 못하는 너한테 위로받아 봤자 아무런 의미도 없어. 말을 마친 거울 속 여자는 괴로운 듯 눈썹을 찌푸렸다.

이렇게 우울한 날은 꼭 참석하기 싫은 행사가 겹치는 법이다. 조금 늦었지만 이날 저녁에는 스즈에 마키의 환영회가 예정되어 있었다. 시작은 저녁 7시였으나 내가 밀린 일을 마치고 환영회 장소인 식당에 도착한 것은 9시가 다 된 시각이었다. 나를 기다린 사람은 없었겠지만 다들 술에 취해 떠들썩하게 반겨주었고 마키도 박수로 나를 환영해주었다. 분위기를 망치고 싶지는 않았기에 최대한 부드러운 표정으로 늦어서 죄송하다고 짧게 인사한 후 말석에 앉아 차를 주문했다.

중간부터 참석하면 대화의 흐름을 파악하기가 어렵다. 적당히 차나 홀짝이며 술자리가 끝나기만을 기다릴 생각이었는데 매니저가 갑자기 좌중을 향해 요즘 사람들은 어떤 음악을 듣느냐는 질문을 던졌다. 오늘의 주인공인 마키는 사뭇 당연하다는 듯 저는 사가라 하루키를 가장 좋아합니다,라고 당당히 선언하더니 그의 음악과 인성이 얼마나 뛰어난지에 대해 열변을 토하기 시작했다.

사가라 하루키는 과거 마약을 한 적이 있기는 하지만 사실 거기에는 부득이한 사정이 있었다는 사실이 최근 밝혀졌다. 처음 그가 마약을 접하게 된 것은 음악 공부를 하기 위해 유학을 간 뉴욕에서였다. '피울 줄도 모르는 녀석과는 친구가 될 수 없어' 함께 음악을 공부하던 친구들이 그렇게 말하며 대마를 권했지만 사가라는 단호하게 거절했다. 모범생 같은 그의 태도가 마음에 들지 않았던 현지 음악 관계자가 어느 날 라이브를 마치고 술에 취해 소파에서 잠이 든 사가라 하루키의 정맥에 몰래 코카인을 투여했다.

그때부터 마약과의 싸움이 시작되었다. 한 번이라도 경험하면 쉽게 빠져나올 수 없는 것이 코카인의 특징이다. 사가라를 마약 중독자로 만들고 싶었던 친구들은 그에게 계속해서 마약을 권했다. 사가라는 금단 현상에서 벗어나기 위해 두 번 세 번 마약에 손을 뻗었다. 아무리 끊으려고 노력해도 약물 사용과 금단 현상의 무한 루프 속에서 벗어날 수 없었다. 귀국 후에도 몰래 약물을 사용해 왔다는 사실이 발각되면서 전후 사정을 모르는 세간으로부터 엄청난 비난이 쏟아진 것이 지금으로부터 약 10년 전 일이었다. 현재는 마약 중독에서 벗어나 마약 퇴치를 위한 계몽 운동에 힘쓰고 있다.

이야기를 하면서 마키는 계속 곁눈질로 나를 흘끔거렸다. 모두에게 이야기하는 척하면서 사실은 얼마 전 사가라 하루키의 인성을 의심하는 발언을 한 나를 향해 말하고 있었던 것이다. 평소라면 아, 그래? 몰랐네, 그때는 모르고 그런 말을 해서 미안,이라고 무난하게 넘어갈 수 있는 상황이었다. 비슷한 경우를 이미 수십 번도 넘게 경험해 왔으니까.

하지만 이날만큼은 불가능했다.

마키가 사가라 하루키는 가족을 아끼는 가정적인 성격의 소유자여서 장애를 안고 있는 여동생이 도쿄에 있는 대학에 합격해 상경했을 때는 함께 살면서 여동생을 돌봐주었다는 이야기까지 했을 때였다.

"그러니까 그런 얘기를 어딘가에서 봤다는 거잖아."

아아, 결국 말해버렸다. 후회했지만 내 인내심도 한계였다. 부러진 야광봉을 원래대로 되돌릴 수 없는 것처럼 일단 열려버린 내 입에서는 계속해서 말이 흘러나왔다.

"그 가수랑 만나서 본인한테 직접 들은 것도 아니고, 실제로 뉴욕에서 그 사람이 친구들과 함께 있는 장면을 목격한 것도 아니잖아."

술자리 분위기는 아직 완전히 망가지지는 않은 상태였다. 지금이라면 아직 귀여운 신입에게 선배가 가볍게 핀잔을 준 장난스러운 해프닝 정도로 넘길 수 있었다. 하지만 자기 말을 계속해서 부정하는 내가 못마땅했는지 마키도 지지 않고 받아쳤다.

"하지만 사실인걸요. 아무리 봐도 좋은 사람인 건 분명하니까 좋은 사람이라고 하는 것뿐이에요. 제가 말하고 싶은 건 잘 알지도 못하면서 함부로 얘기하지 말아 달라는 거예요."

"뭘 보고 좋은 사람이라는 건데?"

이제 그만 좀 하지. 머리로는 냉정하게 상황을 분석하면서 입으로는 심술궂게 되묻는 내가 있었다. 약자를 괴롭히는 자신을 뜯어말리고 싶어 하는 내가 있었다. 그러면서도 아무것도 모르는 상대방의 순진한 주장에 화가 나서 목구멍까지 치밀어 오르는 말들을 멈추지 못하고 그대로 내뱉는 내가 있었다.

"아무리 열심히 알아보았다 한들 결국은 겉으로 드러난 정보의, 그것도 아주 작은 일부분에 지나지 않잖아."

자기가 원하는 정보 몇 개 모으고 짜 맞춰서 그걸로 그 사람의 전부를 안다고 여기는 건 너무 경솔한 판단 아닌가? 10년 전 '약물 사용'이라는 단어 하나만 가지고 모두가 맹렬하게 비난했던 거랑 결국 똑같은 거 아냐? 그 사람이 뒤에서 무슨 짓을 하고 있는지 알 수 있을 리가 없잖아. 불륜을 저지르고 있을 수도 있고, 낙태를 종용했을 수도 있고. 직접 만나 사이좋게 대화를 나누고 며칠씩 같이 지냈음에도 불구하고 실제로는 상대에 대해 아무것도 모르는 경우가 세상에 얼마나 많은데. 넌 그 사람에 대해 얼마나 알고 있는데? 상대가 어떤 사람인지 완벽하게 읽어낼 수 있어? 난 스스로에 대해서도 잘 모르겠는데.

이걸 전부 입 밖으로 내지는 않았을 것이다. 만약 그랬다면 오늘 와줘서 고맙다고 웃으며 인사하는 마키를 보지는 못했을 테니까. 나는 어색한 미소로 그녀를 배웅한 뒤 비참한 기분으로 택시를 잡아탔다.

"스피라링크스에서는 4년 전부터 집단 면접을 하는 경우에는 총 다섯 개 항목으로 나누어 점수를 매기고 있습니다. 이 점은 강습회에서도 말씀드린 바 있습니다."

현 인사부장은 30대 중반의 여자였다. 직원 수가 그리 많지 않은 회사여서 얼굴은 알고 있었지만 딱히 이렇다 할 접점은 없었다. 그녀는 긴 책상에 나란히 앉은 우리 세 명에게 'Check sheet'라고 적힌 종이를 한 장씩 나누어준 다음 설명을 이어 갔다.

"오후 1시가 되면 학생들이 네 명씩 한 조가 되어 이 방에 들어올 겁니다. 제한시간은 팀당 30분. 우선 한 명씩 자기소개를 듣고 히라이시 씨, 이와타 씨, 시마 씨가 순서대로 학생들에게 질문하시면 됩니다. 질문 내용은 사회 규범에 반하지 않는 이상 기본적으로 자유입니다. 무엇을 질문해야 할지 모르겠다 하시는 분은 질문지에서 고르셔도 됩니다. 평가 항목은 첫 번째가 애티튜드, 두 번째가 인텔리전스, 세 번째가 어니스티, 네 번째가 에어, 다섯 번째가 플렉시빌리티입니다. 각각 5점 만점으로 채점해서 체크 시트에 기입해주시기 바랍니다. 또 수치 평가와는 별도로 '누가 뭐라든 이 사람은 반드시 통과시키고 싶다'라고 생각하는 학생이 있으면 이중 동그라미로 표시해주십시오. 해당 학생은 기본적으로 무조건 다음 단계로 넘어가게 됩니다. 이중 동그라미는 면접관 한 명당 세 번까지 사용할 수 있습니다. 반대로 '누가 뭐라든 이 사람은 절대로 통과시키면 안 된다'라고 생각하는 학생이 있다면 가위표를 해주십시오. 해당 학생은 무조건 탈락하게 됩니다. 아마 그럴 일은 없겠지만 만약 이중 동그라미와 가위표를 동시에 받은 학생이 있다면 가위표를 우선합니다. 설명은 여기까지입니다만 혹시 질문 있으신가요?"

내가 묻고 싶은 것은 오직 하나, '어떻게 하면 상대방의 본질을 꿰뚫어 볼 수 있는가' 하는 것뿐이었다. 영어 쓰기를 좋아하는 회사다 보니 다섯 개의 평가 항목은 얼핏 보기에는 잘 이해가 안 갔지만 뜻은 간단했다. 태도, 지성, 성실함, 분위기, 유연성. 각각 5점 만점으로 점수를 매기기만 하면 된다. 실로 단순명쾌한 방법이었다. 너무 단순해서 어이가 없을 정도였다.

세상에 이렇게 쉽고 동시에 이렇게 어려운 작업이 또 있을까.

어깨가 미세하게 흔들릴 정도로 심장이 세차게 뛰었다. 테이블 위에 놓인 500밀리리터짜리 재스민티는 이미 다 마셔버렸다. 뭔가 마실 것이 필요했다. 화장실에도 한 번 더 다녀오고 싶었다.

"…졸리네."

"졸리네요."

"그러고 보니 게임 쪽에서 어제 무슨 사고가 있지 않았어?"

"맞습니다. 영업부는 지금 저 빼고 다 그거 처리하느라 난리도 아니에요. 솔직히 지금 이런 거 하고 있을 때가 아닌데…"

"…피곤하네."

"피곤하네요."

내 옆에 앉은 다른 두 명은 각각 링크스와 게임 애플리케이션 부문의 영업 담당이었다. 둘은 서로 아는 사이인 것 같았지만 나는 두 사람 모두 초면이었다. 두 사람 다 처음에는 나를 배려해서 이것저것 말을 걸어주었으나 내 반응이 신통치 않은 것을 보고 점차 둘이서만 이야기하게 되었다.

학생 때는 저 맞은편 자리에 질리도록 앉아 보았다. 당시에는 모션 캡처처럼 나의 일거수일투족에 전부 점수가 매겨지고 있을 거라고 믿어 의심치 않았다. 한순간도 긴장의 끈을 늦춰서는 안 된다고 신경을 곤두세웠다. 그런데 지금 이 상황은 대체 무엇이란 말인가. 처음으로 앉아 본 이쪽 진영에 마련된 설비는, 아이템은, 무기는, 다섯 개 항목의 평가 기준이 적힌 한 장짜리 채점표뿐이었다. 결국 학생을 판단하는 기준은 나라는 개인의 감성에 의존하는 수밖에 없었다. 더 밑도 끝도 없는 말로 표현하자면 '감'. 그 이상도 그 이하도 아니었다. 그리고 그런 중책을 맡은 사람들 입에서는 졸리다느니 피곤하다느니 하는 말이 나오고 있었다.

지급된 볼펜은 손에 쥐자마자 땀으로 미끌미끌해졌다. 역시 한 번 더 화장실에 다녀오겠다고 말하려는데 문 너머로 군대의 행진을 방불케 하는 일사불란한 발소리가 들리더니 곧이어 첫 조에 속한 네 명이 인사팀 직원의 안내를 받으며 방 안으로 들어왔다. 짧은 머리에 하얀 피부, 마른 몸에 검은색 정장을 입은 남학생 네 명이 일렬로 나란히 늘어섰다. 틀린 그림 찾기라도 해야 할 것 같은 광경이었다. 네 사람의 표정에서는 마치 게슈타포와 대치 중인 사람들처럼 팽팽한 긴장감이 묻어났고, 그것을 본 나도 덩달아 긴장이 되었다.

결론부터 말하자면 이때부터 2시간 동안 나는 지옥을 맛보게 된다.

"저는 대학에서, 사회심리학을, 전공했습니다. 대학에서 배운, 사람의 마음을 읽는 능력은, 회사에서, 일을 하는 데 있어서도, 크게 도움이 될 것이라고, 생각합니다."

동화책을 읽는 줄 알았다. 부자연스러운 억양으로 미리 외워

온 것을 그대로 읽기만 하는 그에게는 미안하지만 낮은 점수를 줄 수밖에 없었다. 유연성은 '1'. 지성도 '1'. 다른 능력들도 높다고 보기는 어려웠다.

"학창 시절 가장 열심히 한 것은 동아리 활동입니다. 캠퍼스 퀸 선발대회 같은 행사를 주최하는 동아리의 회장을 맡아 행사 계획을 세우고 실행에 옮기는 것은 물론 행사가 끝난 뒤 자체 평가를 통해 개선점을 찾는 일련의 과정을 선두에서 이끌었습니다. 대학에서 이러한 PDCA를 충분히 경험했기 때문에 입사 후에도 바로 실전에서 활약할 수 있을 것입니다. 지금까지 제가 회장으로서 주최한 행사는 50건이 넘습니다."

유창하기 그지없는 설명이었다. 외모도 분위기도 세련된 학생이었지만 그래서 더 믿음이 가지 않았다. 과연 대학생이 행사를 50건 넘게 기획하고 운영하는 것이 정말로 가능할까. PDCA라는 전문용어 하나 사용했다고 자신이 전문가라고 착각하는 건 아닐까. 캠퍼스 퀸 선발대회 같은 행사를 주최해 온 남자를 진심으로 신뢰할 수 있을까. 나는 어니스트 항목에 '1'이라고 적어 넣었다. 어딘지 모르게 오만해 보이는 인상 역시 감점 대상이라고 보고 애티튜드에도 '1'이라고 적었다.

"술집에서는 아르바이트 리더를 맡았고, 자원봉사 동아리에서는 회장을 역임했습니다. 그런 만큼 리더십은 누구보다도…"

동아리 회장이라는 소개가 대체 이걸로 몇 명째더라. 상식적으로 모두가 동아리 회장이었을 리는 없었다. 안 그래도 한결 같이 화려한 경력들이 지겨워지고 있던 마당에 술집 아르바이트 리더와 자원봉사 동아리 회장이라는 말에 자동반사적으로 거부 반응이 일어났다. 체크 시트에 '1', '1', '1'… 그리고 또 '1'을 적었다.

쉬는 시간에 인사팀 직원이 한 차례 체크 시트를 회수하러 왔다.

"시마 씨, 점수를 조금만 더 올려주시면 안 될까요?"

"올리라고요?"

"네, 다른 면접관들과 차이가 너무 커서요."

그가 보여준 다른 두 명의 체크 시트는 놀랍게도 '5'와 '4'로 가득했다. 이중 동그라미 표시가 된 학생도 있었다. 나는 할 말을 잃었다.

이 두 사람은 아까 그 학생들의 무엇을 보고 어디가 좋다고 느낀 걸까. 반드시 통과시키고 싶은 학생은 단 한 명도 없었다. 같은 공간에 있으면서 서로 다른 학생을 보고 있었던 걸까.

"이미 채점한 건 어쩔 수 없으니 후반부는 전체적으로 조금만 더 점수를 올려주세요. 금방 익숙해지실 거예요."

인사팀 직원이 위로하듯 건넨 말은 더 충격적이었다. 이미 채점한 건 어쩔 수 없다, 금방 익숙해질 거다. 나로서는 고마운 말이었다. 하지만 학생은? 지금부터 면접에 들어오는 학생들은 아무 이유 없이 원래 내 기준보다 높은 점수를 받게 될 것이다. 그렇다면 앞서 면접을 본 학생들은 뭐가 되는가. 평가 중간에 기준이 바뀌어서는 안 된다. 하물며 면접관의 숙련도에 따라 점수가 바뀐다는 것은 결코 있어서는 안 될 일이었다.

내 손에 다른 사람의 인생이 달려 있었다. 내가 펜으로 체크 시트에 숫자를 적어넣는 순간 그 사람의 향후 수십 년간의 미래가 바뀔 수도 있었다.

"아까 가쿠슈인대학에서 왔다는 여학생, 괜찮지 않았어?"

"그건 이와타 씨가 통통한 여자를 좋아해서 그런 거잖아요."

"어어, 말조심하라고. 하지만 뭐 듣고 보니 그런 것 같기도 하네."

다들 아무렇지도 않은 걸까. 우리는 학생들의 운명을 쥐고 있는 동시에 스스로도 잔인한 진실과 마주해야 했다. 이 사람 들은 프라이드가 없는 걸까. 긍지나 자부심도 없는 걸까. 자신 이 일류 IT 기업이자 들어가기 어렵기로 소문난 스피라링크스 의 입사 시험을 통과한 정예라는 사실에 뿌듯해한 적이 없었 던 걸까.

나는 있었다. 그리고 그 뿌듯함이, 긍지와 자부심이, 프라이 드가, 맨손으로 코코넛 껍질을 벗겨내듯 천천히 거칠게 찢겨 나갔다. 내가 뚫고 나온 시험은 사실은 고작 이런 것이었다고.

퍼즐을 짜 맞추듯 결국은 쿠가 소타의 말이 옳았다는 사실 이 증명되었다.

— 사람 볼 줄도 모르면서 다 안다는 듯 거들먹거리는 오만 한 태도 —

기억해 내지 않으려고 애썼던 코가미 부장님의 인터뷰 마지막 부분이 떠올랐다.

'실은 최근에 신입 채용 면접을 맡아달라는 부탁을 받은 적이 있었거든요. 못 하겠다고 거절했으니 아마 할 일은 없겠지만 면접을 잘하는 비결 같은 게 있을까요? 상대방의 본질을 한눈에 꿰뚫어 보는 기술 같은 것 말이에요.'

내 질문에 코가미 부장님은 웃는 얼굴로 대답해주었다.

■ 첫 번째 인터뷰

(주)스피라링크스 전 인사부장, 코가미 타츠아키(56세)

2019년 5월 12일(일) 14시 06분~

나카노역 근처 카페에서 ②

응? 그거 참 재미있는 질문이군. 대답은 단순하네. 단순하고 말고. 대답하기 전에 단 걸 좀 시켜도 될까? 내가 생크림을 아주 좋아하거든. 의외라고? 뭐 사람이란 게 다 그렇지.

'범인'의 정체도 그야말로 의외였지 않나.

여기요, 이 팬케이크 하나 주세요. 네, 바로 갖다주시면 됩니다.

무슨 얘기를 하고 있었더라… 아아, 면접을 잘하는 비결이랑 상대방의 본질을 한눈에 꿰뚫어 보는 기술 말이지? 답은 간단해. 한마디로 정리할 수 있지.

그런 건 존재하지 않는다. 이게 진리야.

상대방의 본질을 꿰뚫어 본다는 건, 단언컨대 절대로 불가능해. 가능하다고 생각한다면 그거야말로 오만한 거지. 스피라링크스에 있을 때 공채 지원자 수가 얼마나 됐더라… 1만 명은 안 됐던 것 같은데… 첫해에 아마 5~6천 명 정도 지원했을 거야. 어마어마한 숫자지. 그중에서 딱 한 명을 골라내는 것이 당시 내가 맡은 일이었고. 5천분의 1의 확률로 가장 우수한 단 한 사람을 채용한다는 게 과연 가능할까? 아마 신이라도 불가능할걸.

면접은 길어 봤자 1시간 정도인데 그렇게 짧은 시간에 상대방의 무엇을 알 수 있겠나. 3차, 4차까지 간다고 해도 실제로 마주하는 시간은 서너 시간 정도밖에 안 되잖아. 누군가에 대해 파악하기에는 턱없이 부족한 시간이지.

내가 제일 처음에 들어갔던 회사는 방적회사였고, 거기서 인사팀에 배속된 것이 입사 3년 차 때였어. 한창 혈기왕성할 때라 뭔가 획기적인 채용 시스템을 만들어 내겠다고 의욕에 불타올랐지. 하지만 얼마 지나지 않아 깨달았지, 그런 건 세상 어디에도 존재하지 않는다는 걸. 생선을 깨끗하게 발라 먹을 수 있는 사람을 채용하는 기업, 인사를 잘하는 사람을 채용하는 기업, 페르미 추정을 잘하는 사람을 채용하는 기업 등 다양한 회사들이 있지만 보통 그런 참신한 채용 시스템은 몇 년 지나면 폐지되기 마련이야. 왜냐하면 제대로 기능하지 않기 때문이지. 슬프게도 말이야.

'떨어트린 학생 중에 더 우수한 사람이 있었을 수도 있지 않나요?' 내가 장담하는데 10000% 있었을 거야. 당연히 있었겠지. 학력을 측정하는 게 아니니 어떤 방법을 사용하더라도 빈틈이 생길 수밖에 없거든. 이건 비밀인데, 졸릴 때 읽은 입사지원서는 아무래도 머리에 잘 안 들어오기 마련이고, 2차 면접 대상자는 이미 통과시킨 학생들만으로도 충분하니 여기서부터는 다 불합격이라는 식으로 처리한 적도 있었어. 그렇게 떨어트린 지원자 중에 엄청나게 우수한 학생이 있었을 수도 있지 않냐고? 그런 걸 고민하는 건 시간 낭비야. 당연히 있었을 테니까. 하지만 어쩌겠나? 어쩔 수 없는 일이지.

반대로 '면접에서 반드시 붙을 수 있는 방법을 알려주세요'라는 학생들의 질문에도 내 대답은 똑같아. 성심성의껏 최선을 다해야겠지만 역시 마지막에 승패를 좌우하는 건 '운'이라고. 지원자들이 불완전한 인간인 것과 마찬가지로 인사팀 역시 불완전한 인간들이 모인 곳이니 세상에 완전무결한 일은 있을 수 없지. 서점에 가면 취업 준비생을 위한 면접 대비서처럼 인사 담당자용 채용 가이드라는 것도 있거든. 우수한 인재를 선발하는 채용의 법칙, 면접 질문 모음집 100, 반드시 알아야 할 채용 Q&A 등등 제목만 봐도 어떤 책인지 바로 알 수 있지. 그러니까 인사팀도 잘 모른다는 거야, 어떻게 하면 우수한 학생을 뽑을 수 있는지, 상대방의 내면을 꿰뚫어 볼 수 있는지. 내 말을 듣는 학생들 입장에서는 당황스럽겠지만 그게 사실인데 어쩌겠나.

물론 회사를 옮겨 컨설팅 업무를 맡기 전까지는 어디 가서 이런 말은 절대 못 했지. 나 자신이 창구 역할을 맡고 있는 동안은 내가 우리 회사의 이미지 캐릭터인 셈이니까. 학생들에게 좋은 인상을 심어주기 위해 아무래도 거짓말을 하게 되더군. 최근에는 입사 후에 속았다는 생각이 들지 않도록 처음부터 인사팀이 학생들에게 거짓말을 하면 안 된다는 여론이 강해지고 있기는 하지만 여전히 정도의 차이는 있을지언정 어느 회사에서나 거짓말을 하고 있을걸? 자네가 보기엔 어땠나? 스피라링크스의 인사부장이었던 내 모습이. 하하, 지금 생각하면 웃음만 나오는군. 그때가 아마 내가 경력 채용으로 들어간 지 2년쯤 지났을 때였을 거야. 신입 공채를 시작하기 위해 그 분야 경력자를 구하던 스피라링크스에 헤드헌팅으로 들어가서 서둘러 시스템을 정비하느라 난리도 아니었지. 취업 설명회에서는 IT 기업의 광고탑 역할을 충실히 수행하며 온갖 열정적인 말들을 쏟아냈고. 우리의 이념은, 우리의 비전은, 우리의 미래는….솔직히 난 그때까지 SNS '스피라'를 사용해 본 적도 없었어. 아무도 눈치채지 못하게 감쪽같이 숨기고 있었지만 말이야. 인사팀이라고 해 봤자 알고 보면 다 그런 거란 말이지.

바보 같지? 바보 같기 그지없는 일이지.

사회는 하루가 다르게 변해 가지. SNS 스피라가 융성했던 시기는 이미 먼 옛날이야. AI, 클라우드, 간편 결제, O2O, IoT, 싱귤러리티… 앞으로도 수많은 말들이 생겨났다가 서서히 먼지가 쌓여 사라져가겠지. 그런 가운데 이 '취업 활동'만큼은 수십 년 동안 하나도 달라지지 않았어. 면접, 인적성 검사, 필기시험, 그리고 그룹 토론. 왜냐하면 다른 대안이 없으니까.

가끔 미국이나 유럽식 채용 방식을 도입해야 한다고 생각 없이 떠드는 사람들이 있는데 그건 그것대로 지옥이야. 위, 아래, 옆 어느 쪽으로도 움직일 수 없는 답답한 채용 방식이거든. 그러니 원래 해 오던 대로 하는 수밖에. 매년 되풀이되는 이 바보 같은 이벤트를 말이야.

'장차 무슨 일을 맡기게 될지는 모르겠지만 향후 수십 년 동안 충분히 제 역할을 해낼 것 같은, 적당히 괜찮아 보이는 사람을 뽑는다.'

일본 국민 모두가 함께 만들어 낸, 모두가 피해자인 동시에 가해자이기도 한 바보 같은 의식이지. 애초에 완벽한 시스템 따위 존재할 리가 없잖아. 자네도 짚이는 데가 있지 않나? 무능한 선배, 무능한 후배. 어떻게 이런 사람이 우리 회사에 있는지 이해가 안 가는 사람들. 어쨌든 그런 사람도 무사히 입사 시험을 통과했다는 거잖아. 어떻게? 이유는 간단해.

틀림없이 좋은 사람만 뽑는다는 건 절대로 불가능하니까.

음… 뭐 기왕 여기까지 말했으니 솔직하게 다 얘기해 볼까? 면접처럼 잠깐 얼굴을 마주하는 정도로는 지원자에 대해 제대로 파악할 수 없다는 문제점을 해결하기 위해 새로운 방법을 고민하던 시기가 나한테도 있었네. 그때 평소 알고 지내던 인사 담당자가 이런 말을 하더라고. '면접에서는 우수한 인재 같아 보였는데 막상 신입 사원 연수가 시작되고 보니 영 별로더라 하는 경우가 매년 꼭 몇 명씩 있잖아. 그런 경우는 보통 인사팀에서 눈치채기 전에 이미 신입 사원들 사이에서 저 녀석은 무능하다는 소문이 돌기 마련이야. 교사 입장에서 학생을 평가한 내용보다 학생들끼리 어울리는 과정에서 서로에 대해 파악한 내용이 더 정확한 거랑 비슷한 거 아닐까?'

그 말을 듣는 순간 이거다 싶더군. 그리고 생각했지. 어느 정도 인원을 추린 후에는 아예 학생들에게 합격자를 뽑으라고 시키는 게 더 낫지 않을까, 하고 말이야. 물론 그냥 내버려 둔다고 지원자들끼리 알아서 어울리려 들지는 않을 테니 처음에는 이쪽에서 공통의 목적을 제공해야겠지. '과제를 훌륭하게 수행해 낼 경우에는 전원 합격'이라는 조건을 걸어서 일단 친해지게 만든 다음 다들 충분히 친해졌다고 판단되면 그때 전형 방식이 변경되었다는 연락을 하는 식으로.

그러니까 '동일본 대지진으로 인해 채용 인원을 축소하게 되었다'는 건 거짓말이었어. 그럴듯한 이유가 필요하던 차에 마침 그즈음에 발생한 자연재해를 갖다 붙인 거지. 분명 멋진 그룹 토론이 되리라고 예상했는데 결과적으로는 자네도 알다시피 전혀 상상도 못한 결말을 맞게 되었지. 아아, 미안. 자네가 뽑힌 건 정말 다행이었다고 생각해. 괜히 하는 말이 아니라 진심으로 말이야.

쓸데없는 이야기를 한 것 같군. 아, 드디어 나왔다. 팬케이크는 이쪽으로 주세요. 감사합니다. 음, 생크림 양이 딱 좋네. 기대가 되는걸.

한 가지 고백하자면 난 이게 버릇이야. 오늘도 몇 번 한 것 같은데. 괜히 왼손 약지를 오른손으로 만지작거리게 되는 것 말이야. 계기는 결혼반지였지. 평소 반지를 끼는 습관이 없다 보니 처음 꼈을 때부터 영 불편해서… 그것 참 걸리적거리네,

하면서 이렇게 계속 만지작거리다 보니 어느샌가 반지를 낄 필
요가 없어졌더군. 하하, 이제 손가락에는 아무것도 없는데 버
릇만 남은 셈이지. 웃자고 한 얘기니 편하게 듣게.

어때, 아직도 상대방의 본질을 한눈에 꿰뚫어 보는 기술 같
은 게 세상에 존재한다고 생각하나? 인사팀이 그 짧은 시간
안에 항상 가장 우수한 학생을 가려내고 있다고? 만약 그런
게 가능하다면 내 약지에도 아직 반지가 남아 있지 않을까?
그런 생각이 드는군.

3

"다음 면접은 다음 주 월요일에 있을 예정입니다. 다음 주에
도 잘 부탁드립니다."

영혼을 반쯤 털린 듯한 기분이었다.

바로 자리로 돌아가고 싶지 않아 기운 없는 발걸음으로 카
페 코너로 가서 구석에 앉아 기력이 회복되기를 기다리며 커
피를 마셨다. 하지만 곧 이것이 아무 의미 없는 행동이라는 것
을 깨달았다. 상처에서 피가 철철 나는데 잠깐 눈 붙이고 일어
나면 나을 거라고 생각하는 것이나 다름없었다. 커피 한두 잔
으로 해결될 문제가 아니었다.

포기하고 내 자리로 돌아온 순간, 심장이 멎는 줄 알았다.
사무실 형광등이 한순간에 전부 파란색으로 변한 것 같은 충
격이었다.

내 책상 위에 한 장의 봉투가 놓여 있었다.

키보드 위에, 제발 좀 봐달라는 듯 가장 눈에 잘 띄는 위치
에, 혹시라도 못 보고 지나치는 일이 없도록, 명시적으로, 무언
가를 상징하듯 하얀색 편지 봉투 하나가 살포시 놓여 있었다.

숨을 한 번 크게 들이마시고 그럴 리가 없다고 애써 마음을
가라앉히려 했지만 걷잡을 수 없이 강한 확신이 들었다.

보면 볼수록 그날 하타노가 가져간 봉투와 똑같아 보였다.

내가 무슨 짓을 해서라도 보고 싶었던, 동시에 어떻게든 잊어버리고 싶었던 그 봉투가 틀림없었다. 왜 갑자기 저 봉투가 여기 나타난 걸까. 마비된 머리를 필사적으로 굴려 보았다. 요시에가 집에서 발견하고 보내준 걸까, 아니면 쿠가가 가져다 놓은 걸까. 갑자기 독이 퍼지는 것처럼 온몸이 저릿저릿했다.

이제 살았다. 아니, 이제야 죽게 되는 건가.

차가워진 오른손으로 조심스럽게 봉투를 잡고 감각이 없는 손가락으로 안에 든 종이를 꺼냈다.

— '맥셀 아쿠아 파크 시나가와 페어 초대권'
거래처에서 보내온 선물입니다. 자리에 안 계셔서 놓고 갑니다.
스즈에 마키 —

스스로의 지나치게 뛰어난 상상력을 가볍게 웃어넘기고 싶었지만 아무리 짧은 시간이었다 하더라도 내게는 표정을 수습할 여유 따윈 남아 있지 않았다.

의자에 쓰러지듯 주저앉아 머리를 감싸쥐었다. 나는 봉투를 한 번, 두 번, 세 번, 더 이상 작게 만들 필요가 없다는 사실을 알면서도 마지막으로 한 번 더 잘게 찢어 쓰레기통에 던져 넣었다.

봉투에 무엇이 들었는지만이라도 알 수 있다면.

쿠가는 가르쳐주지 않을 테니 현재로서는 그 봉투의 내용물을 밝힐 수 있는 방법은 오직 하나, 하타노가 남긴 압축 파일의 암호를 알아내서 파일을 여는 것뿐이었다. 파일에 무슨 내용이 들어 있을지는 알 수 없었다. 나를 욕하고 원망하는 말이 구구절절 적혀 있을 수도 있고, 봉투와는 전혀 상관없는 내용이 적혀 있을 가능성도 있었다. 그렇다 하더라도 내가 기댈 곳은 여기뿐이었다.

— **암호는 범인이 좋아한 것 (남은 입력 횟수: 2/3회)** —

내가 좋아한 건 무엇일까. 이미 지금까지 수십 시간에 걸쳐 고민해 온 난제를 다시 한번 정면에서 들여다보았다. 'uso/거짓말'인가 'giman/기만'인가. 메모장에 저장해둔 후보 단어는 이미 100개가 넘었지만 두 번밖에 없는 입력 기회를 사용하기에는 어느 것 하나 충분해 보이지 않았다. 그냥 눈 딱 감고 후보군 중 가장 가능성이 높아 보이는 두 개를 골라서 입력해 볼까. 하지만 만약 둘 다 정답이 아니라면 진실은 영원히 어둠 속으로 사라지게 될 터였다. 어떻게든 열쇠를 열고 싶었다. 어떻게든 파일에 적힌 내용을 확인하고 싶었다. 그것만으로도 조금은 숨통이 트일 테니까.

키보드에 손가락을 얹었다 내리기를 몇 번이나 반복한 끝에 조심스레 몇 글자 적어 넣었다가 곧바로 다시 지웠다. 어째서 나에 관해 답하는 것이 이다지도 어려운 걸까. 앞으로 나아가지도 뒤로 물러서지도 못하는 스스로에게 순간적으로 화가 치밀어 올랐다. 감정을 주체하지 못하고 다 마신 재스민티 페트 병을 냅다 집어던졌더니 페트병은 생각했던 것보다 훨씬 더 요란한 소리를 내며 벽을 맞고 바닥으로 떨어졌다가 다시 튀어 올랐다. 바보 같은 짓을 하고 있었다. 다 큰 어른이 화가 난다고 물건을 집어 던지다니. 지독한 자기혐오에 죽고 싶을 지경이었다.

그런데 바닥에서 뒹굴고 있는 페트병을 주우려고 자리에서 일어난 바로 그 순간.

마치 수학 시험에서 도출한 답이 정수였을 때처럼 뚜렷하고 분명한 확신이 들었다. 생각하면 할수록 이것밖에 없었다. 항상 너무 가까이 있어서 오히려 후보에 올릴 생각조차 못 했던 것. 하지만 틀림없었다. 그때부터 지금까지 계속해서 내가 좋아할 뿐 아니라 주위 사람들도 내가 좋아한다고 생각했을 물건은 이것뿐이었다. 나는 철자를 틀리지 않도록 한 글자 한 글자 신중하게 입력했다.

'jasmine tea/재스민티'

손가락이 떨렸다.

이제 열릴 것이다. 안에는 무엇이 들어 있을까, 파일을 열면 무언가가 바뀔까, 아니면 아무것도 바뀌지 않을까. 올바른 암호를 찾아냈다고 믿어 의심치 않았던 나는 이윽고 바뀐 화면에 표시된 글자를 한동안 멍하니 쳐다보았다.

— 암호는 범인이 좋아한 것 (남은 입력 횟수: 1/3회) —

다른 컴퓨터에서 이미 압축을 풀었나? 아니면 기본 설정에서 압축이 풀리는 폴더를 엉뚱한 곳으로 지정해 놓은 걸까? 멍청한 질문을 거듭한 끝에 나는 뒤늦게 사태를 정확하게 이해할 수 있었다.

남은 입력 횟수가 줄어들었다.

암호를 틀린 것이다.

강하게 확신했던 만큼 틀렸다는 사실을 받아들이기가 힘들었다. 동시에 이상한 조바심이 나서 'jasmine/재스민'만 적어야 했던 게 아닐까, 'tea/티'가 정답이었던 게 아닐까, 하며 당장이라도 다음 단어를 입력해 보고 싶어졌다. 하지만 신중하게 생각하고 말고 할 것도 없이 남은 입력 횟수는 단 한 번뿐이었다. jasmi…까지 입력했다가 황급히 백스페이스키를 두드려 지우고는 손으로 입을 틀어막았다. 더 이상의 실수는 용납되지 않았다.

경솔하게 암호를 입력해버린 데 대한 후회가 몰려왔다. 남은 기회는 단 한 번. 그 한 번이 내게 남겨진 유일한 희망이었다. 실수로라도 이상한 단어를 입력해버리는 일이 없도록 일단 노트북에서 떨어져 있기로 했다. 자리에서 일어나 집 안을 천천히 돌아다니며 흐트러진 호흡을 가다듬었다.

한 바퀴 돌아 다시 노트북 앞으로 돌아오니 거실 테이블 위에 놓아둔 클리어 파일이 눈에 띄었다. 파일 안에는 신규 채용 안내 책자가 끼워져 있었다. 요시에에게 클리어 파일을 받아와서 USB 메모리는 몇 번이나 열어 보았고, 함께 들어 있던 작은 열쇠도 틈만 나면 들여다보았다. 하지만 이 책자만큼은 다시 펼쳐 볼 생각이 들지 않았다. 과거 취업 활동을 할 때 이미 질리도록 봤기 때문이다.

뭐라도 보면 기분이 좀 진정되지 않을까 싶어 별생각 없이 안내 책자를 꺼내 들었다. 휘리릭 몇 장 넘겨 보고 제자리에 돌려놓을 생각이었는데 생각지도 못한 부분에 놀라 할 말을 잃었다. 일종의 전율이 느껴질 정도였다. 입사 후 쉴 새 없이 쏟아져 들어오는 방대한 업무에 쫓겨 좀처럼 다시 볼 기회가 없었는데 이제 와 들여다보니 믿을 수 없을 정도로 가식과 허식으로 가득 찬 책자였다. 페이지 처음부터 끝까지 무지갯빛 모래를 흩뿌린 듯한 반짝임이 가득했다. 절묘한 워크 라이프 밸런스로 평일 저녁은 취미 삼매경, 동료라기보다는 한 가족 같은 직원들, 다트나 보드게임을 즐기면서 회의할 수 있는 미팅룸 완비. 당신을 기다리고 있는 멋진 직장 생활.

다트를 할 수 있는 미팅룸이 있기는 했다. 신주쿠로 이전한 현재도 크기가 축소되기는 했지만 사무실 한구석에 미팅룸이 마련되어 있었다. 하지만 그곳에서 다트를 즐기며 스마트하게 회의 중인 직원은 단 한 번도 본 적이 없었다. 나는 다트 핀을 만져 본 적도 없다. 상식적으로 생각했을 때 다트나 보드게임을 하면서 생산적인 대화가 가능할 리 없지 않은가.

책자에 적힌 내용은 일종의 광고라고 할 수 있었다.

이런 회사는 현실에는 존재하지 않았다.

'스피라링크스가 제공하는 필드에서 당신은 성장$^{Grow\ up}$하고 초월^{Transcend}할 것입니다.'

다시 클리어 파일에 제대로 끼워놓기도 귀찮아서 휙 집던 지듯 거실 테이블 위에 내려놓았다. 책자가 사뿐히 착지하는 것을 보고 그대로 소파에 몸을 뉘었다. 이대로 눈을 감고 잠들고 싶었지만 끊임없이 공전하는 머리가 나를 잠들게 내버려 두지 않았다. 생각을 멈추려고 하면 할수록 정신은 더 또렷해졌고, 생각하고 싶지 않은 일들이 꼬리에 꼬리를 물고 떠올랐다. 한계였다. 페이드아웃으로 끝나는 음악처럼 이 세계에서 퇴장할 수 있다면 좋을 텐데. 마음의 균형이 무너지고 있다는 생각이 들 즈음 스마트폰이 진동했다. 스즈에 마키에게서 메일이 와 있었다.

— 매니저, 시마 선배님께 —

퇴근 후에도 일을 하고 있다는 게 기특했지만 메일을 보자마자 제목을 이런 식으로 쓰면 안 된다고 마음속으로 설교를 늘어놓았다. 제목은 본문을 요약해서 나타내야 한다. 이런 식으로 쓰면 매니저와 나에게 보내는 메일이라는 사실만 전달될 뿐 어떤 내용인지는 메일을 열어 보기 전까지 알 수 없지 않은가. 대체 인사팀은 신입 사원 연수에서 이런 것도 안 가르치고 뭐 하는 건가. 여기까지 생각했을 때 문득 묘한 위화감이 뇌리를 스치고 지나갔다.

소파에서 벌떡 몸을 일으켜 길지도 않은 메일 제목을 뚫어
져라 쳐다보았다.

— 매니저, 시마 선배님께 —

당연한 말이지만 이 제목을 보고 시마 이오리가 매니저라고
잘못 해석하는 사람은 없을 것이다. 쉼표가 없으면, 그러니까
'매니저 시마 선배님께'라고 적혀 있으면 헷갈릴 가능성도 있
겠지만 두 개의 명사 사이에 쉼표가 들어 있으면 매니저와 시
마 이오리가 각각 다른 사람이라는 사실을, 당연히 알 수 있다.

그렇다면.

나는 하타노가 남긴 클리어 파일을 다시 집어 들었다. 검은
색 매직으로 이렇게 적혀 있었다.

— 범인, 시마 이오리에게 —

이것도 마찬가지인 게 아닐까. 처음 봤을 때 아무래도 선입
견이 있다 보니 '범인인 시마 이오리에게'라고 읽었지만 '범인
과 시마 이오리에게'라고 읽을 수도 있었다. 정말 그런 걸까. 하
타노는 진범의 정체를 정확하게 간파하고 있었다. 범인은 시마
이오리가 아니라 쿠가 소타라는 사실을 처음부터 알고 있었던
것이다. 가설을 검증하고 고찰하기 위해서는 시간이 필요했지
만 자잘한 과정은 과감히 생략하고 일단 그렇다고 가정해 보
기로 했다.

그렇다면 어떻게 되는 걸까. 나는 다시 노트북 앞에 앉아 화
면에 표시된 입력란을 가만히 응시했다.

내가 아니라 쿠가 소타가 좋아한 것. 그렇다면 답은.

반사적으로 손가락이 먼저 움직였다. 생각하고 말고 할 것도 없었다. 네 개밖에 되지 않는 알파벳을 입력하고 엔터키에 손가락을 얹었다.

정말 괜찮은 걸까. 누르기 전에 마지막으로 한 번 더 스스로에게 물었다. 'jasmine/재스민'이나 'tea/티' 쪽이 그나마 정답일 가능성이 더 높지 않을까. 정말로 마지막 기회를 이렇게 확실하지도 않은 가능성에 걸어도 되는 걸까. 횟수 제한은 있지만 다행히 시간 제한은 없다. 좀 더 시간을 들여서 생각해 보는 것이 좋지 않을까.

계속되는 질문들을 무시하고 엔터키를 누를 수 있었던 것은 내가 진심으로 간절히 바랐기 때문인지도 모른다. 부디 정답이기를. 이것이 정답이라면 나는 구원받을 수 있을 것 같았다. 그렇기를 바랐다. 제발. 내가 마지막 희망을 걸고 입력한 단어는 ―

'fair/페어'

엔터키를 누른 순간 화면이 바뀌었다. 암호가 풀린 압축 파일 안에는 텍스트 파일 하나와 음성 파일 세 개가 들어 있었다. 암호를 풀었다는 사실에 기뻐할 새도 없이 바로 마우스를 더블클릭해서 텍스트 파일을 열었다.

파일을 다 읽었을 때, 나는 지금까지와는 전혀 다른 세계에 있었다. 지금이 몇 시인지는 전혀 문제가 되지 않았다. 클리어 파일에 들어 있던 작은 '열쇠'를 움켜쥐고 나는 집에서 뛰쳐나갔다.

[범인, 시마 이오리에게(가제).txt]
작성일시: 2011년 11월 15일, 19시 06분

정신을 차리고 보니 그 사건으로부터 어느새 반년이 지났다.

돌이켜 보면 정말이지 한심하고 무의미하게 흘려보낸 시간들이었다. 부모님은 하루가 멀다 하고 취직은 어떻게 된 거냐, 포기한 거냐, 대체 뭐 하고 있는 거냐, 지금 제대로 안 하면 나중에 후회할 거다 등등 잔소리를 늘어놓았지만 아무리 그런 말을 들어도 다시 일어설 기운이 나지 않은 걸 보면 내 입으로 말하기도 좀 그렇지만 정말로 상심이 컸던 것 같다.

그룹 토론 때 봉투에서 나온 건 내가 진심으로 좋아하던 사람들의 알고 싶지 않은 과거였다. 회의가 진행될수록 그룹 토론 전까지 열심히 쌓아 올린 관계는 신기루처럼 희미해져 갔고 대신 우리 사이에는 슬픈 골이 생겼다. 이보다 더 잔인한 일은 없을 거라고 생각했는데 마지막에 모든 정보가 처음부터 나를 범인으로 지목하기 위해 준비되어 있었다는 사실을 깨닫고 정말로 다시는 일어서지 못할 만큼 큰 충격을 받았다.

나에 대한 고발문과 증거 사진이 공개된 순간 범인이 누구인지는 바로 알았다. 쿠가였다. 사진은 내가 속한 산책 동아리 '걷는 사람들' 홈페이지에서 가져온 듯했는데 봉투에서 나온 것은 그 중에서도 B컷 코너에 버려져 있던 사진이었기 때문이다. 내 추리를 자랑하는 것이 목적은 아니기 때문에 자세한 설명은 생략하겠지만 술에 대해 잘 모르는 사람이 한 짓이라는 건 분명했다. 여섯 명 중 술을 안 마시는 사람은 두 명. 한 명은 시마지만 카페 겸 바에서 일한 경험이 있는 그녀가 보드카 병을 못 알아볼 리는 없었다. 그렇다면 범인은 다른 한 명, 쿠가일 수밖에 없었다.

복선은 존재했다. 최종 전형까지 살아남은 여섯 명이 함께한 술자리에서였다. 쿠가는 갑자기 나를 화장실로 불러내더니 술을 못 마시는 시마에게 저런 식으로 와인을 강요하면 어떡하냐고 화를 냈다. 그럴 만도 했다. 술자리 중간에 합류한 쿠가는 전후 사정을 전혀 모르는 상태였으니까. 나는 쿠가가 알아들을 수 있도록 상황을 간단히 설명했다. 하지만 "난 술을 안 마셔서 잘은 모르겠지만 웰치스라는 술이 도수가 아무리 낮다고 하더라도 못 마시는 사람한테 마시라고 하면 안 되는 거잖아"라는 쿠가의 말에 배를 잡고 웃느라 더는 설명하지 못했다.

아무리 술이 들어가면 웃는 게 버릇이라고 해도 그 상황에서 웃은 건 전적으로 내 잘못이었다. 하지만 이어서 쿠가가 "너희 넷 다 형편없는 녀석들이야"라고 하는 말을 듣고 나도 발끈했다. 그런 게 아니라고, 내 말을 좀 들어 보라고 했지만 쿠가가 더 이상 들으려고도 하지 않고 "역시 실상은 이런 거였어. 정말 실망이다"라고 혼자 납득해버리는 것을 보고 나도 화가 나서 둘이서 가벼운 말다툼을 하게 되었다.

"말이 심하잖아. 다들 얼마나 성격도 좋고 멋진 사람들인데. 그건 쿠가 너도 잘 알고 있잖아."

"넌 아무것도 모르니까 그런 말을 할 수 있는 거야."

"아무것도 모르다니, 그럼 쿠가 넌 뭘 안다는 건데."

"나도 몰라. 아직은 말이야. 하지만 적어도 내가 인간쓰레기라는 건 알고 있어."

"그게 무슨 소리야. 쿠가 너야말로 우리 중에서 제일 멋진…"

"난 여자친구를 임신시켜서 아이와 함께 버린 인간 말종이야."

이 말다툼이 어떤 의미에서는 쿠가의 선전 포고였는지도 모르겠다. 나를 범인으로 몰고 간 것도 어쩌면 이 대화 때문이었는지도 모르겠고.

그룹 토론 마지막에 사건의 진상을 파악한 나는 그 자리에서 진범은 쿠가라고 밝혀야 했는지도 모르겠다. 표를 만회하기 위해서라거나 합격하기 위해서가 아니라 그저 순수하게 진실을 알리는 것을 무엇보다 우선한다는 의미에서. 하지만 나는 그렇게 하지 못했다. 당시 너무 충격이 커서 아무 생각도 할 수 없는 상태이기도 했고, 무엇보다 마음 한구석에는 여전히 쿠가에 대한 믿음이 남아 있었기 때문이다.

나는 쿠가를, 그리고 팀원 모두를 진심으로 좋아했다.

동아리 사람들이나 같이 아르바이트하는 사람들이 옆에서 도와준 덕분에 간신히 다시 일어설 수 있게 된 것이 대충 9월 지나서였다. 다시 일어섰다고는 해도 그건 어디까지나 그룹 토론에서 있었던 일을 기억 저편에 묻어둘 수 있게 되었다는 말이지 트라

우마를 완전히 극복했다는 의미는 아니다. 진실을 덮어두는 데 조금 능숙해졌을 뿐.

사실상 취업 준비를 중간에 그만두었기 때문에 나는 어디에도 합격하지 못한 상태였다. 서두르면 금년도에 취직하는 것도 불가능하지는 않겠지만 곧바로 다시 취업용 정장을 챙겨 입고 면접에 임할 정도로 멘탈이 완전히 회복된 것은 아니었기에 아예 졸업을 1년 늦추는 편이 여러모로 좋겠다는 판단을 내렸다. 졸업 여건은 채웠지만 지도 교수에게 양해를 구하고 학사 취득을 1년 미루기로 했다.

다음 연도부터는 취업 활동을 시작하는 시기가 12월로 늦춰졌기 때문에 약간 시간적인 여유가 있었다. 그 시간에 뭘 하면 좋을까 고민하다가 문득 끔찍했던 그룹 토론의 기억과 다시 한번 정면으로 부딪쳐 봐야 하지 않을까 하는 생각이 들었다. 기왕이면 과거는 깨끗이 청산하고 새 출발을 하고 싶었기 때문이다.

그런 생각을 하게 된 것은 불현듯 떠오른 어떤 장면 때문이었다.

술자리가 파한 후 집으로 돌아가는 지하철 안에서 야시로가 당당하게 노약자석에 앉았던 일이 갑자기 기억이 난 것이다. 그때 야시로는 옆자리에도 자기 가방을 올려 다른 사람이 앉지 못하게 했다. 당시에는 굳이 지적할 정도는 아니지만 그리 보기 좋은 모습도 아니라고 생각했는데 문득 어쩌면 그게 아니었을 수도 있겠다는 생각이 들었다. 노약자석에 자리를 맡은 건 야시로가 버릇이 없어서가 아니라 우리를 배려해서 그랬던 것이 아닐까.

그 일을 계기로 나는 일단 내 생각을 믿어 보기로 했다. 역시 그 다섯 명은 모두 좋은 사람이었다고. 그렇지 않은가. 쿠가는 사진을 통해서 무언가를 증명했다고 생각했을 수도 있지만 그건 어디까지나 일개 사진에 불과했다. 그룹 토론은 고작 2시간 반. 하지만 우리는 그룹 토론 이전에 이미 우에노의 임대 회의실에서 서로 머리를 맞대고 다 같이 고민하며 수많은 시간을 함께했다 (그룹 토론 당일에도 회의 중에 이런 말을 했던 기억이 난다). 그들이 나쁜 사람이 아니라는 사실을 나는 경험을 통해 알고 있었다. 그들이 멋지고 뛰어난 사람이라는 사실을, 믿을 수 있는 동료라는 사실을 머리가 아닌 가슴으로 이해하고 있었다는 말이다.

그래서 늦었지만 그날 쿠가가 한 선전 포고에 정면으로 맞서기로 했다. 쿠가가 모두의 어두운 과거를 파헤쳤다면 나는 그 과거에 대해 더욱 깊이 알아보고자 한 것이다. 그 결과 그들이 역시 구제할 길 없는 악인인 것으로 드러난다면 그때는 깨끗하게 패배를 인정하고 스스로에게 사람 보는 눈이 없었음을 한탄하는 수밖에.

결론부터 말하자면 이 승부는 나의 승리였다. 쿠가가 준비했던 봉투들에 대한 반증을 여기에 길게 적는 것도 뭐하니 음성 파일 세 개를 첨부해두기로 했다. 각각의 파일에는 하카마다, 야시로, 모리쿠보에 대한 '증인'들의 소중한 증언이 녹음되어 있다. 아마도 쿠가는 이 내용을 몰랐을 것이다. 언젠가 기회가 되면 쿠가에게 들려주고 싶다.

요즘 나는 시마가 해준 달의 뒷면 이야기를 떠올리곤 한다. 달은 항상 지구를 향하고 있기 때문에 지구에서 달의 뒷면을 보는 건 불가능하다는 이야기. 달의 뒷면은 어떤 모습일까.

실제 조사 결과에 따르면 달의 뒷면은 앞면에 비해 기복이 심하고 수많은 크레이터로 뒤덮여 있다고 한다. 한마디로 좀 못생겼다는 거다. 그 사실이 어딘지 모르게 봉투의 내용물과 닮았다는 생각을 했다.

봉투에는 결코 부정할 수 없는 우리의 일부분이 들어 있었다. 평소에는 보이지 않는, 볼 수 없는 '뒷면'이 들어 있었던 것이다. 페어를 무엇보다 중시하는 쿠가답게 필요 이상으로 감정적인 문구는 하나도 적혀 있지 않았지만 누가 봐도 숨기고 싶은 일면이라는 사실은 금방 알 수 있었다. 우리는 봉투 안에 숨겨져 있던 일부분을 보고 멋대로 실망하고 급기야 그 사람에 대해 원래 가지고 있던 이미지를 통째로 바꿔버렸다. 달의 뒷면에 커다란 크레이터가 있다는 사실이 알려지자마자 전혀 상관없는 앞면에 대한 인상까지 갈아치운 것이다.

당연한 얘기지만 모두가 100% 착한 사람은 아니었을지도 모른다. 하지만 100% 나쁜 사람일 리도 없었는데.

아마도 세상에는 절대적으로 착하기만 한 사람도, 절대적으로 나쁘기만 한 사람도 없지 않을까?

버림받은 강아지를 주워 왔으니 착한 사람.

무단 횡단을 했으니 나쁜 사람.

모금함에 돈을 넣었으니 착한 사람.

길거리에 쓰레기를 버렸으니 나쁜 사람.

재해 복구 자원봉사 활동에 참가했으니 틀림없이 성인.

노약자도 아닌데 노약자석에 앉았으니 천하의 나쁜 놈.

한쪽 면만 보고 사람을 판단하는 것만큼이나 어리석은 일도 없다. 취업 활동 중에 진짜 자신을 발견하게 된다고들 하지만 실제로는 취업 활동으로 인한 스트레스 때문에 오히려 평소와는 전혀 다른 자신이 되어버리는 게 아닐까. 그룹 토론에서는 모두가 서로의 안 좋은 면을 보게 되었지만 사실 그것들은 전부 달의 뒷면, 그것도 극히 일부분에 지나지 않는다.

우선 현재로서는 범인이 누군지 아는 사람만 이 텍스트 파일을 읽을 수 있도록 암호를 설정해두기로 했다. 언젠가 이 파일을 나 이외의 사람이, 정말로 읽어야 하는 사람만이 읽을 수 있도록.

언제가 될지는 모르겠다. 하지만 언젠가 이 글을 쿠가나 시마에게 보여줘도 괜찮겠다 싶을 정도로 내가 어른이 되어서 그룹 토론을 과거의 희미한 추억으로 회상할 수 있게 된다면, 그때 이 파일을 두 사람에게 보낼 생각이다. 그때까지는 일단 (가제) 상태로 USB에 저장해두어야겠다.

쿠가에게

봉투를 준비한 건 결코 용서받을 수 없는 일이고 정말로 비열한 행동이었다고 생각해. 하지만 네가 스스로를 인간쓰레기라고 언급한 '여자친구를 임신시키고 아이를 지우게 한 다음 헤어져버렸다'는 일에 대해서는 내가 한마디만 해도 될까?

네 잘못이 아니잖아.

만나고 왔어. 너와의 아이를 포기할 수밖에 없었던 하라다 미우 씨를. 그녀는 몇 시간 동안 울면서 너를 변호했어. 쿠가는 나쁘지 않다고, 쿠가는 잘못한 게 없다고 계속 그러더라. 두 사람 사이에 있었던 일은 두 사람밖에 알 수 없으니까 내가 끼어들 문제는 아닌 것 같아. 그래서 그녀와의 인터뷰 녹음 파일도 남기지 않기로 했어. 하지만 좀 더 스스로에게 너그러워져도 되지 않을까? 넌 너무 엄격한 것 같아. 타인에게도, 사회에도, 그리고 무엇보다 자기 자신에게도. 전부 너희 두 사람이 함께 선택한 길이고, 그럴 수밖에 없었던 거잖아. 나는 쿠가 네가 조금 더 편해져도 된다고 생각해.

마지막으로 시마 이오리에게

그 봉투를 준비한 건 내가 아니었어(이건 압축 파일 암호를 풀었으니 이미 알고 있겠지만). 만약 이 파일의 존재 때문에 진범이 따로 있다는 사실을 처음으로 알게 되었다면 사과할게. 괜히 마음을 불편하게 만들어서 미안해.

나를 범인이라고 생각하는 네 오해를 풀지 못한 채 끝내기는 싫었지만 그럼에도 불구하고 범인을 밝히지 않고 회의실을 떠난 데에는 그럴 만한 이유가 있었어. 시마 네가 마음 편히 스피라링크스의 일원이 되게 하려면 그렇게 하는 수밖에 없다고 판단했거든. 봉투가 비었다고 하면 적어도 넌 봉투에 대해 더 이상 신경 쓰지 않아도 될 테니까. 괜한 오지랖이었는지도 모르겠지만 그게 내가 할 수 있는 최선이었어.

시마 네가 그룹 토론 결과에 따라 자신이 합격하게 되었다는 사실을 어떻게 받아들였을지는 모르겠다. 하지만 나는 비밀이 폭로되지 않았다는 점을 차치하더라도 역시 네가 합격하는 것이 옳았다고 생각해. 너는 그룹 토론 내내 봉투를 이용해 비밀을 폭로하는 행위가 잘못되었다는 입장을 굽히지 않았고, 모두가 봉투 때문에 이성적인 판단을 하지 못하는 가운데 유일하게 끝까지 바른길을 고집했지.

완벽주의자인 너는 가끔 스스로를 너무 몰아세우는 경향이 있어서 그게 조금 걱정이긴 하지만 분명 쓸데없는 걱정일 거라고 믿어. 우리 여섯 명이 직접 뽑은 합격자인걸. 스피라링크스라는 필드에서 활약하는 네 모습이 벌써부터 눈앞에 그려지는 것 같다. 하카마다상 최우수 선수 부문 수상자의 저력을 보여주길 바라. 내 말은 그다지 와닿지 않을 수도 있겠지만 힘내. 항상 응원할게.

참고로 회의실에서 가져온 봉투는 어떻게 처리해야 하나 많이 고민했어. 버릴까도 생각했는데 마음대로 버려도 되나 싶어서 일단은 보관해두기로 했어. 취업 활동 기간 중에 내가 작은 창고를 빌려서 우리가 함께 준비한 자료 같은 걸 보관했던 것 기억해? 취직 후에도 창고는 계속 사용할 예정이니 아마 앞으로도 빌린 상태로 유지하게 될 것 같아. 여벌의 열쇠를 함께 넣어둘 테니 혹시 신경이 쓰인다면 봉투를 살펴보든 버리든 너 좋을 대로 해. '럭키 스토리지 아사카'라는 이름으로 검색하면 창고 주소가 나올 거야. 창고 번호는 열쇠에 적혀 있어. 봉투는 잘 보이는 곳에 놔둘게. 맹세컨대 안을 열어 보지는 않았어. 하지만 너에 대한 어떤 비밀이 들어 있다 하더라도 그로 인해 네 가치가 떨어지는 일은 없으리라고 확신해.

그런 건 찬란하게 빛나는 시마 너의 아주 작은 일부분에 지나지 않을 테니까(좀 느끼한가?).

나는 1년 늦게 다시 취업 준비를 시작하게 되었어. 스파라링크스 못지않게 좋은 회사에 들어갈 수 있도록 최선을 다할 생각이야. 너나 다른 네 명에 비하면 난 정말 책임감이 부족했구나 싶어. 고작 그 정도 충격 때문에 반년이나 실의에 빠져 있었다니 한심하기 짝이 없지.

언젠가 내가 어엿한 사회인으로 성장해서 너와 함께, 스파라링크스와 함께 일을 할 수 있게 된다면 좋겠다. 그런 즐거운 상상을 하면 나도 모르게 가슴이 뛰어.

언젠가 기회가 되면 또 디캔터로 건배하자.

너를 정말로, 아주 많이 좋아했어.

하타노 쇼고

4

왠지 지금이라면 달릴 수 있을 것 같았다.

몇 년 동안 시도해 볼 생각조차 하지 않았지만 지금이라면 거짓말처럼 두 다리가 움직여주지 않을까. 그럴 리가 없는데.

아파트를 나서 오른발로 힘껏 땅을 딛자마자 그대로 바닥에 쓰러져버렸다. 다행히 골반은 다치지 않은 듯했으나 무릎이 심하게 까졌다. 무슨 일인가 싶어 쳐다보는 사람들의 시선 속에 비틀거리며 일어나 택시를 잡기 위해 역 쪽으로 걷기 시작했다. 내가 걷는 모습을 보면 다들 그제야 아, 장애인이구나, 하고 이해한다.

오빠가 운전하는 차의 조수석에 앉아 사고를 당한 것은 대학교 2학년 때였다. 신호를 무시한 차를 피하려고 오빠는 급브레이크를 밟았지만 충돌을 면하지는 못했다. 상대방과 오빠는 다치지 않았다. 나도 안전벨트를 하고 있었기 때문에 그대로 튕겨 나가거나 하지는 않았지만 순간적으로 몸이 앞으로 쏠리면서 대시보드에 무릎을 세게 박았고 그 충격은 고스란히 골반으로 전해졌다.

병원에서 골반 골절입니다, 전형적인 교통사고로 인한 부상이네요,라고 했으니 흔한 경우인 것 같았다. 재활 치료를 받아야 하겠지만 부상 정도가 심하지 않으니 금방 다시 걸을 수 있게 될 겁니다. 다만 달리는 건…. 솔직히 충격을 받지 않았다고 하면 거짓말이겠지만 나보다 오빠가 훨씬 더 힘들어했기 때문에 내가 더 정신을 차려야겠다고 생각했다. 아무리 괜찮다고 해도 오빠는 계속해서 스스로를 탓했기 때문에 나는 오빠를 위해서라도 후유증이 남지 않도록 최선을 다하는 수밖에 없었다. 의사가 말한 대로 보행 기능은 돌아왔다. 시간이 지날수록 걷는 모습도 점점 더 자연스러워졌다. 하지만 역시 비장애인과 비교하면 확실히 다르다는 것을 알 수 있다. 새로 산 신발은 늘 오른쪽이 먼저 닳는다.

큰길로 나가 마침 지나가던 슬라이딩 도어 타입의 택시를 잡았다. 슬라이딩 도어로 된 택시는 탈 때 허리를 굽히지 않아도 되기 때문에 하반신에 가해지는 부담이 적다. 택시 기사에게 창고 주소를 알려주고, 까진 무릎에서 배어 나오는 피를 손수건으로 닦았다.

하타노가 텍스트 파일에서 언급한 '야시로가 노약자석에 앉았던 일'은 기억나지 않았다. 듣고 보니 그런 일이 있었던 것 같기도 했지만 기억이 가물가물했다. 솔직히 노약자석이 비어 있으면 앉고 싶기는 하다. 하지만 젊은 여자가 노약자석에 앉아 있으면 노골적으로 불쾌감을 드러내는 사람이 많고, 크게 호통을 치는 사람도 있기 때문에 보통은 자리가 비었어도 앉지 않는다.

하타노가 그렇다고 했으니 아마도 그런 일이 있었을 것이다.

야시로는 내가 앉기 쉽도록 자기가 먼저 노약자석에 앉아 보인 것이다. 몇 년 전 일이지만 본의 아니게 상대방의 배려를 무시했었다는 사실이 새삼 미안해졌다.

또 하나, 하타노가 남긴 글을 보고 그제야 쿠가가 말한 '디캔터 소동'이 무엇이었는지 기억이 났다.

당시 여섯 명이 함께 한잔하자는 얘기가 나왔었고, 야시로가 좋은 곳을 알고 있다며 장소를 추천했다. 가게에 연락해서 예약한 사람은 모리쿠보였다. 가게 자체가 가격대가 있는 편이었기 때문에 가벼운 식사와 함께 한두 잔만 할 계획이었는데 전달 과정에서 착오가 있었는지 모리쿠보는 가격도 확인하지 않고 음료 무제한 코스를 예약해버렸다. 2시간 음료 무제한 코스의 가격은 1인당 6,800엔. 학생에게는 다소 부담스러운 금액이라는 사실을 알게 된 것은 당일 저녁 모리쿠보와 하카마다가 가게에 도착한 뒤였다. 둘은 곧바로 예약을 취소하고 메뉴를 변경하겠다고 했지만 가게 측은 당일 취소는 불가능하다는 입장을 굽히지 않았다. 모리쿠보는 자신이 말도 안 되는 실수를 저질렀다며 사색이 되었다. 어찌나 심하게 자책을 하는지 모리쿠보가 이대로 자살이라도 할 것 같다고 생각한 하카마다는 가게 앞에서 하타노와 야시로와 내가 도착하기를 기다리고 있었다.

"미안하지만 셋 다 오늘은 술이 너무 마시고 싶어서 참을 수 없다는 느낌으로 들어와줄래?"

"응? 왜?"

야시로가 묻자 하카마다가 이유를 설명해주었다.

"아니, 그게 말이지, 모리쿠보가 자기 실수로 비싼 코스를 예약해버렸다고 엄청나게 자책하고 있거든. 그래서 너희가 연기를 좀 해줬으면 해."

"나는 상관없는데 시마는 술 못 마시지 않아?"

다행히도 나는 그때 가게 앞에 놓인 음료 무제한 코스 메뉴판에서 웰치스라는 글자를 발견했다. 비싼 코스인 만큼 선택할 수 있는 음료의 종류도 다양했다. 나는 술은 못 마시지만 좋아하는 웰치스를 디캔터에 가득 담아주면 얼마든지 마실 수 있다고 엄지를 들어 보였다. 겉으로 보기에는 레드 와인 같아 보이지 않을까.

"그럼 그걸로 가자. 다들 잘 부탁해. 모리쿠보 진짜 완전 땅파고 들어가고 있거든. 술 마실 수 있는 사람들은 최선을 다해서 열심히 마셔줘. 알겠지?"

억지로 마신 사람은 아무도 없었다. 한 사람의 실수를 덮어주기 위해 모두가 즐거운 술자리 분위기를 만끽했다.

쿠가는 내게 8년 만에 팀원들을 다시 만나 인상이 바뀌었냐고 물었다. 그는 다들 지금도 여전히 구제불능의 인간쓰레기일 거라고 단정 지었다. 그 자리에서 아니라고 반박했어야 했는데 그러지 못했다.

하카마다 료와 오랜만에 다시 만난 것은 아츠기에 있는 작은 공원에서였다. 토요일 오후라 남녀노소를 가리지 않고 많은 사람들이 벤치나 잔디에 앉아 저마다의 휴일을 즐기고 있었다. 그런 상황에서 갑자기 야구를 하기 시작한 아이들을, 나를 포함한 대다수의 어른들은 보고도 못 본 척 그냥 넘기려고 했다. 하지만 공이 옆 벤치에 앉은 할머니를 아슬아슬하게 스치고 지나갔을 때, 하카마다는 벌떡 일어나 아이들을 야단쳤다. 호통치는 말투가 무섭기는 했다. 아이들 입장에서는 공포 그 자체였을 것이다. 하카마다는 도망친 아이들까지 모두 찾아오게 해서 전원을 앞에 모아 놓고 규칙을 지키지 않는 스포츠가 얼마나 위험한지에 대해 열심히 설명했다. 본인에게는 아무런 이득도 되지 않는데 소중한 휴식 시간을 다 쏟아서 옆에서 보는 사람이 답답할 정도로 자세하게 설명해주었다. 그러고는 근처 편의점에서 인원수만큼의 아이스크림을 사주며 "이제 두 번 다시 사람들 있는 데서 야구하면 안 된다. 그리고 야구를 배우고 싶으면 아저씨한테 찾아와"라고 하면서 아이들을 해산시켰다.

인터뷰 때 야시로 츠바사가 들고 있던 에르메스 백은 대학 때부터 사용하던 것이었다. 아직도 같은 가방을 사용하고 있다는 사실이 손경스러울 지경이었다. 가방 여기저기에 수선한 흔적이 보였고, 본인은 가방이 너무 낡아서 새걸로 바꾸고 싶다고 했지만 이렇게 오랫동안 같은 가방을 사용한다는 것은 웬만큼 아끼는 물건이 아니고서야, 그리고 웬만큼 물건을 소중히 다루는 사람이 아니고서야 절대 불가능한 일이었다.

모리쿠보 키미히코는 내게 집단 사기 수법에 대해 설명해주었다. 자신이 얼마나 나쁜 짓을 했는지, 얼마나 악독한 수법을 사용했는지, 약간 지나치다 싶을 정도로 적나라하게 묘사했다. 덕분에 실태를 알게 된 나는 모리쿠보를 옹호하고 싶어졌다.

"사기 집단에 속아서 한 일이니 네가 나쁜 게 아니라 오히려 너도 피해자인 거잖아."

하지만 모리쿠보는 이렇게 대답했다.

속는 사람이 나쁜 거야. 돈 욕심에 눈이 멀어 덥석 무는 사람이 잘못한 거지. 자업자득이야.

그는 아직도 심한 죄의식에 시달리고 있었다.

쿠가 소타도 마찬가지다. 그는 내가 장애를 안고 있다는 사실을 아직까지 기억하고 있다가 자기 차를 일부러 장애인 주차구역에 세워두었다. 두 번째로 만났을 때는 자기네 회사가 있는 28층까지 올라오라고 하기가 미안하다고 약속 장소를 건물 1층에 있는 카페로 변경하기도 했다. 8년 전 쿠가가 한 짓은 분명 잘못이었다. 하지만 그렇다고 해서 그의 인성이 완전히 글러 먹었다고 단정 짓는 것은 지나치게 일원적인 사고방식이 아닐까.

그리고 하타노 쇼고, 아니 하타노. 넌 수기에서 스스로가 한심하다느니 책임감이 부족하다느니 하며 자책했지만 결코 그렇지 않아. 나는 지난 8년 동안 믿어야만 했던 사람들을 믿지 못해 절망하고 있었는데 너는 고작 반년 만에 다시 일어섰잖아. 괴로워만 하던 나와는 달리 너는 모두에 대한 믿음으로 힘든 상황을 이겨냈지. 나도 너처럼 해야 했는데. 너를 닮고 싶었어. 그런 네가 책임감이 없다니 농담이 지나치잖아. 너는 이제 곧 일본에서 제일 큰 IT 기업에 취직해서 악성림프종과 싸우며 마지막까지 최선을 다해 맡은 일을 해낼 거야. 너만큼 책임감 강한 사람은 찾아보기 힘들걸.

그룹 토론 때 봉투에 뭐가 들었는지 내가 신경 쓰지 않게 하려고 너는 한마디 변명도 하지 않고 내 것은 처음부터 빈 봉투였다는 거짓말을 남긴 채 회의실을 떠났지. 게다가 지금도 나는 네가 남긴 글 덕분에 구원받은 기분이야. 너한테는 아무리 감사해도 부족할 거야. 그런 네게 훌륭한 인재라는 말까지 들었으니 기쁘지 않을 리가 없잖아.

택시에서 내리자 눈앞에 수많은 컨테이너가 잔뜩 쌓여 있었다. 꽤 규모가 큰 창고였다. 부지 안으로 걸어 들어가자 안쪽에 비교적 작은 창고들이 모여 있는 구역이 보였다. 탈의실 옷장 정도 되어 보이는 캐비닛이 야외에 줄지어 서 있었다. 열쇠에 적힌 번호를 확인해 같은 번호의 캐비닛을 찾았다. 떨리는 손으로 열쇠를 넣고 돌리자 딸깍, 하고 자물쇠 열리는 소리가 났다.

안에는 생각보다 많은 것이 들어 있었다. 나중에 요시에에게 알려줘야겠다는 생각이 들었다. 문 안쪽에 달린 선반에 봉투 하나가 꽂혀 있는 것이 눈에 들어왔다.

— To. 하타노 쇼고 —

손에 닿는 순간 연기처럼 사라져버리는 것이 아닐까 싶었다. 종이가 약간 누렇게 바래긴 했지만 틀림없이 그룹 토론 때 본 그 봉투였다. 봉투 입구는 풀로 단단히 봉해져 있었다. 하타노 말대로 한 번도 열어 보지 않은 것 같았다.

나는 봉투를 손에 든 채 눈을 감았다. 그리고 이 봉투를 어떻게 하는 것이 정답일지 생각해 보았다. 안에 든 것은 고작 달의 뒷면의 한 조각. 무엇이 들어 있든 그것은 나라는 인간의 아주 작은 일부분에 불과했다. 그렇다면 굳이 확인할 필요도 없지 않을까. 오히려 이대로 내용을 확인하지 않고 찢어버리는 편이 진정한 의미에서의 극복이라고 볼 수 있지 않을까.

자, 봉투를 찢어 없앰으로써 모든 것을 끝내자.

하지만 봉투 중간을 잡고 확 찢어버리려던 순간 나는 스스로가 그렇게 강한 인간이 아니라는 사실을 깨달았다. 봉투 입구를 봉하고 있던 풀은 세월의 흐름 때문인지 손가락 끝에 약간 힘을 주는 것만으로도 아무런 저항 없이 떨어져 나갔다. 뭐가 나올까. 무엇이 들어 있을까. 8년 동안 머릿속을 떠나지 않았던 문제의 답이 지금 눈앞에 놓여 있었다. 나는, 나는 대체 어떤 사람일까. 나는 무슨 짓을 했을까. 나는 어떤 나쁜 짓을 저질렀던 걸까.

봉투 안에 든 종이에 적힌 내용을 보고 나는 긴 한숨을 내쉬었다.

종이에 인쇄된 사진은 한 장. 내가 집에 들어가려고 현관문을 여는 순간을 포착한 사진이었다. 물론 지금 사는 집은 아니었다. 대학생 때는 오빠와 한집에서 살았기 때문에 사진에는 문을 열어준 오빠의 모습도 함께 찍혀 있었다.

시마 이오리의 오빠는 마약 중독자. 시마 이오리의 오빠는 가수인 '사가라 하루키'. 두 사람은 현재 한집에 살고 있다. (※하타노 쇼고의 사진은 야시로 츠바사의 봉투 안에 들어 있음.)

이런 것에.

고작 이런 것에 몇 년이나 휘둘려 왔다니.

이제 오빠를 나쁘게 말하는 사람은 거의 없다. 하지만 쿠가가 이 사진을 준비한 당시에는 그렇지 않았다. 아마 내가 사가라 하루키의 여동생이라는 사실이 밝혀지면 나까지 욕을 먹었을 것이다. 굳이 '한집에 살고 있다'는 설명을 덧붙인 것은 나도 같이 마약을 했을 거라는 인상을 심어주기 위해서였는지도 모른다.

수많은 것들이 몇 차례씩 돌고 돌아 나에게로 돌아왔다. 오빠가 과거에 나쁜 짓을 했다는 뉴스를 보고 심하게 공격해댄 사람들. 그리고 정황상 동정의 여지가 있다는 사실이 알려지자

마자 손바닥 뒤집듯 태도를 바꾼 사람들. 나도 마찬가지였다. 나 역시 지금까지 그렇게 살아온 것이다.

10년 가까이 묻어두었던 눈물이 하염없이 흘러내렸다. 스치고 지나가는 밤바람이 마치 내 등에 담요를 덮어주는 누군가의 손길 같았다. 행복한 환상에 나도 모르게 미소를 지으며 하늘을 올려다보았다.

믿기지 않을 만큼 달이 참 예뻤다.

〔하카마다의 고등학교 후배 '아라키다 유헤이'.mp3〕

뭐 사실은 사실이죠.

하카마다 선배가 주장이었을 때 우리 야구부에서 자살자가 나왔다. 원인은 학교 폭력이었다. 이건 움직일 수 없는 사실이에요. 하지만 뭐랄까, 사람들이 오해하는 걸 보면 저희 입장에서는 억울하고 화도 나죠.

자살한 부원은 학교 폭력 피해자가 아니라 가해자였으니까요.

이해가 잘 안 되시죠? 순서대로 설명해드릴게요.

죽은 사람은 저보다 한 학년 위였던 사토 유야라는 부원이었어요. 그러니까 당시 하카마다 선배가 3학년, 사토 선배가 2학년, 제가 1학년이었다는 거죠. 사토 선배는, 적어도 제가 봤을 때는 지금까지 만난 사람 중에서 제일 쓰레기 같은 인간이었어요. 솔직히 기억하고 싶지도 않아요.

동안인 데다가 항상 웃는 얼굴이라 겉보기에는 멀쩡해 보였어요. 고문 선생님도 사토 선배를 싫어하지는 않았을걸요? 윗사람들 비위 맞추는 걸 잘했거든요.

다만 윗사람한테는 잘하는 반면 아랫사람한테는 엄청 막 대했어요. 고압적으로 나오는 건 상관없는데 자기 마음대로 연습 메뉴를 만들어서 1학년한테 강제로 시키는 게 문제였어요. 일종의 세례라면서 실실 웃으며 강요했죠. 정규 연습 마치고 3학년이 귀가하는 걸 확인한 뒤 1학년만 남으라고 했어요. 그때부터 끝도 없이 이어지는 무의미한 달리기, 말도 안 되는 무게의 벤치프레스, 쓰러질 때까지 반복되는 스쿼트. 그중에서도 최악은 그거였어요. 우리는 지옥 펑고라고 불렀는데 5미터 정도 되려나, 한 이 정도 되니까 바로 눈앞인 셈이죠. 그 정도 거리에서 있는 힘껏 공을 치는 거예요, 사토 선배가. 경식 야구부였으니 공은 장난 아니게 단단했죠. 사토 선배가 질릴 때까지 후배 중 누군가가 그 공을 받아야 했어요. 공에 맞아서 안와 골절로 입원한 부원도 있었어요. 물론 사토 선배의 협박 때문에 다친 이유는 비밀로 했지만요.

사토 선배는 체구가 작은 편이어서 마음만 먹으면 쉽게 때려눕힐 수 있었을 거예요. 다들 그 선배를 싫어했으니 한꺼번에 덤비면 어려울 것도 없었죠. 하지만 아시다시피 그런 게 불가능한 게 운동부잖아요. 선배는 하늘이니까요.

그래도 결국에는 저희도 그 하늘에 맞서지 않을 수 없게 되었어요. 이대로 가다가는 조만간 누구 하나 죽는 사람이 나올 것 같았거든요. 말 그대로 목숨을 걸고 1학년 중 몇 명이 문제의 펑고 장면을 몰래 동영상으로 찍었어요. 그리고 그걸 하카마다 선배한테 가져간 거죠.

어떤 반응을 보였냐고요? 글쎄요, 놀랐다기보다는 얼굴이 새하얗게 질렸던 걸로 기억해요. 아무래도 이건 학교 측에 알려야겠다고 하는 걸 저희가 말렸어요. 문제가 공론화되면 야구부 전체에 대회 출전 금지 처분이 내려질 테니까요. 잘못한 사람은 사토 선배 한 사람뿐이라고 해도 말이에요. 하카마다 선배를 비롯한 다른 선배들은 매일같이 연습도 엄청 열심히 했고, 다들 존경하는 선배들이었기 때문에 대회에는 무사히 나갔으면 했거든요.

"그래도 최소한의 책임은 져야지."

그러면서 하카마다 선배는 사토 선배한테 지금까지 1학년에게 시켰던 연습 메뉴를 전부 직접 해 보라고 시켰어요. 정규 연습이 끝난 후의 강도 높은 달리기와 벤치프레스, 스쿼트. 그래 봤자 저희가 했던 연습만큼 힘든 건 아니었지만요. 어디까지나 상식적인 범위 내에서 이루어진 연습이었어요. 지옥 펑고는 하카마다 선배가 친 공을 사토 선배에게 받게 했는데 이것도 저희가 했던 것처럼 다칠 정도로 위험한 수준은 아니었어요. 홈에서 3루를 향해 쳤으니까 일반적인 펑고였죠. 피를 토할 때까지 시키겠다는 식으로 겁을 주긴 했지만 정말로 평범한 수준이었어요. 횟수가 좀 많긴 했지만요. 하카마다 선배가 사토 선배에게 오늘부터 이 훈련을 매일 시킬 테니까 하루도 빠지지 말라고 경고하는 걸 옆에서 듣고 있자니 속이 다 후련해지더라고요. 쌤통이다 싶었죠. 사토 선배는 잔뜩 겁에 질려 새파래진 입술로 덜덜 떨면서 계속 용서해달라고 빌었어요.

사토 선배가 목매달아 죽은 건 바로 그다음 날이었어요. 처음엔 제 귀를 의심했죠. 뭐 대충 어떤 심정이었을지 이해는 가지만요. 앞으로 야구부에서 지내기 힘들겠다 싶기는 했으니까. 하지만 그렇다고… 보통 죽을 거라고는 생각하지 않잖아요. 유서도 남겼는데 이 자식이 거기다 자기가 야구부에서 괴롭힘을 당했다고 썼더라고요. 유서가 발견되고 나서 눈 깜짝할 사이에 이런저런 일들이 결정되었어요. 야구부는 무기한 활동 정지, 당연히 대회 출전도 금지, 주범으로 지목된 하카마다 선배는 퇴부 처리. 그걸 가만히 앉아서 보고 있을 수만은 없잖아요. 그래서 몇 주가 지나고 사토 선배 부모님도 좀 진정이 되었다 싶을 때를 노려서 1학년 부원 전원의 서명을 모아 학교 측에 제출했어요. 하카마다 선배는 잘못한 게 없다고, 오히려 우리를 구해준 사람이라고 설명했죠. 당시 하카마다 선배는 잘못하면 퇴학까지 당할 뻔했는데 다행히 저희가 찍어둔 사토 선배의 지옥 평고 영상을 보고 학교 측이 저희 말을 믿어줘서 잘 해결됐어요.

그러니까… 그런 거예요. 죽은 사람도 나왔고 전체적으로 해피엔딩이라고 하기는 어렵죠. 하지만 저는 하카마다 선배에게 진심으로 감사하고 있어요. 하카마다 선배는 하나도 잘못하지 않았다고 단언할 수 있어요.

좀 무서울 때도 있지만 정말 좋은 사람이거든요. 얼마 전 부모님 돌아가셨을 때도 힘든 내색은 전혀 보이지 않고 시종일관 웃는 얼굴로… 아, 모르셨어요? 요전번 지진으로 두 분 다… 네, 정말 대단한 것 같아요.

하카마다 선배는 "다들 어떻게 생각해?"라든지 "어떻게 할래?" 같은 말을 자주 하는 편이에요. 독불장군 같아 보이지만 사실은 타고난 리더랄까…. 다만 사람 기분을 풀어주려고 할 때 과자나 아이스크림을 던져주면 만사 오케이라고 생각하는 경향이 있어서 그 부분은 좀 고쳐야 할 것 같지만요. 입이 험한 것도요.

그래도 역시 전 좋아해요, 하카마다 선배.

[야시로의 중고등학교 동창 '사토나카 타에'.mp3]

음, 지적 호기심이 왕성한 건 맞는데 야시로 같은 경우에는 그것보다도 지기 싫어한다는 게 더 큰 것 같아. 친구인 내가 말하긴 좀 그렇지만 좀 많이 특이한 애거든.

아무튼 자기가 모르는 무언가, 지금까지 한 번도 가본 적 없는 장소, 본 적도 들은 적도 없는 문화나 상식이 이 세상에 존재한다는 사실을 견딜 수가 없는 것 같더라고. 잘은 모르겠지만 지기 싫어하는 대상에 '사회'가 포함된다는 느낌이랄까. 그러니까 순수하게 지식을 갈구한다기보다는 지구와의 두뇌 싸움에서 이기려고 하는 것에 가깝다는 거지. 내가 한 말이지만 꽤 정곡을 찌르는 분석이라고 봐.

야시로가 그런 성격을 갖게 된 데에는 학교에서 심한 괴롭힘을 당한 것도 관계가 있지 않나 싶어. 자세한 설명은 생략하겠지만 아무튼 학교라는 좁은 세계에 대한 답답함과 분노가 쌓이다 보니 점점 더 시야가 밖을 향하게 된 거지. 친구들과 친하게 지내기보다는 그 시간에 공부를 하거나 실제로 어딘가에 가서 견문을 넓히는 편이 더 의미 있다고 본 게 아닐까? 물론 이건 어디까지나 내 추측이지만.

괴롭힘을 당한 가장 큰 이유는 아무래도 외모 때문이겠지. 그냥 도시락을 먹기만 해도, 가만히 앉아서 수업을 듣고만 있어도, 매일 등하교를 하는 것만으로도 남자들의 인기를 독차지하니 그런 걸 아니꼬워하는 사람들도 있었을 거야. 모두가 동경하는 선배나 좀 괜찮다 싶은 남학생들은 죄다 야시로를 좋아했으니까. 야시로가 조금만 더 요령이 있었다면 주위의 공격을 적당히 넘길 수도 있었을 텐데 원체 승부욕이 강하다 보니 일단 공격을 당하면 되받아치지 않고는 못 배기는 거지. 그런 의미에서는 좀 재수 없어 보일 수도 있었겠다 싶어. 나는 야시로의 그런 부분도 좋아하지만 말이야. 자기 잘못도 아닌데 고생하는 걸 보면 불쌍하기는 해. 여대에 간 것도 아예 그런 문제가 발생할 여지 자체를 없애기 위해서가 아니었을까?

대학에 들어가고부터는 그야말로 물 만난 물고기 같았어. 지금까지의 야시로는 뭐였을까 싶을 정도로 생기와 활력이 흘러넘쳤지. 배우고 싶은 걸 배울 수 있고, 하고 싶은 걸 하는 데 집중할 수 있었으니까. 가끔 놀자고 연락해도 어쩌나 얼굴 보기가 힘들던지…. 잘 지내고 있는 것 같아서 안심했지만 말이야. 제일 바빴을 때는 영어 회화랑 중국어랑 무슨 비즈니스 스쿨이랑 그리고 또… 아무튼 배우는 게 네 개쯤 됐거든. 그렇게 되면 당연히 시간만큼이나 부족해지는 게 바로 돈이잖아.

돈 때문에 고민하길래 배우는 걸 줄이라고 했더니 그럴 수는 없대. 그럼 시급이 높은 아르바이트를 찾는 수밖에 없겠다고 했지. 그랬더니 바로 그다음 날 "클럽에서 일해볼까 해"하더라고. 나야 그냥 웃었지. 100% 무리일 거라고 생각했거든. 역시나 별로 인기는 없다더라. 손님 앞에서 아무렇지도 않게 남자친구 얘기도 하고 그런다니까 말이야.

응, 맞아. 남자친구랑은 꽤 오래 됐어. 고등학교 동창이라 나도 아는 사람이야. 허세 부리기 좋아하는 타입이지. 대학생 주제에 돈도 없는데 무리해서 생일인가 기념일인가에 에르메스 백을 선물해서 야시로한테 엄청 혼난 적도 있어. "쓸데없는 데 돈 쓰지마. 나라면 이 돈으로 해외여행을 가고 싶었어. 비싼 걸 선물 받으면 버릴 수도 없잖아." 뭐 이러니저러니 해도 사이 좋은 커플이야. 아직도 잘 사귀고 있으니까. 내년엔 어떨지 모르지만. 하하하.

아무튼 그래서 클럽은 일주일에 두 번 출근해서 딱 시급만큼만 일하고 퇴근한다고 들었어. 언젠가 한번 가게에서 몇 등이냐고 물었더니 '넘버 13'이라고 하던데. 대체 얼마나 인기가 없는 거냐고 비웃어줬지. 그 외모에 손님한테 인기가 없다니 얼마나 무뚝뚝하게 일하고 있을지 알 것 같지 않아? 뭐 그래도 시급이 높고 가끔 재미있는 이야기도 들을 수 있어서 나쁘지 않은 아르바이트라고 하더라.

돈이 어느 정도 모이면 바로 해외여행. 물론 꾸미는 데에도 신경 쓰는 편이니까 옷이나 화장품 같은 것도 사겠지만 주로 해외여행에 다 쏟아붓는 것 같아. 다만 해외여행이라고는 해도 관광보다는 현지에서 자원봉사나 막일 같은 걸 하는 게 메인이라…. 막일은 말 그대로 몸으로 하는 일. 시골에서 우물도 파고 그런다더라. 그래서 난 야시로랑은 절대로 여행 같이 안 가잖아. 그런 건 여행이라고 할 수 없는걸.

어쨌든 야시로는 좋은 의미로도 나쁜 의미로도 남의 눈치를 보지 않는 애야. 그래서 때로는 제멋대로라느니 신경질적이라느니 경박하다느니 하는 오해를 사기도 하지. 솔직히 단점도 적지 않다고 봐.

하지만 그런 부분도 포함해서 야시로는 내가 정말 좋아하는 친구야. 내가 보기엔 충분히 좋은 사람이거든.

[모리쿠보의 대학 동기 '시미즈 타카아키'.mp3]

돈이 없다는 말은 자주 했어요.

민감한 주제다 보니 구체적으로 얼마나 가난한지 물어본 적은 없지만 어머니랑 둘이 산다는 얘기는 들었어요. 어렸을 때 아버지가 돌아가신 건지 이혼하신 건지는 모르겠지만 아무튼 어머니

혼자 아들을 키웠는데 수입도 별로 좋지 않았다고 하더라고요. 그래서 모리쿠보는 죽어도 국립대에 들어가야만 했고, 재수를 하긴 했지만 학원도 안 다니고 대입 시험을 봤대요. 그렇게 해서 히토츠바시에 들어오다니 대단한 녀석이죠. 저라면 힘들었을걸요. 참고서는 중고 서점에서 구입해서 자기 집 거실에서 공부했다고 들었어요.

고등학교 때는 등록금 전액 면제 장학생이었대요. 충분히 그럴 만 하죠. 안 그러면 혼자 공부해서 대입 준비를 한다는 건 불가능하니까요. 역시 원래 머리가 좋았다는 거겠죠? 아무튼 멋지다고 생각했어요. 이대로 스피라링크스에 들어가기만 하면 금전적인 어려움은 금방 다 털어내고 엄청난 부자가 될 테니 그야말로 완벽한 성공 스토리라고 생각했죠. 결과적으로는 일이 그렇게 술술 풀리지는 않았지만요. 하지만 모리쿠보가 엄청난 노력가인 건 사실이에요. 아르바이트도 몇 개씩 하면서 공부도 소홀히 하지 않고, 정말 대단한 녀석이라니까요.

그때 제가 발견한 거예요. 집단 사기 스태프 모집 광고를.

변명하려는 건 아니지만 겉보기에는 정말로 멀쩡해 보이는 광고였어요. 화려하지 않고 단정한 느낌의 단색 포스터가 주민센터 게시판에 붙어 있었거든요. 그럼 보통은 신뢰하게 되잖아요. 저도 모리쿠보만큼은 아니지만 돈이 필요했거든요. 바로 모리쿠보한테 연락해서 같이 하지 않겠냐고 물어봤죠. 일당이 3만 엔이던가. 아무것도 모르고 좋은 아르바이트를 찾았다고 기뻐했죠.

첫날 일 끝나고 바로 모리쿠보가 이상하다고 하더라고요. 이익이 창출되는 구조가 이해가 안 간다고. 저는 솔직히 별생각이 없었는데 모리쿠보가 계속 이상하다고 해서 운영진을 찾아가서 물어봤어요. 그랬더니 애들은 몰라도 되니까 입 닥치고 조용히 있으라고 장난 아니게 화를 내더라고요. 그걸 보고 저도 알았죠, 이건 확실히 뭔가 있다고. 일단 다음 날도 근무 시간표가 짜여 있어서 나가기는 했는데 그날 끝나고 바로 그만두겠다고 하고 도망쳐 나왔어요.

그러니까 실질적으로 사기에 가담했던 건 이틀인 셈이죠. 돈도 결국 못 받았고. 그러니까 뭐랄까 나쁜 일을 한 건 맞는데 저희도 피해자라면 피해자거든요. 변명처럼 들리겠지만요. 그러고 나서 가만히 있어도 됐을 텐데 남을 속여서 돈을 빼앗았다는 사실에 모리쿠보는 양심의 가책을 느꼈나 보더라고요. 본인의 집안 사정 때문에 더 죄책감을 느낀 게 아닌가 싶어요. 결국 학교 측에 얘기했어요, 집단 사기에 가담했다고. 물론 학교는 저희가 잘못한 게 아니라면서 저희 편을 들어줬죠. 그런데 어디서 얘기가 새어 나갔는지 여기저기 각색된 이상한 소문이 퍼졌어요. 저희가 사기를 쳤다고요. 그것 때문에 한동안 학교 다니기 힘들었죠.

그래도 역시 전 모리쿠보한테 감사해요. 만약 그때 모리쿠보가 눈치채지 못했다면 그 아르바이트를 계속했을 테니까요. 잠깐 이상한 소문에 시달리는 정도로 끝나서 정말 다행이라고 생각해요. 모리쿠보가 아니었다면 전 진짜 범죄자가 됐을지도 몰라요.

거짓말하는 걸 정말 싫어해요, 모리쿠보는. 거의 강박에 가깝다고 할 수 있죠. 그러니 서류나 면접에서도 거짓말은 안 했을 거예요. 실제로 열몇 개 회사에서 인턴으로 일했고, 지원하는 회사와 관련된 책은 다 찾아서 읽었어요.

친구지만 솔직히 밝고 활기찬 녀석이라고는 못하겠네요. 짜증 날 때도 많아요. 구두쇠 기질도 있고.

그래도 전 좋아합니다. 자랑스러운 친구예요, 정말로.

5.

"시마 씨는 오빠를 어떻게 생각하셨나요?"

요시에의 질문에 나는 대답을 얼버무리며 요시에가 빌려 온 차에서 내렸다. 뒤따라 운전석에서 내린 요시에의 표정은 나를 놀리려고 한다기보다는 정말로 내 진심을 알고 싶은 듯했다. 제대로 대답해줘야겠다 싶어서 입을 열었지만 결국 답을 찾지 못한 채 다시 입을 다물었다.

"이제 와서 뭐라 대답하기도 어렵겠네요."

요시에의 말에 살짝 고개를 끄덕였다.

"하지만 영상을 보니 오빠는 확실히 시마 씨를 좋아했던 것 같아요."

"왜요?"

"시마 씨를 바라보는 눈빛에서 멋있어 보이려고 하는 게 느껴졌거든요."

"그랬나요?"

"틀림없어요. 게다가 계속 시마 씨한테 투표했잖아요."

"그게 뭐요?"

"그건 거의 인기투표 같은 거잖아요. 좋아하는 사람한테 투표하는 거죠. '당신이 훌륭하다고 생각합니다'와 '당신을 좋아합니다'의 경계는 아주 애매하거든요."

날카로운 지적에 감탄하며 요시에를 캐비닛까지 안내한 다음 가방에서 열쇠를 꺼내 건넸다. 정말이지 예리한 통찰력이었다. 요시에는 고맙다고 하며 열쇠를 받아들고는 하타노가 사용하던 캐비닛 문을 열었다.

"와, 진짜 뭐가 많네요."

봉투를 회수한 다음 날, 나는 요시에에게 전화를 걸었다. 클리어 파일에 들어 있던 열쇠는 하타노가 빌린 임대 창고 열쇠였으며, 창고 안에는 봉투 외에도 아직 많은 것이 남아 있으니 이참에 다 정리하고 비우는 것이 좋지 않겠냐고. 내 역할은 요시에에게 열쇠를 돌려주는 것까지였지만 기왕 온 김에 정리 작업도 도와주기로 했다. 일요일 오후. 유품을 정리하며 소소하게나마 하타노의 죽음을 애도하고 싶다는 마음도 있었다.

요시에는 목장갑을 끼고 캐비닛 안을 조심스레 살폈다.

"야한 DVD 같은 게 나오면 어떡하죠?"

"그건 좀 싫은데요."

"그러게요." 요시에가 쿡쿡 웃었다. "아무튼 제가 일단 짐을 다 뺄게요. 힘 쓰는 일은 제가 할 테니까 꺼낸 짐 중 쓰레기 같아 보이는 걸 이 비닐봉지에 넣는 것만 좀 해주시겠어요? 그대로 버릴 수 있게요. 잘 모르겠다 싶으면 뭐든 물어보세요. 아마 거의 다 쓰레기일 거예요."

"네, 그럴게요."

캐비닛에서는 다양한 물건들이 나왔다. 에나멜 가방에 보스

턴백, 한 번도 사용하지 않은 듯 반듯하게 접힌 토트백. 유독 가방이 많다 싶을 즈음 안쪽에서 책이 잔뜩 쏟아져 나왔다. 하드커버로 된 경제경영서, 만화책, 빛바랜 총서와 교양서. 가족도 아닌데 고인의 사적인 유품을 살펴본다는 것이 어쩐지 좀 미안해서 되도록 한눈에 쓰레기라고 알 수 있는 것들만 바로바로 처리하기로 했다. 빈 비닐봉지나 오래되어 나오지 않는 필기구 같은 것들이 생각보다 많았다.

"어머, 이런 데 보관하고 있었네. 진짜 추억이다."

마지막으로 제일 아래쪽에서 커다란 플라스틱 상자가 나왔다. 요시에는 두 손으로 상자를 꺼내 안에 들어 있는 대량의 게임 소프트를 보고 탄성을 내뱉었다. 딱 봐도 요즘 나온 것 같아 보이지는 않는 카세트테이프 모양의 게임팩들이었다. 앞으로 더 가지고 놀 일은 없겠지만 그렇다고 버리기도 아깝고 중고로 파는 것도 좀 인정머리 없는 것 같다고 중얼거리며 요시에는 상자에 쌓인 먼지를 털어내기 위해 나에게서 좀 떨어진 곳으로 이동했다. 이윽고 먼지를 다 닦아낸 요시에가 상자를 열어 보았다.

"응? 뭐지?" 내 쪽으로 등을 돌리고 앉은 요시에는 상자 안에서 게임팩 하나를 집어 들었다. "요이치가 누구지?"

"요이치요?"

"게임팩에 이름이 써 있어요." 요시에가 나를 돌아보며 게임팩을 보여주었다. 게임팩 뒷면에 삐뚤빼뚤한 아이 글씨로 '요이치'라는 이름이 적혀 있었다.

"보나 마나 빌려놓고 돌려주지 않은 걸 거예요. 어렸을 때부터 깜박하는 일이 많았거든요."

"하하."

웃으면서도 왠지 마음 한구석이 걸렸다. 뭔가 막연한 불안감이 느껴졌다. 그때 조금 강한 바람이 불어왔고, 할 일이 없어진 나는 캐비닛 쪽으로 시선을 돌렸다. 안에 있던 물건은 모두 밖으로 꺼낸 상태였다. 쓰레기 분류도 마쳤다. 이제 내가 도울 일은 없겠구나 하고 있는데 문득 캐비닛 바닥에 시선이 갔다.

나무판이 깔려 있었다. 철제 캐비닛이지만 바닥만 나무로 만들어졌나보다 했는데 아니었다. 골반을 조심하며 그 자리에 천천히 쪼그리고 앉아 별생각 없이 나무판을 건드려 보았다. 고정되어 있지는 않았다. 크게 힘을 주지 않아도 나무판은 쉽게 들어올려졌고, 밑에 쌓여 있던 먼지가 뽀얗게 날렸다.

나무판 아래에는 A4 크기의 흰색 봉투가 숨겨져 있었다.

뒤를 돌아보니 요시에는 게임팩에 묻은 먼지를 닦느라 여념이 없었다. 내게 등을 돌리고 앉아서 열심히 걸레로 게임팩을 문지르고 있었다. 요시에 몰래 봉투를 꺼낸 것은 겉에 적힌 받는 사람 이름이 내 시선을 강하게 사로잡았기 때문이다.

— 주식회사 스피라링크스 인사팀 코가미 타츠아키 부장님 —

우표는 붙어 있지만 우체국 소인은 찍혀 있지 않았다. 입구도 봉해져 있지 않았다. 다시 한번 요시에가 이쪽을 보고 있지 않은지 확인한 후 천천히 안에 든 종이를 꺼냈다.

종이에 적힌 글이 눈에 들어온 순간, 조용히 시간이 멈췄다.

안녕하십니까.

오늘 이렇게 연락을 드리게 된 것은 다름이 아니라 얼마 전 귀사에서 실시한 신입 사원 채용 시험 최종 전형(그룹 토론)을 다시 진행해주십사 부탁드리기 위해서입니다.

그룹 토론 당시 저는 다른 지원자들에게 불이익이 되는 방해 공작을 펼쳤다는 혐의를 받았지만 그것은 사실무근의 억울한 누명입니다. 범인은 제가 아니라 쿠가 소타 씨라는 사실을 제가 직접 증명할 수 있습니다. 그때 그 자리에서 즉시 반론하지 못했던 점을 현재는 깊이 후회하며 반성하고 있습니다.

귀사에서도 그룹 토론 결과 합격자로 뽑힌 시마 이오리 씨의 고발문은 무슨 내용이었을지 궁금해하고 계시지 않을까 싶습니다. 그날 제가 가져갔던 봉투를 동봉해 보내드리오니 확인해주시기 바랍니다(솔직히 말씀드리자면 당시 이 봉투를 무사히 가져가기 위해서 제가 범인이라는 사실을 인정하는 듯한 발언을 한 것입니다). 내용을 확인하신 후 시마 이오리 씨를 합격시키는 것이 바람직하지 않다고 판단될 경우에는 부디 최종 전형을 다시 한 번 실시해주시기를 —

거기까지 읽고 봉투를 뒤집어 뒷면을 살펴보았다. 날짜는 적혀 있지 않았다.

하타노는 이 편지를 언제 쓴 걸까. 보내지 않기로 결정한 것은 언제일까. USB에 담겨 있던 나에게 보내는 편지를 쓰기 전이었을까 후였을까. 그룹 토론 팀원들의 지인을 인터뷰하기 전이었을까 후였을까. 결코 알아서는 안 되는 우주의 비밀을 풀어내려 하고 있었다. 금기가 깨지려 한다는 예감에 나는 생각을 멈추었다.

이걸 읽으면 짓밟힌 유리 장식처럼 내 마음도 산산조각이 나버리는 게 아닐까 생각했는데 그 예상은 멋지게 빗나갔다. 스스로도 놀랄 정도로 전혀 동요하지 않았다. 눈물이 나기는커녕 오히려 입꼬리가 슬며시 올라갔다. 정말 오랜만에 진심으로 웃음이 났다.

나는 종이를 봉투에 다시 넣어 쓰레기 봉지에 쑤셔 넣었다.

"아까 물어봤던 거 말이에요."

"네?"

요시에는 작업을 중단하고 이쪽을 돌아보았다.

나는 웃으며 말했다.

"하타노를 어떻게 생각했냐고 물었잖아요."

"아, 네."

"좋아했어요."

요시에는 순간 놀라서 눈이 동그래졌지만 이내 예상했다는 듯 미소를 지었다. 나는 새삼 천국에 있는 하타노에게 감사했다. 고마워, 하타노. 비꼬려는 것도 아니고 그냥 하는 말도 아니야. 정말로 고마웠어. 하타노 쇼고. 최종 전형을 함께한 전우이자 눈물을 흘리던 나에게 담요를 덮어주었던, 좋은 사람의 탈을 쓴 음험 대마왕 씨.

구내식당에서 점심을 먹고 자리로 돌아오니 외근을 나갔던 매니저와 스즈에 마키가 내 쪽으로 다가왔다. 의기양양한 표정의 매니저와 쑥스러워하는 마키를 보면 두 사람이 무슨 말을 하려는 건지는 대충 짐작이 갔지만 잠자코 들어주기로 했다.

"두 병원 모두 마키 씨의 대활약에 힘입어 무사히 계약을 마쳤어."

나는 두 사람의 쾌거를 진심으로 축하한 다음 마키에게 지금까지 퉁명스럽게 굴어서 미안했다고 사과했다. 마키는 내가 왜 사과하는지 모르겠다는 듯 어리둥절한 표정이었다.

"시마 선배님이 주신 인수인계 자료가 워낙 잘 만들어져 있어서 전 그대로 따라 하기만 한걸요. 매니저님도 많이 도와주셨고요. 이번 일이 잘 끝난 건 다 두 분 덕분이에요. 정말 감사했습니다."

"다음에 밥 한번 같이 먹자."

"정말요? 좋아요. 저 예전부터 시마 선배랑 더 친해지고 싶다고 생각했거든요."

"영광이네. 우리 오빠도 불러도 될까?"

"네? 시마 선배 오라버니를요?"

"한번 만나줘. 나쁜 사람은 아니니까."

마키는 당혹감을 감추지 못하며 내 이상한 제안에 난색을 표했다. 나는 곤혹스러워하는 그녀에게 에이, 그러지 말고, 괜찮지? 하고 눈치 없는 선배인 척 억지로 약속을 밀어붙였다. 이 정도 서비스는 해줘야 균형이 맞을 것 같았다. 오빠는 내 부탁이라면 거절하지 못한다. 아무리 바빠도 한 시간 정도는 시간을 내줄 터였다.

그날 오후 3시, 두 번째로 들어간 면접장에서 어디선가 본 듯한 학생을 만났다.

내가 알고 지내는 사람 중에 여대생은 없다. 처음에는 연예인이나 유명 운동선수를 닮은 사람이겠거니 했지만 너무도 뚜렷한 기시감의 정체를 알고 싶어졌다. 자주 가는 가게 점원인가? 아니면 먼 친척 조카? 과거의 기억들을 되짚어 보며 한참을 끙끙대고 있는데 그 학생이 자신의 장점을 자신감 넘치는 말투로 어필하는 것을 듣는 순간 모든 의문이 풀렸다.

"통찰력은 남들보다 뛰어난 편이라고 생각합니다."

왼쪽 눈 밑의 점.

쿠가 소타와 카페 테라스석에서 만나 이야기를 나누었을 때 근처에 앉았던 취업 준비생들 중 한 명이었다.

딱히 기적적인 해후는 아니었지만 소소한 우연에 살짝 놀랐다. 다시 보니 꽤나 예쁜 아이였다. 눈이 크고 피부도 매끈하고 손가락은 부러울 정도로 길고 하얗고 가늘었다. 아나운서처럼 알아듣기 쉬운 목소리로 또박또박 말을 이어 나갔다. 긴장한 기색은 전혀 보이지 않았다. 오히려 면접관의 뇌리에 반드시 자기 존재를 각인시키고야 말겠다는 듯 조금도 주눅 들지 않고 면접관의 눈을 정면에서 똑바로 쳐다보며 이야기했다.

"예를 들어 사람을 만났을 때, 곤란한 상황에 직면했을 때, 내면의 문제에 부딪혔을 때 등등 어떤 상황에서라도 올바른 판단을 내릴 자신이 있습니다. 이런 예리한 통찰력은 입사 후 회사 실무에서도 충분히 활용할 수 있으리라고 생각합니다."

자신 있게 단언한 그녀는 이어지는 다른 질문들에도 막힘 없이 술술 대답했다. 그야말로 청산유수 같은 말솜씨였다. 내 옆자리에 앉은 면접관이 만족스럽다는 듯 고개를 끄덕였다. 그 옆에 앉은 면접관도 지금까지와는 확연하게 다른 자세로 그녀의 대답을 귀 기울여 듣고 있었다. 내 체크 시트도 '4'나 '5' 같은 높은 점수들로 채워져 나갔다.

모든 항목의 채점을 마치고도 시간이 약간 남았다. 내가 질문할 순서였다. 문득 지금까지처럼 준비된 질문지에서 적당한 질문을 고르는 것이 아니라 처음으로 나 자신의 언어로 질문해 보고 싶어졌다.

"날카로운 통찰력은 사회인으로서, 어쩌면 인간으로서 가장 큰 무기라고 할 수 있습니다. 우리 회사가 아니라 다른 회사에 가게 되더라도 장차 일하는 데 있어서 반드시 큰 도움이 되어

줄 것입니다."

"감사합니다."

"다만…" 나는 신중하게 말을 골랐다. "슬프게도 세상에는 교묘한 거짓말을 하는 사람들이 있습니다. 나는 속지 않아, 나는 뭐든 꿰뚫어 볼 수 있어, 그렇게 자신하는 사람이라 하더라도, 아니 어쩌면 그런 사람일수록 더 사기나 속임수에 넘어갈 가능성이 큽니다. 사람들은 때로 수단과 방법을 가리지 않고 말도 안 되는 거짓말을 늘어놓기도 하지요. 누구보다 믿었던 사람이, 조직이, 아무렇지 않게 거짓말하는 장면을 앞으로 수도 없이 보게 될 겁니다. 그렇게 무수히 많은 거짓말들을 방금 말한 통찰력으로 완벽하게 구분해 낼 자신이 있나요?"

"있습니다." 그녀는 마치 반사신경을 어필하기라도 하려는 듯 내 질문이 끝나기가 무섭게 재빨리 대답했다. 그리고 이미 충분히 반듯한 허리를 더 꼿꼿하게 세우고 이렇게 덧붙였다. "마음의 문을 열고 상대방이 하는 말을 제대로 귀 기울여 듣는다면 불확실한 정보에 휘둘리는 일은 없을 거라고 확신합니다."

나는 미소를 지어 보였다. "네, 잘 들었습니다."

그녀의 대답을 마음속 가장 깊은 곳에서 충분히 음미하고 곱씹어 본 후 나는 그녀의 이름에 가위표를 했다. 두 번 다시 볼 일 없으리라 여겼던 그녀는 퇴실 직전에 갑자기 손을 번쩍 들었다.

"마지막으로 제가 하나만 여쭤봐도 될까요?"

인사팀의 허락을 받은 그녀는 꾸벅 고개를 숙였다 들면서 순진무구한 눈동자로 물었다.

"회사 소개 책자에 실린 '다트나 보드게임을 하면서 회의할 수 있는 미팅룸'의 존재가 굉장히 흥미롭다고 느꼈습니다만, 실제로 어떤 상황에서 얼마나 자주 사용하시나요? 또 그 미팅룸에서 탄생한 획기적인 아이디어가 있다면 하나만 알려주시면 감사하겠습니다."

나를 포함한 세 명의 면접관은 서로에게 대답할 기회를 양보하듯 모두 입을 다물었다. 아기는 황새가 물어다준다고 믿고 있는 소녀에게 진실을 알려주는 역할은 가능하면 맡고 싶지 않은 법이다. 천연덕스럽게 거짓말을 해야 할까 아니면 책자에 실린 내용은 사실이 아니라고 솔직하게 말해야 할까. 침묵이 은폐의 기운을 내뿜기 전에 동석한 인사팀 직원이 입을 열었다.

"사용 빈도는 부서에 따라 다릅니다. 말씀하신 미팅룸은 자유로운 발상은 자유로운 토론 속에서 생겨난다는 우리 회사의 이념을 구현한 것으로, 때때로 예약이 겹칠 정도로 인기가 많습니다. 구체적으로 어떤 아이디어들이 나왔는지는 회사 규정상 밝히기 어렵지만 미팅룸이 없었다면 탄생하지 못했을 아이디어가 무수히 많다는 것은 분명합니다."

날카로운 통찰력을 지닌 그녀는 본인이 자부한 대로 멋지게 인사팀 직원의 거짓말을 간파… 하지는 못했다. 그녀는 한껏

상기된 표정으로 웃으며 대답했다.

"소중한 답변 감사합니다."

그 순간 마음이 바뀌었다.

인사팀 직원이 체크 시트를 걷어가기 직전에 나는 내가 쓴 가위표를 볼펜으로 쓱쓱 지우고 정반대 의미인 이중 동그라미를 그려 넣었다. 지나치게 극단적인 방향 전환에 인사팀 직원이 미심쩍은 시선으로 나를 쳐다보았다. 그럴 만도 했다. 채점을 장난으로 한다는 오해를 받아도 할 말이 없었다.

"이쪽이 맞습니다."

지적당하기 전에 내가 먼저 대답했다.

"저런 사람, 알고 있거든요."

"아신다고요?"

"네, 괜찮을 거예요. 앞으로 힘든 일도 많이 겪겠지만 이겨낼 수 있을 겁니다. 충분히 성장할 수 있는, 아니,"

나도 모르게 웃음이 비어져 나왔지만 마음만은 더할 나위 없이 진지했다.

"초월^{Transcend}할 수 있는 아이예요."

옮긴이 남소현

연세대학교와 이화여자대학교 통역번역대학원을 졸업하고, 일본 문학 번역가로 활동하고 있다. 옮긴 책으로《형사의 약속》이 있다.

여섯 명의 거짓말쟁이 대학생

초판 2021년 11월 11일 1쇄
저자 아사쿠라 아키나리
옮긴이 남소현
ISBN 9/9-11-90157-39-1   03830

출판사 도서출판 북플라자
주소 서울시 강남구 논현동 118-13 북플라자 타워 5층
홈페이지 www.bookplaza.co.kr

영화 판권, 오탈자 제보 등 기타 문의사항은 book.plaza@hanmail.net으로 보내주세요.
잘못된 책은 구입하신 서점에서 교환해 드립니다.